新潮文庫

父と子

ツルゲーネフ
工藤精一郎訳

新潮社版

5387

父と子

ヴィサリオン・グリゴーリエウィチ・ベリンスキー*の思い出に捧《ささ》ぐ

1

「どうだ、ピョートル？　まだ見えんか？」埃《ほこり》をかぶったコートをひっかけ、チェックのズボンをはいた四十をいくつもこえない地主が、＊＊街道ぞいの宿屋の低い入口階段の上に、帽子もかぶらずに出てきて、下ぶくれの顎《あご》にもやもやと白っぽい鬚《ひげ》をはやして、小さなにぶい目をした若い下男にきいた。一八五九年五月二十日のことである。

耳にトルコ玉の耳輪、ポマードをこってりつけた色のまだらな髪、いんぎんな身ぶりと、ひと口にいえば、新世代の人間であることを物語るいっさいの要素をそなえた下男は、生意気そうに街道のほうを見やって、「まだです、見えません」と答えた。

「見えない？」と旦那《だんな》はくりかえした。

「見えません」と下男はもういちど答えた。

旦那は溜息《ためいき》をついて、ベンチに腰をおろした。さて、彼が膝《ひざ》をおりまげてすわって、心配そうにあたりを見まわしているあいだに、ひととおり彼のことを読者に紹介しておこう。

彼はニコライ・ペトローウィチ・キルサーノフといって、この街道筋の宿屋から十五露里（訳注　一露里は約一キロメートル）ほどのところに、農奴二百人の、あるいは、農民との雇用関係をはっきりさせて、いわゆる《農場《フェルマ》》＊を経営して以来、彼の好んでつかう表現をかりると、二千ヘクタールの、すばらしい領地をもっていた。彼の父は、一八一二年のナポレオン戦争（訳注　一八一二年のナポレオン軍のロシア遠征を祖国戦争あるいはナポレオン戦争という。トルストイの『戦争と平和』はこの戦争を題材としている）に参加した将軍で、あまり学問はなく、粗暴だが、人のいい根っからのロシア人で、一生のあいだ難儀な仕事ばかり引き受けていた。彼はまず旅団を指揮し、ついで師団にうつり、つねに地方都市に住んで、それぞれの土地で自分の高い官位のためにかなり重要な役割を演じてきた。ニコライ・ペトローウィチは、あとでのべる兄のパーヴェルとおなじく、ロシアの南部で生まれ、十四の年まで家庭で教育を受け、安手な家庭教師や、なれなれしいくせに妙に卑屈な副官や、その他の連隊の司令部の連中にかこまれて育った。母は、コリャージン家から嫁いできたひとで、娘時代はアガートの愛称で呼ばれていたが、嫁いでからは将軍夫人アガフォクレヤ・クジミニーシナ・キルサーノワと正式に呼ばれるようになり、いわゆる《おえらがた夫人》らしく、いつもふかふかとやわらかい帽子をかぶり、サラサラ鳴る絹の衣装をきて、教会ではまっさきに十字架の前にすすみでるし、大声でよくしゃべるし、朝は子供たちに手に接吻《せっぷん》をさせて挨《あい》拶《さつ》を受け、夜はやさしい母になって甘やかす、といったぐあいで、――ひと口にいえば、みちたりた思いのままの生活をしていた。ニコライ・ペトローウィチは、将軍の息子ということで、とくに勇気があったわけではなく、むしろ弱虫という仇名《あだな》さえつけられていたほどだが、それでも兄のパーヴェルとおなじように、軍務につかなければならなかった。ところが、任地の知らせがきたその日に、足の骨を折って、二カ月ねたきりになってしまい、一生足が不自由になってしまった。父はあきらめて、文官にすることにした。そして、彼が十八になるのを待って、ペテルブルグ（訳注 当時モスクワと共にロシアの首都。一九一四年にペトログラード、一九二四年にレニングラードと改名。現在はサンクト・ペテルブルグ）につれてゆき、大学へ入れた。いっぽう、兄はそのころ近衛《このえ》連隊の士官になっていた。若い兄弟は、母方の従伯父《いとこおじ》でイリヤ・コリャージンという重要な地位にある役人の形ばかりの監督を受けながら、おなじ家にいっしょに暮らすようになった。父は自分の師団と妻のもとへもどっていった。その後はたまに思いだしたように、灰色の四つ折りの紙に軍隊書記ふうの大きな筆跡でいちめんに書きなぐった手紙を、息子たちに送ってよこすだけだった。そして手紙のおわりには、たんねんに《渦巻《うずま》き模様》でかこんだ《陸軍少将、ピオトル・キルサーノフ》という文字がでんとひかえていた。一八三五年にニコライ・ペトローウィチは学士の肩書をもらって大学を卒業した。そのおなじ年にキルサーノフ将軍は、査閲の失敗で現役を追われ、妻と首都ペテルブルグに出てきた。彼はタウリーチェスキー公園のそばに家を借りて、イギリスクラブ*に入会を申しこんだが、突然、脳溢血《のういっけつ》で死んでしまった。アガフォクレヤ・クジミニーシナはまもなく良人《おっと》のあとを追った。彼女はさくばくとした首都の生活になれることができず、隠居生活のさびしさにたえきれなかったのである。それはさておき、ニコライ・ペトローウィチは、まだ両親が生きているあいだに、もとの家主だったプレポロウェンスキーという役人の娘が好きになって、両親をおおいに嘆かせた。彼女はかわいらしい、いわゆる進歩した女性で、新聞の科学欄のしちむずかしい論文を読んでいた。彼は喪のあけるのを待って、彼女と結婚した。そして父の口ききでつとめた帝室領林野局をやめて、妻のマーシャと、はじめしばらくは高等農林学校の近くに愛の巣をいとなみ、やがて都へうつって、きれいな表階段と涼しい客間のある小ざっぱりした住居《すまい》をかまえ、最後に——村へひっこみ、そこを永住の地とした。そしてまもなく長男のアルカージイが生まれた。夫婦はなに不自由なく、平和に暮らしていた。二人はほとんどはなれたことがなく、いっしょに読書をしたり、四本の手でピアノの連弾をしたり、デュエットで歌ったりしていた。

妻は花を植えたり、小鳥を飼ったりし、良人はたまに猟に出たり、経営をみたりしていた。そのあいだにアルカージイは、やはりしあわせに、平和に、すくすくと育っていった。十年が夢のようにすぎた。一八四七年にキルサーノフの妻は他界した。彼はこの打撃にかろうじてたえたが、数週間で髪が真っ白になってしまった。せめていくらかでも気をまぎらわすために、外国へ出かけようと思ったが……そこへ一八四八年のフランス革命（訳注　二月革命、これで第二共和政となる）がおきた。彼はやむをえず村へもどり、かなり長いことぶらぶらしていたのち、経営の改革にとりかかった。一八五五年に彼は息子を大学に入れた。そして彼は息子といっしょにペテルブルグで三冬を暮らし、ほとんどどこへも出ないで、つとめてアルカージイの若い友人たちとつきあうようにした。しかし最後の冬は、彼は行けなかった。――それでわたしたちはいま、つまり一八五九年の五月、もうすっかり白髪《しらが》になり、でっぷり太って、いくぶん猫背《ねこぜ》ぎみになった彼を、ここに見ることになったわけである。彼は、いつかの彼自身のように、学士の称号を得た息子を待っているのである。

　下男は失礼にあたらぬように、というよりは、旦那の目につくのがいやだったのだろう、門のかげへ行って、パイプを吸いつけた。ニコライ・ペトローウィチは頭をたれて、入口の古びた階段をながめはじめた。大きな色のまだらな若鶏《わかどり》が大きな黄色い脚で段々をしっかりふみつけながら、ゆうゆうと行ったり来たりしていた。きたなくよごれた猫がちょこんと手すりの上にまるくなって、うさんくさそうに彼のほうをうかがっていた。太陽がじりじり照りつけていた。宿屋のうす暗い調理場のほうから、黒パンを焼く匂《にお》いがただよってきた。ニコライ・ペトローウィチは空想にふけりはじめた。〈息子……学士……アルカーシャ（愛称）〉この三つがたえず彼の頭のなかでくるくるまわっていた。彼はなにかほかのことを考えようとしてみたが、すぐにまたこのおなじ考えがもどってくるのだった。彼には亡《な》くなった妻が思いだされた……「待ちおおせずに！」彼はさびしくつぶやいた……太った灰青色の鳩《はと》が道ばたへ飛びおりて、ちょこちょこと井戸のそばの水たまりのほうへ歩いていった。ニコライ・ペトローウィチは目でそのあとを追ったが、耳はもう近づいてくる車輪の音をとらえていた。

「どうやら来たらしいです」と門のかげから出てきて、下男が報告した。

ニコライ・ペトローウィチは立ちあがって、街道のはるか遠くへ目をやった。三頭立ての旅行馬車が見えてきた。馬車のなかに学帽の縁《ふち》と、なつかしい顔がちらと見えた……

「アルカーシャ！　アルカーシャ！」キルサーノフは叫んで、駆けだし、両手を振りまわした……ほどなく、彼の唇《くちびる》は、若い学士のまだ顎鬚《あごひげ》のない、埃によごれた、日焼けした頰《ほお》におしつけられていた。

2

「ちょっと埃をはらわせてよ、お父さん」と、父の愛撫《あいぶ》にうれしそうにこたえながら、旅の疲れですこしかれているが、よくひびく青年らしい声で、アルカージイはいった。「すっかり埃だらけになっちまうよ、お父さん」

「かまわん、かまわん」ニコライ・ペトローウィチは感無量の面持《おももち》で、こみあげる笑いをそのままに、こうくりかえすと、息子のコートの襟《えり》と自分のコートを二度ばかりパタパタとたたいた。「まあ、見せてくれ、見せてくれ」彼はちょっと身をはなしながら、こういうと、すぐにせかせかと宿屋のほうへ歩きだして、「おい、こっちだ、こっちだ、早く馬を」といった。

ニコライ・ペトローウィチは息子よりもずっとそわそわしているようだった。すこしうろたえぎみで、おどおどしているようなところがあった。アルカージイは父を呼びとめた。

「お父さん」と彼はいった。「ぼくの親友を紹介させてください。こちらがよく手紙に書いてよこしたバザーロフ君です。わざわざ、寄ってくれたんです」

ニコライ・ペトローウィチはあわててふりむくと、馬車からおりてきた、飾り紐《ひも》つきの長いだぶだぶのコートをひっかけた長身の男のほうへ歩みよって、男がためらいがちにさしだした、むき出しの血色のいい手を、かたくにぎりしめた。

「ほんとによく来てくれました」と彼はいった。「いや、ありがとう、お礼を申しあげますぞ。どうかごゆるりと……ところで、失礼だが、お名前とご父称《ふしょう》*は？」

「エヴゲーニイ・ワシーリイチです」と、バザーロフはものうげな、しかし男らしい声で答えた。そしてコートの襟《えり》を開いて、ニコライ・ペトローウィチに自分の顔を見せた。広い額、上が平たく下がとがった鼻、大きな緑色の目、砂色の頰髯《ほおひげ》をそなえた長い細面《ほそおもて》の顔は、おちついた微笑でいきいきとひきしまり、自信のほどと知性のひらめきをあらわしていた。

「エヴゲーニイ・ワシーリイチ、せっかくおいでくださったのだから、どうか退屈なさらんように」と、ニコライ・ペトローウィチはつづけた。

バザーロフの薄い唇がひくくっと動いた。しかし彼はなんとも答えないで、帽子をちょっともちあげただけだった。その暗い亜麻色の髪は、長くふさふさとしていたけれど、高くひいでた額をかくすことはできなかった。

「ところで、アルカージイ」と、息子のほうをむきながら、ニコライ・ペトローヴィチはまた話しかけた。「すぐ馬をつけるかい、あ？　それともすこし休んでからにするか？」

「家に行って休みましょうよ、お父さん。すぐ馬をつけさせてください」

「よし、すぐにつけさせよう」と父はいそいそといった。「おい、ピョートル、わかったか？　用意させろ、大急ぎだ」

ピョートルは、進歩した下男だから、若主人の前にすすみでて手に接吻するようなことはせずに、遠くから会釈《えしゃく》しただけで、また門の外へ消えた。

「わしは幌馬車《ほろばしゃ》で来とるが、おまえの旅行馬車につける馬も三頭用意してある」アルカージイが宿屋のおかみがはこんできた鉄柄杓《てつびしゃく》の水を飲んでいるところへ来て、ニコライ・ペトローウィチは気ぜわしそうにいった。バザーロフはパイプを吸いつけて、馬をつけている馭者《ぎょしゃ》のほうへ歩いていった。「ただ幌馬車は二人乗りなので、あのお友だちを、どうしたものか……」

「彼は旅行馬車にのるよ」とアルカージイは小声でさえぎった。「お父さん、どうか彼に気をつかわんでください。じつにすばらしい男ですよ、ちっともこだわらない――いまにわかりますよ」

ニコライ・ペトローウィチの馭者が馬をひいてきた。

「おい、早くやれ、髭《ひげ》だるま！」とバザーロフが旅行馬車の馭者にどなった。

「きいたかい、ミチューハ」と、外套《がいとう》のうしろのほころびに両手をつっこんで、すぐそばにつっ立っていたもう一人の馭者が、さっそくいった。「旦那おめえをなんといった？　たしかに髭だるまだよ」

ミチューハは帽子をひとゆすりしただけで、汗だらけの中馬《なかうま》から手綱をはずした。

「さあ、急いだ、急いだ、みんな手伝ってやれ」とニコライ・ペトローウィチが叫んだ。「酒手をはずむぞ！」
二、三分で馬がつけられた。父と子は幌馬車にのった。ピョートルが馭者台にのぼった。バザーロフは旅行馬車にとびのって、革の枕《まくら》に頭をおしつけた――そして二台の馬車が走りだした。

3

「やれやれ、これでやっとおまえも学士さまになって、家にもどってきたわけだ」と、アルカージイの肩にさわったり、膝をたたいたりしながら、ニコライ・ペトローウィチはいった。「とうとう！」

「伯父さんはどうしてます？　元気ですか？」とアルカージイはきいた。彼は心底からの、ほとんど子供のような喜びにみたされてはいたが、はやく話を胸を熱くするものから日常のものへ移したかった。

「元気だよ。伯父さんもわたしといっしょにおまえを迎えに来たがっていたんだが、どうしたものか、気が変わって」

「で、お父さんはずいぶん待ったのですか？」とアルカージイはきいた。

「うん、五時間ばかりな」

「お父さんはいい人だなあ！」

アルカージイはいきなり父のほうをふりむいて、チュッと頬に接吻した。ニコライ・ペトローウィチはくすくす笑いだした。

「どうだ、すばらしい馬だろう！」と彼はいった。「楽しみにするんだな。おまえの部屋も壁紙をはりなおしたよ」

「バザーロフにも部屋がありますか？」

「ああ、なんとかなるだろう」

「彼に親切にしてやってくださいね、お父さん。ぼく、とても口ではお父さんに説明できないな、ぼくがどれほど彼の友情をたいせつに思っているか」

「いつから友だちになったんだ？」

「最近です」

「そうだろう。去年の冬は見かけなかったものな。で、なにを専攻しているんだね？」

「おもな専攻科目は――自然科学です。でも、彼はなんでも知ってます。来年は医師の試験を受けるそうです」

「ほう！　医科かね」とニコライ・ペトローウィチはいって、ちょっと言葉をきった。「ピョートル」と声をかけて、彼はわきのほうを指さした。「あれは、うちの農夫たちじゃないかな？」

ピョートルは旦那が指さした方角を見やった。口輪もはめない馬につないだ数台の荷馬車が、せまい小道を威勢よく走っていた。それぞれの荷馬車に一人ないし二人の農民が、外套をはだけてすわっていた。

「たしかに、そうです」とピョートルはつぶやいた。

「いったいどこへ行くんだろう、町かな？」

「町でしょうな、きっと。居酒屋ですよ」と彼は軽蔑《けいべつ》したようにいいそえて、こいつもそのたぐいだといわんばかりに、馭者のほうへわずかに身をかがめた。しかし、馭者は身じろぎもしなかった。これは昔ふうにこりかたまった男で、新しい考え方など受けつけようとしなかった。

「今年は農夫どもにはまったく手こずらされたよ」とニコライ・ペトローウィチは息子のほうにむきながら、つづけた。「ぜんぜん年貢《ねんぐ》をはらわんのだよ。おまえならどうする？」

「雇いの作男《さくおとこ》たちのほうはどうです。まずまずですか？」

「まあな」とニコライ・ペトローウィチは歯のあいだからおしだすようにいった。「たきつけるやつがいるんで、こまるよ。それに、本気でやろうという気が、まだないんだ。馬具はだめにしてしまうし。でも、畑の耕作のほうはまあまあだった。まあ気長にやってりゃ——なんとかなるだろうさ。ところでおまえ、このごろ農場経営に興味をもちだしたのかい？」

「うちには日陰になる場所がないが、こまったものですね」と、父の問いに答えないで、アルカージイはいった。

「北側のテラスの上に大きな日よけをつくったよ」とニコライ・ペトローウィチがいった。「だから外で食事もできるようになった」

「なんだか別荘みたいになりましたね……でも、そんなことはどうでもいい。そのかわり、ここの空気はじつにすてきだ！　なんともいえぬいい匂いだ！　ほんとに、この地方ほどのおいしい空気は、世界じゅうのどこにもないでしょうよ！　それに空も……」

アルカージイはふいに口をつぐむと、ちらとうしろへ視線をなげて、だまりこんだ。

「そりゃそうだよ」とニコライ・ペトローウィチはいった。「おまえはここで生まれたんだ。ここのものはなにもかも、なにかこう特別になつかしく思われるのはあたりまえだよ……」

「でも、お父さん。どこで生まれたって、人間、おなじことですよ」

「そうはいっても……」

「いいえ、まったくおなじことです」

ニコライ・ペトローウィチは横合いからちらと息子の顔を盗み見た。そして馬車が半露里ほどすすんでから、やっと二人のあいだにまた話がはじまった。

「おまえに書いたかどうか、おぼえていないが」とニコライ・ペトローウィチがいいだした。「昔おまえの乳母《ばあや》だったエゴーロヴナが、亡くなったよ」

「ほんとですか？　かわいそうに！　で、プロコーフィチは？」

「達者だよ。ちっとも変わらん。相変わらずぶつくさぼやいてるよ。まあ、がいして、マリーノ村には大きな変化は見られんだろうな」

「うちの管理人はやはりおなじですか？」

「いや、管理人だけはかえたよ。わたしは下男や召使あがりの解放農奴*はうちにおかんことにきめたんだよ、まあおいても、すくなくとも責任のある仕事は、まかせないことにな。（アルカージイは目でピョートルをしめした）Il est libre, en effet《イレ・リーブル・アネフェ》.（訳注 あれもじつは解放農奴なんだよ）」とニコライ・ペトローウィチはフランス語で小声でいった。「でもあれは――下男だからな。いまの管理人は町人出の男で、かなり切れそうだよ。年に二百五十ルーブリにきめてやった。ところで」と、手で額と眉《まゆ》をこすりながら、ニコライ・ペトローウィチはいいそえた。これは彼が困惑したときの癖だった。「いまおまえに、マリーノ村に変化は見られんだろうといったが……これは、いちがいにそうもいえんのだよ。あらかじめおまえにいっておくのがわたしの義務だと思うんだが、といってなにも……」

彼はちょっと口ごもり、そのさきはもうフランス語でつづけた。

「厳格なモラリストはわたしの率直さを時宜をわきまえぬというかもしれんが、第一に、これはかくすことのできることではなし、第二に、おまえも知っているように、わたしはつねづね親子の関係について独自の主義をもっているので。とはいえ、むろん、おまえがわたしを非難することは自由だが。わたしぐらいの年になると……つまり、あの……あの女のことは、おそらく、おまえの耳にもはいってると思うが……」

「フェーニチカですか？」と、アルカージイはずばりといった。

ニコライ・ペトローウィチは赤くなった。

「たのむから、大きな声でいわんでくれ……まあ、そうだが……あれはいま本館《おもや》に住んでいる。わしが部屋をきめてやったんだ……小さな部屋が二つばかりあったのでな。でも、これはかえてもいいんだよ」

「とんでもない、どうしてです？」

「おまえの友だちが住むのに……窮屈だと……」

「バザーロフのことは、どうか気にしないでください。彼はそういうことは超越してますから」

「だからなおのことだよ、おまえ」とニコライ・ペトローウィチはいった。「傍屋《はなれ》はよくないし──困ったよ」

「なにをいうんですか、お父さん」とアルカージイはおしかぶせるようにいった。

「まるであやまっているみたいじゃないですか。恥ずかしくないのですか」

「そりゃむろん、恥じて当然だよ」と、ニコライ・ペトローウィチはますます赤くなりながら、答えた。

「もういいよ、お父さん、よしてください、おねがいですから！」アルカージイはおだやかに微笑した。〈なにをあやまっているのだろう！〉と彼はひそかに考えた。そしてあるひそかな優越感とまじりあった、人のいいやさしい父にたいする寛容ないたわりの気持ちが、彼の心をみたした。「どうか、よしてください」と彼は、自分の成長と自由の意識に心ならずも酔いながら、もう一度くりかえした。

ニコライ・ペトローウィチは額をごしごしやっていた指の下からちらちらと息子を盗み見た。するとなにかがちくりと胸をさした……彼は自分を責めた。

「そら、もうここからうちの畑だ」と彼は、長い沈黙ののちに、いった。

「これはたしか、うちの森でしたね？」とアルカージイはきいた。

「そう、うちの森だった。売ったんだよ。今年は伐《き》られてしまうだろう」

「どうして売ったんです？」

「金が入り用だったのさ。それに、ここはほっとけば農民どものものになってしまうし」

「年貢をはらわない連中のですか？」

「それはやつらが勝手にきめるんだよ、しかし、やつらだっていつかははらうだろうさ」

「惜しい森ですね」とアルカージイは正直にいって、あたりを見まわしはじめた。

彼らが通っていった場所は、絵のように美しいとはいえなかった。見わたすかぎりの野原が、わずかな起伏をなして、地平線までつづいていた。ところどころに小さな森が見え、そして、まばらな低い藪《やぶ》が点々とまきちらされた谷間がうねうねとくねり、彼らの目に、エカテリーナ時代の古い地図*に見るような独特の描写を思いださせた。岸をえぐられた小さな川や、やせた土手にかこまれた豆粒ほどの池や、たいていは半ばくずれかけた黒い屋根におしつぶされたような低い農家が固まりあった村や、粗朶《そだ》を編んで壁がわりにしたひんまがった打穀小舎《だこくごや》や、空っぽの穀物小舎のそばに欠伸《あくび》をしている木戸や、あちこち漆喰《しっくい》のはげおちた煉瓦《れんが》造りの教会や、木造の教会のそばの、十字架がゆがみ荒れはてた墓地などが、目にうつった。アルカージイはしだいに胸がつまってきた。しかも故意にそう仕組んだように、行きあう農民はどれもこれもぼろの仕事着をきて、やせ馬にのっていた。道ばたの柳まで幹の皮をはがれ、枝を折られて、まるでぼろをさげた物乞《ものご》いみたいに哀れっぽい姿だった。まるでからだじゅうをかじりつくされたみたいに、毛のささくれだった、やせてがたがたの雌牛が溝《みぞ》の雑草をがつがつとむしりとっていた。さながら何者かの恐ろしい死の爪《つめ》からのがれてきたばかりかと思われた——そしてこのたよりない家畜のみじめな姿を見ていると、美しい春の日盛りに、吹雪や雪や氷に閉ざされた、喜びのない、果てしない冬の白い幻がうかんできた……〈ちがう〉とアルカージイは考えた。〈ここは豊かな土地じゃない。ここには人目をおどろかすような豊かさも、勤勉さもない。だめだ、このままにしてはおけない。改革が必要だ……だが、どうしてそれを実行しよう。どこから手をつけよう?……〉

アルカージイはこんな思索にとらわれていた……しかしそのあいだも、春はそのいとなみをすすめていた。あたりはいちめん目にしみるような緑に輝き、すべてが——木立も、茂みも、草も——暖かいそよ風の静かな息吹《いぶき》になでられて、ひろびろとやわらかに波うち、つややかに光り、いたるところに果てしない甲高い流れとなって、雲雀《ひばり》のさえずりがみなぎり、田鳧《たげり》（訳注　チドリ科の鳥で沼沢地に住む）が、あちらでは低い草地の上をくるくる舞いながら鳴いているかと思えば、こちらでは黙々と土手の上を走りまわっているし、まだ低い春まき麦のやわらかい緑のなかに、黒い姿を美しくきわだたせながら、ミヤマガラスの群れが遊んでいる。ミヤマガラスはもうほんのりと白く染まりかけたライ麦の畑に来ると、ひょいと見えなくなり、ときおりそのけむるような波の合間にひょいと頭を出す。アルカージイはそうした風景をあかずながめていた。そのうちに思索はしだいにうすれ、消えてしまった……彼は外套をぬぎすてて、うれしくてじっとしていられないようすで、少年のような目で父を見た。父はたまらなくなってまた彼を抱きしめた。

「もうすぐだ」とニコライ・ペトローウィチはいった。「そら、あの丘をのぼりつめたら、もう家が見えるよ。これからいっしょに楽しく暮らそうな、アルカーシャ。おまえ経営を手伝ってくれるだろうな。もっとも、いやなら別だが。今度は二人で仲よくして、たがいによく理解しあうことだ、そうじゃないか？」

「もちろんですよ」とアルカージイはいった。「しかし、今日はなんてすばらしい日でしょう！」

「おまえが帰ってきたからだよ、アルカーシャ。うん、まさに春たけなわというところだ。しかし、わしはプーシキン（訳注　一七九九～一八三七。ロシア文学の父と称される国民詩人）に同意するな——ほら、『エヴゲーニイ・オネーギン』（訳注　プーシキンの韻文小説。女主人公タチアナはロシア女性の理想とされている）にあるじゃないか、

春、春、愛の季節よ！
おまえの訪れが、
どれほどぼくにはさびしいか！
どれほどの……」

「アルカージイ！」旅行馬車からバザーロフの声がひびいた。「マッチをかしてくれ、煙草《たばこ》が吸えんのだ」

ニコライ・ペトローウィチは口をつぐんだ。いささかめんくらったが、しかしなんとなく共鳴する気持ちもあって、父の言葉に耳をかたむけていたアルカージイは、ポケットから銀色のマッチ箱をとり出して、ピョートルにもたせてバザーロフのところへ行かせた。

「シガーをやろうか？」とまたバザーロフがどなった。

「くれ」とアルカージイは答えた。

ピョートルは幌馬車へもどってきて、マッチ箱といっしょに太い黒いシガーをアルカージイにわたした。アルカージイはすぐにそれをくわえて、吸いつけた。古煙草の強烈な黴《かび》くさいような臭《にお》いがひろがった。煙草を吸ったことのないニコライ・ペトローウィチは、おもわず、しかし息子の気にさわらぬように、そっと顔をそむけた。

それから十五分後に二台の馬車は、灰色のペンキをぬった、赤い鉄屋根の、新しい木造の屋敷の玄関の前にとまった。これがマリーノ、別名新しき村、あるいは、農民たちの命名によれば、小作農分村であった。

4

おおぜいの使用人が主人たちを迎えに玄関へとび出してくるというようなことはなく、十二歳くらいの少女が一人出てきただけだった。そのあとから、紋章入りの白いボタンがついた灰色の制服の、ピョートルにそっくりの若者が出てきた。パーヴェル・ペトローウィチ・キルサーノフの下男である。彼はだまって幌馬車の戸をあけ、さらに旅行馬車の雨《あま》よけのボタンをはずした。ニコライ・ペトローウィチは息子とバザーロフを案内して、暗いがらんとした広間を通って、最新流行の飾りつけをした客間へはいった。広間を通るとき、ドアのかげから若い女の顔がちらとのぞいた。

「さあ、家につきましたぞ」とニコライ・ペトローウィチは帽子をとって、髪をかきあげながらいった。「まず晩飯を食べて、それからゆっくりくつろぐとしよう」

「食べるのはたしかにわるくないですな」とバザーロフは伸びをしながら、相槌《あいづち》をうって、ソファに腰をおろした。

「そうですとも、おい、晩飯だ、大急ぎで支度してくれ」ニコライ・ペトローウィチは、これといってはっきりした理由もないのにトントンと足をふみ鳴らした。

「おや、ちょうどいいところへプロコーフィチが来たわい」

やせて浅黒い顔をした白髪の六十前後と思われる老人が、銅のボタンのついた褐色《かっしょく》のフロックを着て、薔薇《ばら》色のマフラーを首に巻きつけて、はいってきた。老人はにやりと歯を見せると、アルカージイの前に行って手に接吻《せっぷん》し、ついで客に腰をかがめると、戸口へさがって両手を背にまわした。

「そら息子だよ、プロコーフィチ」とニコライ・ペトローウィチが口を開いた。「とうとう帰ってきおった……どうだ？　変わったかな？」

「はあ、立派におなりになりました」というと、老人はまたにやりと笑ったが、すぐにぼさぼさの眉をしかめて、「食事の支度をいたしましょうか？」と、もったいぶっていった。

「ああ、そうしてくれ。ところで、まず部屋に行ってみますかな、エヴゲーニイ・ワシーリイチ？」

「いいえ、ありがとう、それにはおよびません。ただぼくのトランクを部屋にはこんでおくようにいっていただけませんか、ついでにこのぼろも」と彼はいいながら、だぶだぶのコートをぬいだ。

「どうぞどうぞ。プロコーフィチ、お客さまの外套をはこんであげなさい（プロコーフィチは、けげんそうな顔つきで、両手でバザーロフの《ぼろ》をつまむと、それをたかだかと頭上にささげて、爪先立《つまさきだ》ちで出ていった)。アルカージイ、おまえはちょっと部屋へ行ってみるかい?」

「ええ、手を洗ってきます」とアルカージイは答えて、ドアのほうへ行きかけると、ちょうどそこへ、黒っぽい英国製の背広をきて、流行の小さなネクタイをつけ、エナメルの半長靴《はんちょうか》をはいた中背の男がはいってきた。パーヴェル・ペトローウィチ・キルサーノフである。見たところ四十五、六に見えた。短くかりこまれた半白の髪は、新しい銀器のように、黒っぽい光沢があり、その顔はいかにも短気そうにぴりぴりしていたが、皺《しわ》はなく、まるで精巧な鑿《のみ》で巧みに彫りあげられたように、まれに見る端正な輪郭をしめし、おどろくほどの美貌《びぼう》の名残をとどめていた。とくにすばらしいのは、明るい、黒い、切れ長の目だった。ぜんたいにアルカージイの伯父の顔だちは優雅で、品がよく、青年の美しい調和と、たいていは二十歳をすぎると消えてしまう、地上をはなれて高く飛翔《ひしょう》しようという強い憧憬《どうけい》がたもたれていた。

パーヴェル・ペトローウィチは、ズボンのポケットから長い薔薇色の爪の美しい手を出して、アルカージイのほうへさしのべた。その手は、大きなオパールのカフスボタンでとめた袖《そで》の折り返しが雪のように真っ白なために、きわだって美しく見えた。

彼はまず、ヨーロッパ式の《シェーク・ハンド》をやってのけてから、三度ロシア式の接吻をし、つまり香水をふりかけた口髭《くちひげ》を三度アルカージイの頬《ほお》にふれて、「やあ、よく帰ってきたな」といった。

ニコライ・ペトローウィチは彼にバザーロフを紹介した。パーヴェル・ペトローウィチは、しなやかな上体をわずかにかがめて軽く微笑しただけで、手をさしださないばかりか、かえってそれをポケットにもどしてしまった。

「今日はもう帰ってこないんじゃないかと思ったよ」と彼は愛想よくからだをゆすったり、肩をすくめたり、きれいな白い歯を見せたりしながら、気持ちのいい声でいった。「途中でなにかあったんじゃないのか？」

「べつになにも」とアルカージイは答えた。「ただ、ちょっと道草をくっただけです。おかげで狼《おおかみ》みたいに腹ぺこですよ。プロコーフィチをせかしてください。お父さん、ぼくすぐ来ますから」

「待ってくれ、ぼくも行くよ」とバザーロフが、きゅうにソファから立ちあがりながら、叫んだ。二人の青年は出ていった。

「ありゃだれかね？」とパーヴェル・ペトローウィチはきいた。

「アルカーシャの友だちだ。アルカーシャの話だと、ひどく利口な男だそうだ」

「うちの客になるのかね？」

「うん」

「あの髯面《ひげづら》が？」

「まあそうだ」

パーヴェル・ペトローウィチはトントンと爪でテーブルをたたいた。

「どうも、アルカージイは s'est dégourdi.《セ・デグールディ》（訳注　世間ずれがしてきたようだな）」と彼はフランス語でいった。「とにかく、あれが帰ってうれしいよ」

夕飯の席ではあまり話がはずまなかった。わけてもバザーロフはほとんど口をきかないで、食べるのにいそがしかった。ニコライ・ペトローウィチは自分のいわゆる農場生活のさまざまな出来事を話したり、さしせまった政府の方策や、いろんな委員会や、議会や、機械化の必要などについて、意見をのべたりした。パーヴェル・ペトローウィチは食堂のなかをゆっくり歩きまわって（彼はぜったいに夕食をとらなかった）、ときおり赤葡萄酒《あかぶどうしゅ》がなみなみついであるグラスをちょっとなめ、それよりもさらにまれに「あ！　えへっ！　ふむ！」といった、意見というよりはむしろ感嘆の声を発するだけだった。アルカージイはペテルブルグのニュースをいくつか教えたが、なんとなく軽い気づまりを感じていた。それは子供からぬけだして大人の仲間入りをしたばかりの青年が、それまで子供と見られつけていたところへもどってきたときに、いつも感ずるあの軽い当惑だった。彼は必要もないのに話を長びかせたり、〈お父さん〉という言葉をさけて、一度など〈親父《おやじ》〉といったりしたが、さすがに、歯のあいだからむりにおしだしたようで、板につかなかった。彼はことさらに無造作に自分で飲みたい以上になみなみとコップに葡萄酒をつぎ、すっかり飲みほしてみせたりした。プロコーフィチは彼から目をはなさずに、口ばかりもぐもぐさせていた。夕食がおわると一同はすぐにそれぞれ部屋にひきとった。

「だが、変わり者だな、きみの伯父も」バザーロフはガウンをきてアルカージイのベッドのそばにすわって、短いパイプをふかしながらいった。「こんな田舎であのしゃれっけはどうだい、ええ！　爪を見たかい、あの爪、品評会にでも出したいくらいだぜ！」

「まあ、きみは知らんだろうが」とアルカージイは答えた。「伯父はかつて社交界のプリンスだったんだぜ。まあ、そのうちそのラブ・ロマンスを話してやろう。なにしろあの美男子だ、女どもをまよわせたものさ」

「ふん、なるほどね——それで、昔の夢わすれがたくってわけか。気の毒に、ここじゃまよわそうにも相手がいまい。ぼくはつくづく観察したぜ、石みたいなおどろくべきカラー、それにてかてかに剃《そ》った顎《あご》、アルカージイ、ちょっとこっけいじゃないか？」

「まあな。でも、ほんとに、いい人間だぜ」

「骨董《こっとう》的現象だな！　しかし親父さんはいい人だね。詩を読むのはいただけないし、農場経営はイロハも知らんようだが、しかし好人物だよ」

「親父は愛すべき人間だよ」

「きみは気づいたかい、親父さん、なんだかおどおどしてるじゃないか？」

アルカージイは、自分はおどおどなんかしていなかったぞとでもいいたげに、大きくうなずいた。

「おどろくね」とバザーロフはつづけた。「古いロマンチストたちには！　神経系をいらだちの状態にまで発達させてさ……だから、バランスもくずれるさ。じゃ、お休み！　ぼくの部屋には英国製の洗面台があるのはいいが、ドアに鍵《かぎ》がかからない。しかしこれはほめにゃいかんな——英国製の洗面台ってやつは、つまり、進歩だからな！」

バザーロフは立ち去った。アルカージイはすっかり喜びにつつまれた。自分の生まれた家で、なつかしいベッドの上で、親切な手がこしらえてくれた夜具をかぶって眠らなかった。

るのは、なんともいえぬいい気持ちである。もしかしたら、あのやさしい、善良な、疲れを知らぬ乳母《うば》の手が、この夜具をこしらえてくれたのかもしれぬ。アルカージイはエゴーロヴナを思いだして、はエゴーロヴナを思いだして、ほっと溜息《ためいき》をつき、冥福《めいふく》を祈った……自分のことは祈らなかった。

彼もバザーロフもまもなく寝入ったが、この家のほかの人たちは長いこと眠られなかった。ニコライ・ペトローヴィチは息子が帰ってきたことで興奮していた。彼は寝台の上に横になったが、明かりを消さないで、手枕《てまくら》をして、長い物思いにしずんでいた。兄のパーヴェル・ペトローヴィチは夜おそくまで自分の書斎にこもって、石炭がとろとろと燃えている暖炉《カミン》の前で、ハンブス（訳注　ペテルブルグに店をもっていたフランス人の家具師）製のゆったりした肘《ひじ》掛け椅子《いす》にふかぶかと身をうずめていた。彼は着替えもしないで、ただエナメルの半長靴を踵《かかと》のない赤い中国ふうのスリッパにとりかえただけだった。彼はガリニャーニ紙（訳注　Galignani's Messenger　パリで発行されていた英文の自由主義的傾向の日刊新聞）の最新号を手にもっていたが、読みもしないで、消えそうになるかと思えば、またパッと燃えあがり、ゆらゆらとゆれている暖炉の青白い炎にじっと目をやっていた……彼の思索がどこをさまよっていたのかは、知るよしもないが、すぎさった昔だけをさまよっていたのではないことはたしかだった。その顔には、思いつめたような暗い表情があらわれていたが、思い出だけにふけるのなら、そういうことはありえないからである。裏のほうの小さな部屋では、空色の胴着をきて、黒っぽい髪を白いプラトーク（訳注 スカーフのようなもの。ロシア婦人はこれで頭をつつんだり、肩にかけたりした）でつつんだ若い女、フェーニチカが、大きな長持に腰かけたまま、耳をすましたり、うとうとまどろんだり、あけはなされたドアのほうにちらと目をやったりしていた。戸口の向うには小さな子供ベッドが見え、赤ん坊のなだらかな寝息がきこえていた。

5

翌朝バザーロフはだれよりもはやく目をさまして、外へ出た。〈うへっ！〉彼はあたりを見まわして、ふと思った。〈うすみっともねえ土地だな〉ニコライ・ペトローヴィチは農民たちに土地を分配したとき、新しい屋敷の敷地として四ヘクタールばかりのまったく平坦《へいたん》な裸地をとっておいた。彼はそこに本館《おもや》や付属建物をたてたり、農場をつくったり、庭をこしらえたり、池と井戸を二つ掘ったりした。しかし若木はうまく土地になじまないし、池の水はたまりがわるいし、井戸の水はいくぶん塩気があった。ただ園亭《あずまや》のリラとアカシアだけがかなりみごとに枝をはりひろげた。そこでときどき茶をのんだり、食事をしたりした。

バザーロフは数分間で庭の小径《こみち》をひととおり歩きまわると、家畜小舎と廐舎《うまや》に立ちより、二人の子供を見つけて、すぐ仲よしになり、いっしょに一露里ほどはなれた小さな沼へ蛙《かえる》とりに出かけた。

「蛙をどうするんだい、旦那《だんな》？」と、子供の一人がきいた。

「それはだな」とバザーロフはいった。彼は下層階級の人びとにたいして、けっして甘やかしたりせず、つっけんどんな態度をとっていたが、それでいてどういうものか彼らの信頼を得る才能をもっていた。「蛙の腹をさいて、なかがどうなってるか見るんだよ。おじさんもおまえたちも蛙みたいなものさ、ただ足で歩くだけがちがいさ、だから蛙を見れば、ぼくらのなかがどうなっているかも、わかるんだよ」

「でも、わかってどうなるの？」

「そりゃ、まちがいをしないためさ、おまえが病気になったら、おじさんは治してやらにゃならんだろ」

「じゃ、おじさんはお医者さまだね？」

「そうだよ」

「ワシカ、きいたか、おまえもおれも蛙とおなじだってさ。おもしれえな！」

「おら、やだよ、蛙はおっかねえや」とワシカがいった。七つばかりの子供で、髪が亜麻みたいに白くちぢれ、つめ襟《えり》のコサック上着をきて、はだしだった。

「なにがおっかねえ？　まさかかみつきもしめえや！」

「さあ、ぐずぐずいってないで、水のなかへはいった」とバザーロフはいった。

　そのころニコライ・ペトローウィチも起きだして、アルカージイの部屋をのぞいた。アルカージイはもう服をきていた。父と子は日《ひ》覆《おお》いのあるテラスへ出た。手すりのそばのテーブルの上で大きなリラの花束にかこまれて、サモワール（訳注　ロシア独特の湯わかし器。茶好きのロシア人の食卓には欠かすことのできないもので、卓上の装飾にもなる）がシュンシュンたぎっていた。昨日まっさきに玄関に出迎えたあの少女が出てきて、蚊の鳴くような声でいった。

「フェドーシャ・ニコラーエヴナはおかげんがわるくて、出てこられないそうです。そこで旦那さまがご自分でお茶をおいれになったほうがいいか、それともドゥニャーシャをよこすか、きいてくるようにって」

「自分でいれるよ、自分で」とニコライ・ペトローウィチは急いでいった。「アルカージイ、おまえどっちにする、クリームか、それともレモン？」

「クリームにします」とアルカージイは答えて、ちょっと間《ま》をおいて、不審そうにいった。「お父さん！」

　ニコライ・ペトローウィチはどぎまぎしながら息子を見た。

「なんだな?」と彼はいった。
アルカージイは目を伏せた。
「でも、お父さん、ぼくの質問がぶしつけにきこえたら、許してください」と彼はいった。
「でも、お父さん、ぼくのほうが昨日あんな率直な態度に出たものですから、ぼくもこんなことをきく気持ちになったのですが……お父さん、怒りません?」
「いってごらん」
「お父さんが好きだから、思いきってこんなことをきくのですが……フェーニ……あ
のひとがここへ茶をつぎに来ないのは、ぼくがいるからではないでしょうか?」
ニコライ・ペトローウィチはわずかに顔をそむけた。
「そうかもしれん」と彼はややあっていった。「あれは気にしているんだ……恥ずか
しいのだよ……」
アルカージイはすばやくちらと父を見た。
「あのひとの思いすごしですよ。第一、お父さんはぼくの思考方式(アルカージイは
この言葉を口にするのがたまらなく楽しかった)をよく知っているはずだし、第二に
——ぼくがたとえ毛筋ほどでもお父さんの生活、お父さんの習慣を束縛したいなんて
思うでしょうか? それにぼくは、お父さんがわるい選択をするはずがないことは、

かたく信じていますから。もしお父さんがあのひとに一つ屋根の下で暮らすことを許したのなら、つまりあのひとはそれだけの値打ちがあるわけです。いずれにしても、子が父を裁くことはできません。わけてもぼくが、しかもあなたのように、いついかなる場合も一度としてぼくの自由を束縛したことのない父を、裁けるわけがありません」

アルカージイの声ははじめふるえていた。彼は自分の寛大さを感じていたが、同時に、父に教訓めいたことをならべていることもわかっていた。だが、自分の言葉のひびきというものは、しゃべっている当の本人に強い作用をおよぼすもので、アルカージイも最後の数語は力づよく、効果をさえつけて発音した。

「ありがとう、アルカーシャ」とニコライ・ペトローウィチはうつろな声で言った。そして指がまた額や眉《まゆ》をこすりはじめた。「たしかにおまえの推測どおりだよ。もちろん、あの女にそれだけのよさがなかったら……これは軽はずみな気まぐれじゃないんだよ……おまえとこんな話をするのは心ぐるしいが、しかしおまえもわかってくれてるように、ここへ来ておまえの顔を見るのが、あれにはつらかったんだよ、おまけにまだ帰ってきて早々だものな」

「そんならぼくのほうから行ってきます」とアルカージイは、また新たに寛大な気持ちがぐっとこみあげてきて、叫ぶようにいうと、さっと椅子から立ちあがった。

「ぼくに恥ずかしがることなんかないって、よく説明しますよ」

　ニコライ・ペトローウィチも立ちあがった。

「アルカージイ」と彼はいいかけた。「たのむからやめてくれ……どうしてそんなことが……じつは……おまえにはいってなかったが……」

　しかしアルカージイはもう耳をかさないで、テラスからとび出していった。ニコライ・ペトローウィチはその後ろ姿を見送って、そわそわしながら椅子にからだを沈めた。胸がどきどきしだした……彼はこの瞬間、これからの息子との関係が妙なものになることはさけられぬと観念したろうか、たといアルカージイが全然このことにふれないにしても、もうこれまでのように父を尊敬することはないだろうと、意識したろうか、自分で自分の弱さを責めたろうか――はっきり断言することはできないが、こうした感情が、感じ――それも漠然《ばくぜん》とした感じの形で、彼の内部にあったことはたしかである。顔の赤らみは消えなかったし、胸の早鐘はおさえられなかった。

　気ぜわしい足音がきこえて、アルカージイがテラスへもどってきた。

「ぼくたち仲よしになったよ、お父さん！」と彼はやさしい、人のよさそうな得意げな顔で叫んだ。「フェドーシャ・ニコラーエヴナは今日はほんとにかげんがあまりよくないので、もうすこしあとで来るそうです。でも、お父さん、ぼくに弟があるってこと、どうしてぼくにいってくれなかったの？　そしたらもう昨夜のうちに、いまみたいに、接吻してやるんだったのに」

ニコライ・ペトローウィチはなにかいいたかった、立ちあがって両手をひろげて息子を迎えたかった……アルカージイは父の首に抱きついた。

「どうしたんだね？　また抱き合ってるのか？」と、背後にパーヴェル・ペトローウィチの声がきこえた。

父と子はともに、この瞬間に彼があらわれてくれたことを喜んだ。うれしさとは別に、一刻もはやくぬけだしたいと思うような、感激の場面があるものである。

「いったいなにをおどろいてるんだね？」とニコライ・ペトローウィチはいった。「もういつからかアルカーシャの帰りを待ちわびていたんだ……昨日からまだしみじみとこれの顔を見てないんだよ」

「べつにおどろきはしないさ」とパーヴェル・ペトローウィチはいった。「わたしだって抱きしめたい気持ちだからね」

アルカージイは伯父のそばに行き、また彼の香水をふりかけた口髭が頬にふれるのを感じた。パーヴェル・ペトローウィチは食卓についた。彼は上品な、英国趣味の朝の洋服をきて、小さなトルコ帽をかぶっていた。このトルコ帽と無造作に結ばれたネクタイが田園生活ののびやかさを物語っていた。だが、シャツのかたいカラーは、白ではなく、朝の服装にふさわしい色ものだったが、例によって仮借《かしゃく》なく、きれいに剃られた顎にくいこんでいた。

「どこだね、おまえの新しい友人は？」と彼はアルカージイにきいた。

「家にいません。彼はいつもはやく起きて、どこかへ出かけるんです。でも、彼のことは気にしないでください。彼は形式ばったことはきらいですから」

「うん、それは気がついたよ」パーヴェル・ペトローウィチはゆっくりパンにバターをぬりはじめた。「で、家には長くいるつもりかな？」

「どうなりますか。彼は親父さんのところへ帰省する途中、ここへ寄ったんですよ」

「ほう、で親御さんはどこに住んでるんだね？」

「この県ですよ、ここから八十露里ほどのところです。そこに小さな領地があるんです。親父さんはもと連隊の軍医だったんですよ」

「なあるほど、そうかい……それでだ、どうもどこかできいたことのある苗字《みょうじ》だと思ってたんだよ、バザーロフねえ……ニコライ、おぼえてるかい、親父の師団にバザーロフ軍医っていたの？」

「そういえば、そんな気もするな」

「いたよ、まちがいない。そうか、あの軍医が彼の親父さんか。ふむ！」パーヴェル・ペトローウィチは口髭をひねった。「ところで、バザーロフ君自身はいったい何者だね？」と彼は一語一語くぎっていった。

「バザーロフが何者ですって？」アルカージイは苦笑した。「伯父さん、なんなら、あの男が何者か、教えてあげましょうか？」

「うん、教えてくれよ、アルカージイ」

「彼はニヒリストです」

「ええっ？」とニコライ・ペトローウィチはききかえした。パーヴェル・ペトローウィチはバターの一片をつけたナイフをもちあげたまま、凍りついたようになってしまった。

「彼はニヒリストですよ」とアルカージイはくりかえした。

「ニヒリスト」とニコライ・ペトローウィチはつぶやいた。「それは、ラテン語のnihilつまり無から出た言葉だな、そうとしかわたしには考えられん、とすると、この言葉は……なにものもみとめぬ人間……という意味かね？」

「なにものも尊敬せぬといったほうがいいよ」とパーヴェル・ペトローウィチはいっ

て、またバターをぬりはじめた。

「何事も批判的見地から見る人間ですよ」とアルカージイはいった。

「それはおなじことじゃないかね？」とパーヴェル・ペトローウィチはきいた。

「いいえ、おなじことじゃありません。ニヒリストというのは、いかなる権威の前にも頭をさげぬ人、いかなる原理《プランシープ》も、たとえその原理がひとびとにどんなに尊敬されているものであっても、そのまま信条として受けいれぬ人をいうのです」

「で、なにかね、それはいいことかね？」と、パーヴェル・ペトローウィチがさえぎった。

「人によりけりですよ、伯父さん。それでいい人もいるし、ひどくわるい人もいます」

「なるほど、まあ、わしらには関係なさそうだな。わしらは、古い時代の人間だ。わしらは、プランシープがなければ（パーヴェル・ペトローウィチはこの言葉をフランス式にやわらかく発音したが、アルカージイは反対にまえのほうにアクセントをつけて《プルインシプ》と発音した）、おまえのいうその信条として受けいれられたプランシープがなければ、歩くことも、くたばることもできんのだよ。Vous avez《ヴ・ザヴェ》・changé tout cela.《シャンジェ・トゥ・スラ》（訳注 おまえたちはそれをすっかり変えてしまった）まあからだに気をつけて、えらい人になってくれ、わしらはのんびりながめさせてもらうよ、きみたち……ええと、なんといったっけな？」

「ニヒリストですよ」とアルカージイははっきり発音した。

「そう。まえはヘーゲリアン（訳注 ドイツのヘーゲル哲学の信奉者。一八三〇年代の知識人たちは農奴制、社会、道徳問題の解答をヘーゲル哲学に求めたのである）だったが、今度はニヒリストか。まあ、きみたちが虚無のなかに、空気のない空間にどんなふうに生きるか、ながめさせてもらおう。ところで、ニコライ・ペトローウィチ、ベルを鳴らしてくれんかね、ココアの時間だ」

ニコライ・ペトローウィチはベルを鳴らして、「ドゥニャーシャ！」とどなった。ところが、ドゥニャーシャのかわりにフェーニチカが自分でテラスへ出てきた。二十二、三の若い女だった。色白でふっくりして、髪も目も黒っぽく、唇《くちびる》が真っ赤で、子供みたいにぽっちゃりした、小さなしなやかな手をしていた。さっぱりした更紗《さらさ》の服をきて、空色の新しいスカーフがまるっこい肩にふんわりとかかっていた。彼女は大きなココアの茶碗《ちゃわん》をもってきて、パーヴェル・ペトローウィチの前におくと、恥ずかしそうにうつむいた。熱い血がかわいらしい顔のうすい肌《はだ》の下を真っ赤な波となってみなぎりわたった。彼女は目を伏せたまま、テーブルのそばに立って、指先を軽くテーブルについた。ここへ出てきたのが恥ずかしくもあったが、その反面、出てくる資格があることを感じているふうでもあった。

パーヴェル・ペトローウィチはけわしく眉をひそめた。ニコライ・ペトローウィチもそわそわしだした。

「お早う、フェーニチカ」と彼は歯のあいだからおしだすようにいった。

「お早うございます」と彼女は高くはないが、よくとおる声で答えた。そして親しげにほほえみかけたアルカージイに、ちらと横目をなげると、静かに出ていった。いくぶんもつれるような足どりだったが、これも彼女にはよく似あった。

テラスにはちょっとのあいだ沈黙がみなぎった。パーヴェル・ペトローウィチはココアをすすっていたが、ふいに顔をあげた。

「おや、ニヒリスト君のご入来だ」と彼は小声でいった。

ほんとうに、花壇をこえながら、バザーロフが庭を歩いてきた。亜麻布のコートとズボンが泥《どろ》でよごれていた。古いまるい帽子の上に沼のねばっこい水草が巻きついていた。彼は右手に小さな袋をさげていたが、その袋のなかでなにか生き物らしい物がもぞもぞ動いていた。彼は急いでテラスのほうへ近づくと、ぺこりと頭をさげていった。

「お早う、みなさん、お茶におくれてごめんなさい、すぐ来ます。この獲物を整理して」

「なんだね、それは？　蛭《ひる》？」とパーヴェル・ペトローウィチがきいた。

「いや、蛙ですよ」

「食べるのかね、それとも飼うの？」

「実験用です」とバザーロフは平然と答えて、家へはいっていった。

「あれを解剖するんだな」パーヴェル・ペトローウィチはいった。「プランシープは信じないが、蛙は信じるか」

　アルカージイはあわれむように伯父を見やった。ニコライ・ペトローウィチはそっと肩をすくめた。当のパーヴェル・ペトローウィチも、しゃれのまずかったことを感じて、農場のことや、昨夜新しい管理人がやってきて、作男のフォーマが「ひどい悪たれをついて」逃げだしたと訴えたことなどを話しだした。管理人のいうのには、なんでも「やつは手におえぬ嘘《うそ》つきで、どこへ行ってもすぐに評判をわるくして、居づらくしては、悪たれついて逃げてしまう」そうである。

6

バザーロフはもどってくると、食卓について、急いで茶をのみはじめた。二人の兄弟はだまってそれを見つめていた。アルカージイはそっと伯父と父の顔をうかがった。

「どのへんまで行ってきたのかね？」と、とうとう、ニコライ・ペトローウィチが口を開いた。

「あそこの沼ですよ、箱柳の茂みのそばの。鴫《しぎ》を五羽も追いたてましたよ。きみなら撃ちおとすんだろうがな、アルカージイ」

「じゃ、あなたは猟はやらんのかね？」

「やりません」

「あなたは物理学をおやりですか？」とパーヴェル・ペトローウィチがきいた。

「物理学、ええ、だいたい自然科学です」

「なんでも、ゲルマン人*が最近この分野でえらく成功したそうですね」

「そうです、ドイツ人はこの分野ではわれわれの先生です」とバザーロフはぞんざいに答えた。

ドイツ人というかわりに、ゲルマン人という言葉を、パーヴェル・ペトローウィチはわざと皮肉につかったのだが、だれもその意味に気づかなかった。

「あなたはドイツ人をかなり高く買っておいでのようですな？」とパーヴェル・ペト

ローウィチはわざとらしくばかていねいにいった。彼はひそかないらだちをおぼえはじめていた。彼の貴族的性格が、バザーロフの徹底的にこだわらぬ態度にかきみだされたのである。この軍医の息子は気おくれしないどころか、かえってぽつりぽつりと気ののらないような返事をするし、その声にはなにか乱暴な、ほとんど不遜《ふそん》といえるようなひびきがあった。

「あちらの学者たちは人間がしっかりしてますよ」

「ほう、なるほど。ところで、ロシアの学者については、おそらく、それほどの好意ある見解をおもちじゃないでしょうね」

「まあ、そうでしょうね」

「いや、ご立派なご謙遜です」と、パーヴェル・ペトローウィチは上体を正し、ぐっと頭をそらせて、いった。「でも、いましがたアルカージイ・ニコラーイチにきいたのですが、あなたはいかなる権威もおみとめにならんそうですな？　権威をお信じにならんのですな？」

「ええ、いったいなんのために、ぼくがそれをみとめるのです？　そしてなにを、ぼくが信じるのです？　あることをきかされる、同意する、それだけのことです」

「だが、ドイツ人がなんでもすっかりいいますかな？」とパーヴェル・ペトローウィチはひとり言のようにいったが、顔はいかにも気のなさそうな冷たい表情になり、まるで雲の上へでも逃避してしまったかのようであった。

「すっかりというわけではありませんね」とバザーロフは小さな欠伸《あくび》をして答えた。彼は明らかに口論をつづけるのがいやになったらしい。

　パーヴェル・ペトローウィチは〈おまえの友だちはなかなか礼儀をわきまえてるよ、案外だ〉とでもいいたげに、ちらとアルカージイを見た。

「わたしとしては」と彼はまたいいだしたが、かなりむりをしているふうが見えた。「よくないことだと思うが、ドイツ人は虫が好きませんな。ロシアにいるドイツ人は論外ですよ、あの連中がどんなくだらんやつらかは、だれでも知ってますからな。しかしドイツのドイツ人も性《しょう》に合いません。昔はまだまあまあでした、とにかくシラー（訳注　一七五九〜一八〇五。ドイツの詩人、劇作家）とか、ゲーテですか、そういうのがおりましたからな……この弟などは、この二人にはとくに好意をもっているようです……ところが近ごろは化学者とか、唯物論者《ゆいぶつろん》とかいう連中ばかり出てきて……」

「立派な化学者なら、どんな詩人よりも二十倍も有益ですよ」とバザーロフはさえぎった。

「なるほど」とパーヴェル・ペトローウィチはつぶやいて、いかにも眠そうに、わずかに眉をもたげた。

「というと、あなたは芸術をみとめておらんのですな？」

「芸術は金もうけです、いやそれより痔《じ》の患者をこさえますよ！」とバザーロフははかにしたようなうす笑いをうかべながら、叫ぶようにいった。

「なるほど、そうですか。いや、あなたもなかなかしゃれがうまい。つまり、あなたはすべてを否定する、ということですな？　そうだとしましょう。ということは、つまり、科学だけを信じるということかな？」

「なにも信じないと、さっき申しあげたはずですよ。科学とはいったいなんでしょう——科学一般とは？　いろんな仕事や職業があるように、科学もいろいろあります。一括した科学というものはぜんぜん存在しません」

「じつに明快ですな。ところで、社会生活のなかにとり入れられている他のもろもろの法規についても、あなたはおなじ否定的態度をおとりになりますか？」

「これはなんです、尋問ですか？」とバザーロフはたずねた。

パーヴェル・ペトローウィチの顔がわずかに青ざめた……ニコライ・ペトローウィチは、もうこのままつづけさせてはあぶないと見てとった。

「この問題については、いずれゆっくり話しあいましょう、エヴゲーニイ・ワシーリイチ、あなたの意見もよくきかせてもらうし、わたしたちの考えもいわせてもらいます。わたしとしては、あなたが自然科学をおやりになっていることは、たいへんけっこうだと思います。話にきいたのですが、リービッヒ（訳注　一八〇三〜七三。ドイツの化学者）が肥料についておどろくべき発見をしたそうじゃありませんか。あなたはわたしの農業の仕事を助けることがおできになる。いろいろと有益な助言をわたしにあたえてくださるでしょうな」

「喜んでお役にたちます。ニコライ・ペトローウィチ。でも、リービッヒまではとてもだめですよ！　まずＡＢＣをおぼえて、それから本にとり組まねばなりません。ところがぼくらはまだＡの字にもお目にかかってないんですから」

〈なるほど、こいつはたしかにニヒリストだわい〉とニコライ・ペトローウィチは考えた。

「それはそれとして、まあ、なんかのときは相談にのってください」と彼はいいそえた。「ところで、兄さん、そろそろ管理人の報告をきく時間じゃないかな」

パーヴェル・ペトローウィチは立ちあがった。

「そうだよ」と彼はだれの顔も見ないでいった。「聡明《そうめい》な人たちから遠くはなれて、さびしい田舎に五年もこんな暮らしをしているなんて、不幸なことだよ！　ばかがますますばかになる。教えられたことを忘れまいと、一生懸命につとめていると、いきなり、そんなことはみなくだらんことだ、もののわかった人はもうそんなくだらんことには関わりあっていない、おまえらは時代おくれのまぬけだ、と決めつけられる！　どうしようもないよ！　どうやら、若い者のほうがたしかにわたしらより利口らしい」

　パーヴェル・ペトローウィチはゆっくり踵《かかと》でまわって、静かに出ていった。ニコライ・ペトローウィチはそのあとにつづいた。

「なんだい、あの人はいつもああかい？」二人の兄弟が消えてドアがしまると同時に、バザーロフは冷ややかにアルカージイにたずねた。

「ねえ、エヴゲーニイ、きみは伯父にきつくあたりすぎたよ」とアルカージイはいった。「怒らせちゃったじゃないか」

「ほう、ぼくにあの田舎貴族どもを、甘やかせってのかい！　あれはみな自惚《うぬぼ》れ、社交界のプリンスの習癖、気どりにすぎんよ。なあに、あれほどかまえているんなら、ペテルブルグで活動をつづけりゃいいんだ……でも、あんな人のことはどうでもいいさ！　それよりげんごろうのかなり珍しい変種を見つけたぜ、Dytiscus marginatus《デュティスクス・マルギナートゥス》というやつだ、わかるかい？　あとで見せてやろう」

「きみに彼の物語をしてやる約束だったな」とアルカージイはいった。

「げんごろうの物語かい？」

「もうよせよ、エヴゲーニイ。ぼくの伯父の物語さ。きみが思ってるような、そんな人間でないことがわかるよ。彼はあざわらうよりも、むしろあわれまなくちゃいけない人間なんだ」

「まあいいさ。だがどうしてそうこだわるんだね？」

「公平であらねばならないからさ」

「なんのために？」

「いいからききたまえ……」

そこで、アルカージイは彼の伯父の物語を語った。読者はそれをつぎの章に見るであろう。

7

パーヴェル・ペトローウィチ・キルサーノフは、弟のニコライとおなじようにはじめは家庭で教育を受け、その後陸軍幼年学校へはいった。彼は子供のころからさわだって美しかった。くわえて、自尊心が強く、いささか嘲笑《ちょうしょう》好きのきらいがあり、短気にもなんとなく愛嬌《あいきょう》があって――どうしたって人に好かれないわけがなかった。彼は士官になると、ほうぼうへ姿をあらわしはじめた。彼はどこでもちやほやされ、自分でもいい気になって、ばかなまねもしたし、生意気なこともした。が、それさえ彼にはよく似あった。女たちはのぼせて夢中になり、男たちはきざなやつなどと呼んで、ひそかにうらやんだ。彼は、まえにのべたように、ぜんぜん似ていないが、心から愛している弟といっしょに住んでいた。ニコライ・ペトローウィチは片足がすこし不自由で、顔立ちは小ぶりで感じがよかったが、小さな黒い目はいくらか愁《うれ》いをおび、髪はやわらかく薄かった。彼はなまけてひきこもっているのが好きで、よく本は読んだが、人のなかへ出るのはきらいだった。パーヴェル・ペトローウィチのほうは一晩も家ですごしたことがなく、勇気と敏捷《びんしょう》な身ごなしできこえていたが（社交界の青年貴族たちのあいだに体操をはやらせたのは彼だった）、読んだのはフランスの本がせいぜい四、五冊だった。二十八で彼はもう大尉《たいい》になり、輝かしい未来が期待されていた。それがふいに一変したのである。

そのころペテルブルグの社交界にときおりあらわれる一人の貴婦人があった。いまだに語り草になっているR公爵《こうしゃく》夫人である。彼女の良人《おっと》は、育ちもよく礼儀も正しいが、少々頭が弱かった。子供はなかった。彼女はとつぜん外国へ去ってしまったかと思うと、また突然ロシアへもどってきたり、概して奇妙な生活を送っていた。彼女は軽はずみなコケットとうわさされていた。どんな享楽《きょうらく》にでも夢中になり、たおれるまで踊ったり、食事まえに青年たちをうす暗い応接間にひき入れて、キャアキャアとふざけたり、そうかと思うと夜はさめざめと泣いて、一心に祈り、どこにも安らぎを見いだすことができないで、朝までせつなそうに両手をもみしだきながら、室内をせかせか歩きまわったり、あるいはじっとすわったまま、まっさおな顔をしてがたがたふるえながら、聖書の詩篇を唱えてみたり、というふうだった。ところが、夜が明けると、彼女は社交界の貴婦人に変身し、馬車でくりだし、笑ったり、おしゃべりをしたり、そしてどんな些細《ささい》ななぐさめでもあたえてくれるものには、それこそ頭からとびこんでいった。彼女は、全体が不思議にできあがっていた。金色の編み髪が、金のように重く、膝《ひざ》の下までたれていたが、彼女を美人と呼ぶ者は一人もなかったろう。彼女の顔でいいところといえば、目だけだった。それも目そのものではなく——目はあまり大きくなく、灰色だった——その目の動きなのである。すばやく動く深いまなざし、大胆なほど屈託のない、それでいて喪心と見えるほど物思わしげな、謎《なぞ》のようなまなざしなのである。その目には、ごくつまらないことをしゃべっているときでさえ、なにかしら異常な光があった。彼女は洗練された服装をしていた。

パーヴェル・ペトローウィチはある舞踏会で彼女に会い、いっしょにマズルカを踊った。踊りのあいだ彼女はべつに思わせぶりなことはひと言もいわなかったが、彼はすっかり恋のとりこになってしまった。恋の勝利になれていた彼は、今度もまもなく目的を達した。しかしやすやすと勝利を得たにしては、彼の情熱はさめなかった。それどころか、彼はますます苦しく、ますます強く、この女にひきよせられてゆくばかりだった。この女には、われを忘れて男に身をゆだねたようなときでさえ、秘められた、ふれることも、のぞくこともできないなにものかがのこされているかのようであった。この魂のなかになにが巣くっていたのか——神のみぞ知るである！　彼女はある神秘的な、自分でもわからぬ力に支配されているかに見えた。その力が彼女を好きなようにあやつっていた。そして彼女のとぼしい知力はその力の気まぐれをおさえることができなかった。すべての行動が愚かな矛盾の連続だった。とうぜん良人の疑惑を招くにちがいないようなうかつな手紙を、ほとんどなんの関係もないような男に書きおくったりして、彼女の愛は悲劇の様相をおびてきた。彼女はもう笑わなかったし、選んだ男とふざけたりもしなくなって、相手の話をききながら、疑惑の目でじっとその顔を見つめていた。ときどき、たいていは突然に、この疑惑が冷たい恐怖に変わった。すると顔が死人のような奇怪な表情をおび、寝室へ閉じこもってしまうのだった。そんなとき小間使は鍵穴《かぎあな》に耳をおしつけて、彼女のうつろなもだえ泣きをきくことができた。甘いあいびきがおわって家へもどりながら、キルサーノフが完全な敗北ののちにむらむらとこみあげてくるような、胸のはりさけそうな苦い憤《いきどお》りをおぼえたことは、一度や二度ではなかった。〈おれはこのうえなにがほしいというのだ？〉と彼は自問したが、心はうずくばかりだった。ある日彼は、宝石にスフィンクスをきざんだ指輪を彼女におくった。

「これはなんですの？」と彼女はきいた。「スフィンクス？」

「そうです」と彼は答えた。「このスフィンクスが——あなたです」

「わたしが？」と答えて、彼女は静かにその謎のような目を彼にあげた。「まあすてきじゃありません？」と彼女は意味のないうす笑いをうかべながらいいそえたが、目は依然として謎のような表情をたたえていた。

Ｒ公爵夫人に愛されているあいだも、パーヴェル・ペトローウィチは苦しかったが、彼女の愛がさめると、しかもこれはかなり早急に訪れたが、彼はほとんど気も狂わんばかりになった。彼はもんもんとし、嫉妬《しっと》の鬼のようになって、いたるところで彼女にうるさくつきまとって、すこしも安らぎをあたえなかった。彼女は彼のしつこい追及に嫌気《いやけ》がさして、外国へ逃げてしまった。彼は友人たちの頼みや、長官の説諭をけって、退官し、公爵夫人のあとを追った。彼は夫人に近づいたり、故意にはなれたりしながら、ほぼ四年近く異郷をさまよった。彼は自分で自分を恥じ、自分の狭量を怒った……が、なにも助けにはならなかった。彼女の姿、あの不可解な、ほとんど無意味だが、しかし魅力ある面影《おもかげ》が、あまりにも深く彼の心のなかに宿ってしまったのだった。バーデン（訳注 スイスの保養地）でまたもとの関係が復活したかに見えた。彼女がこれほどはげしく彼を愛したことは、かつてなかったように思われた……ところが、一月《ひとつき》後にはもうすべてがおわってしまった。火が最後の炎をかきたてて永久に消えてしまったのである。さけられぬ別離を予感して、彼はせめて友人としてとどまりたいとねがった、このような女との友情が可能ででもあるかのように。——彼女はそっとバーデンを発《た》ってしまい、それからはたえずキルサーノフをさけるようになった。

彼はロシアへもどった。そして昔の生活にかえろうとしてみたが、もうもとの軌道にもどることはできなかった。彼はまるで中毒患者のように、ふらふらとさまよい歩いた。彼はまた社交界に顔を出すようになり、身についた上流紳士の習慣をそのままたもっていたので、二、三の新しい恋の勝利を誇ることができたが、もう自分にも、他人にも、特別に変わったことはなにも期待せず、なにも計画しなかった。彼は老《ふ》けこんで、髪がめっきり白くなった。毎晩クラブに出かけて、退屈にいらいらしながら、独身者仲間とおもしろくもない口論をするのが必要な日課となった、——明らかに、よくない徴候である。彼は結婚については、もちろん、考えもしなかった。このようにして、花も咲かず、実りもなく、早く、おそろしいほど早く、十年の歳月がすぎた。どこにも、ロシアほど時間が早く走り去るところはない。わけても、監獄ではそれが早いといわれる。ある日、クラブで食事をしていると、パーヴェル・ペトローウィチはR公爵夫人が死んだというわさをきいた。彼女は狂乱に近い状態でパリで死んだということであった。彼は食卓をはなれて、長いことクラブ内の部屋から部屋を歩きまわり、カルタ賭博《とばく》をやっているひとびとのそばにぼんやり立ちどまったりしていたが、いつもよりはやくは家に帰らなかった。しばらくたってから彼は小包を受けとった。そこには彼が公爵夫人におくった指輪がはいっていた。彼女はスフィンクスに十字のしるしをつけて、この十字架が、謎の答えであると、彼に伝えるように使いの男に命じたのだった。

これは一八四八年のはじめのことで、ちょうどニコライ・ペトローウィチが妻を失い、ペテルブルグへ出てきたのとおなじ時期だった。パーヴェル・ペトローウィチは、弟が村へ移ってからほとんど会っていなかった。ニコライ・ペトローウィチの結婚は、ちょうどパーヴェル・ペトローウィチが公爵夫人とはじめて知りあった日にあたっていた。彼は外国からもどると、弟の幸福をながめながら二カ月ほど滞在するつもりで村へ出かけたが、一週間しかがまんができなかった。二人の兄弟の境遇のちがいがあまりにも大きすぎたのである。一八四八年にはこのちがいが小さくなった。ニコライ・ペトローウィチは妻を失い、パーヴェル・ペトローウィチは愛人の思い出を失った。彼女の死後、パーヴェル・ペトローウィチはなるべく彼女のことを考えないようにしていた。一方、ニコライには正しく生活を送ったという気持ちがあったし、息子が立派に成長していた。パーヴェルはその反対にさびしいひとり者で、不安な人生の黄昏時《たそがれどき》にはいっていた。それは希望に似た哀惜、哀惜に似た希望の時代とでもいおうか、青春がすぎさったが、老境がまだ訪れぬ時代である。

この時代がパーヴェル・ペトローウィチにとってはほかのだれよりもつらかった、というのは、彼は過去を失うことによって、すべてを失ってしまったからである。

「わたしはいまはまだ、兄さんをマリーノへは呼ばないよ」とあるときニコライ・ペトローウィチが兄にいった（彼は亡《な》き妻の思い出のために、村をこう呼んでいた）。「妻がいたころでさえ退屈したんだから、いま村へ行ったら、きっとふさぎの虫にくいつくされてしまうよ」

「わたしはあのころはまだばかで、つまらぬ未練をもっていたが」とパーヴェル・ペトローウィチは答えた。「あのころからみると、おとなしくなったよ、利口になったとはいわんがな。いまは、かえって、おまえが迷惑じゃなければ、村に永住したいと思ってるんだよ」

返事がわりに、ニコライ・ペトローウィチは兄を抱きしめた。しかしパーヴェル・ペトローウィチがこの意向を実現する決心をしたのは、この会話がかわされてから一年半後のことであった。そのかわり、ひとたび村に移ってからは、彼はもうニコライ・ペトローウィチが息子といっしょにペテルブルグですごした三冬でさえ村をはなれなかった。彼は本を読むようになった。たいていは英語の本だった。彼はだいたい生活を英国風につくりあげ、めったに近所のひとびととも会わず、たまに選挙に出かけるくらいだった。選挙の場所でも彼はほとんど口をきかず、ただときおり、旧式な地主たちを自由主義的な言動でからかったり、おどかしたりするくらいのもので、といって、新しい世代を代表する連中と親しむでもなかった。だから新旧両派ともに彼を傲慢《ごうまん》な人間だと思っていたし、またそのすぐれた貴族的態度や、かずかずの恋の勝利のうわさのために、尊敬もしていた。さらに彼がいつも隙《すき》のない服装をして、一流ホテルの一流の部屋にしか泊まらないことや、だいたい食事がぜいたくで、一度などはルイ・フィリップ王（訳注 一八三〇～四八年のフランス国王。四八年の二月革命で英国へ亡命）のもとでウェリントン将軍（訳注 一七六九～一八五二。イギリスの将軍）と食事をともにしたことや、どこへ行くにもほんものの銀製の化粧箱と旅行用の浴槽を携行したことや、いつも珍しい、おどろくほど《優雅》な香水の匂《にお》いをただよわせていたことや、ホイスト（訳注 トランプ遊びの一種）の手ぎわはあざやかだが、かならず相手に花をもたせることや、そうしたすべてにくわえて、非のうちどころのない潔癖さのために、ひとびとは彼に敬意をはらっていた。婦人たちは彼をチャーミングな憂鬱家《メランコリック》とうわさしていたが、彼は婦人たちには近づかなかった……

「これでわかったろう、エヴゲーニイ」アルカージイは話をおわりながら、こういった。「きみが伯父を非難するのは、じつに不当だよ！　それに、これはよけいなことかもしれんが、伯父は自分の金をつぎこんで父の苦境を再三すくってくれたんだ――二人の領地だって、きみは知らんだろうが、分割されてないんだよ、――それに伯父はどんな人でも喜んで助けるし、いつだって農民たちの味方をするんだ。もっとも、農民たちと話をするときは、眉《まゆ》をしかめて、オーデコロンを嗅《か》ぎはするが……」

「そりゃそうさ、あの神経だ」とバザーロフはさえぎった。

「まあね。でも、心はじつに善良だよ。それにけっして愚かじゃない。どれほどぼくに有益な助言をあたえてくれたろう……とくに……とくに女性関係について」

「ははあ！　自分の牛乳で舌を焼いたんで、他人の湯まで吹いてやるってわけか。なるほどねえ」

「まあいいさ、とにかく」とアルカージイはつづけた。「伯父はじつに不幸な人だよ、それはまちがいない。伯父を軽蔑《けいべつ》するのは——罪だよ」

「だれが軽蔑するんだ」とバザーロフは反撃した。「しかしぼくは、やはりいいたいね、自分の一生を女の愛のカルタに賭《か》けて、その切り札が殺されると、ぐんにゃりして、すっかり意気地をなくし、なんにもできなくなってしまうような人間、そんな人間は——男じゃない、雄《おす》じゃないよ。伯父は不幸な人だ、ときみはいう。そりゃきみのほうがよく知ってるさ。だが、彼からは愚かな気持ちがすっかりぬけきってはいないよ。はっきりいうが、彼は本気で自分を有能な人間だと思っている。その証拠にガリニャーニ紙を購読し、月にいちど農民の笞刑《ちけい》を免じてやってるじゃないか」

「だって伯父の受けた教育や、生きてきた時代を考えてみたまえ」とアルカージイがいった。

「教育？」とバザーロフはすぐに相手の言葉尻《ことばじり》をとらえた。「人間はだれでも自分で自分を教育するものだよ——まあ、たとえば、ぼくにしても……つぎに時代のことだが——なぜぼくが時代に属さにゃならんのだ？　時代のほうこそぼくに属させりゃいいんだよ。よそうや、きみ、こんなことはみな退廃だよ、空虚だよ！　それに男と女のあいだにどんな神秘な関係があるというんだ？　われわれ生理学者は、その関係がどんなものか知っている。まあきみ、目の構造でも研究してみたまえ。きみのいう謎めいたまなざしなんて、どこからどうあらわれるんだい？　そんなのはみんなロマンチシズムさ、絵空事、黴《かび》のはえた美学だよ。それよりもげんごろうでも見に行こうや」

そこで二人の友はバザーロフの部屋へむかった。室内にはもう、安煙草《やすたばこ》の臭《にお》いとまじりあって、外科医の実験室らしい臭いがただよいはじめていた。

8

パーヴェル・ペトローウィチは、弟と管理人の話の席にそう長くはいなかった。管理人は甘ったるい肺病患者のような声でしゃべり、ずるそうな目つきをした背の高いやせた男で、ニコライ・ペトローウィチになにを注意されても、「とんでもない、わかりきったことでございます」と答えて、農民たちをのんだくれの盗《ぬす》っ人《と》どもにしようと躍起になっていた。最近新方法が採用された農場経営は、油のきれた車輪みたいにきしみ、生木でつくった手づくりの家具みたいにひびわれがしていた。ニコライ・ペトローウィチは気をおとしはしなかったが、ときどき溜息《ためいき》をついたり、考えこんだりした。彼は金がなければ仕事がすすまないことは感じていたが、金は、もうすっかりつぎこまれてしまっていた。パーヴェル・ペトローウィチが、再三弟を助けたといったアルカージイの言葉は、ほんとうだった。ときどき弟がどうして切りぬけようかと思案しながら、もんもんとして苦しんでいるのを見て、パーヴェル・ペトローウィチはゆっくり窓ぎわへ行き、ポケットへ手をつっこんで、歯のあいだからおしだすような声で、「Mais je puis vous donner de l'argent.《メ・ジュ・ピュイ・ヴ・ドネ・ド・ラルジャン》（訳注　わたしが金をだしてもいいよ）」とつぶやき——彼に金をわたしたのだった。だが今日は彼にも金がなかった。そこで居たたまれない気持ちになったのである。経営の瑣末《さまつ》な話がいやになったし、それにニコライ・ペトローウィチが熱心で勤勉なことはたしかだが、やり方がどこかまちがっているような気がしてならなかったのだ。もっとも、弟のやり方のどこがまちがっているかといわれても、それを指摘することはできなかったろうが。〈弟は実地の経験がじゅうぶんではない〉と彼は腹のなかで考えた。〈だから人にだまされるんだ〉。ニコライ・ペトローウィチは、その反対に、パーヴェル・ペトローウィチの実務の手腕を高くかっていて、いつも彼の助言を求めるのだった。「わたしは意気地のない弱虫で、一生を田舎ですごしてしまったが」と彼はよくいうのだった。「兄さんはあんなに人中で暮らしてきたんだもの、世間のことはよく知っているわけさ。兄さんの目は鷲《わし》の目のようにするどいからな」。パーヴェル・ペトローウィチはそういわれると顔をそむけるだけで、そうじゃないんだよと述懐して、弟をがっかりさせることはしなかった。

ニコライ・ペトローウィチを書斎にのこして、彼は家の前部と後部をへだてている廊下を歩いていった。そして低いドアの前まで来ると、思いまどうように立ちどまって、口髭《くちひげ》をちょっとひねり、ドアをノックした。

「どなた？　どうぞ」と、フェーニチカの声がきこえた。

「わたしだよ」とパーヴェル・ペトローウィチはいって、ドアをあけた。

フェーニチカは子供を抱いてすわっていた椅子《いす》から、あわてて立ちあがり、子供を子守娘の手にわたすと、そそくさとプラトークを直した。子守娘は急いで部屋から出ていった。

「ごめんよ、お邪魔だったかな」とパーヴェル・ペトローウィチは彼女のほうを見ないで、いった。「ただちょっとあなたにたのみがあって……今日、町へ使いを出すようだったら……わたしに緑茶を買ってくるようにいいつけてください」

「はい、かしこまりました」とフェーニチカは答えた。「どのくらい買わせましょうか？」

「まあ、半ポンドもあればじゅうぶんでしょう。ほう、ここもすこし変わったようですな」と彼はすばやくあたりを見まわし、フェーニチカの顔にもちらと目をやって、いった。彼女がけげんそうな顔をしているのを見て、彼はこうつぶやいた。「そのカーテンも」

「はい、カーテンが新しくなりました。ニコライ・ペトローウィチさまがくださったのですけど、でももうずいぶんになります」

「そういえば、わたしもずいぶんここへ来なかった。とてもよくなったよ」

「ニコライ・ペトローウィチさまのおかげですわ」とフェーニチカは小声でいった。

「まえの傍屋《はなれ》より、ここのほうがよろしいかな？」とパーヴェル・ペトローウィチはいんぎんにきいたが、顔は冷たくとりすましていて、にこりともしなかった。

「そりゃむろん、よろしゅうございます」

「あなたのあとへだれを入れました？」

「いまは洗濯女《せんたくおんな》たちがおります」

「なるほど！」

パーヴェル・ペトローウィチはだまりこんだ。〈もうお帰りになる〉とフェーニチカは思った。が、彼は去ろうとしなかった。それで彼女は軽くもみ手をしながら、釘《くぎ》づけにされたように彼の前に立っていた。

「どうして子供をつれてゆかせたんだね？」しばらくして、パーヴェル・ペトローウィチはいった。「わたしは子供が好きなんだよ、どれ、ひとつ見せてくれんかな」

フェーニチカはとまどいと喜びで真っ赤になった。彼女はパーヴェル・ペトローウィチがこわかった。彼はこれまでほとんど口をきいてくれたことがなかったのである。

「ドゥニャーシャ」と彼女は呼んだ。「ミーチャをつれてきてください（フェーニチカは家のなかのだれにでもていねいな言葉をつかった）。あ、いいわ、ちょっと待って、坊やに着替えをさせますから」フェーニチカはドアのほうへ行きかけた。

「かまわんよ」とパーヴェル・ペトローウィチはいった。

「すぐですから」とフェーニチカは答えて、急いで出ていった。

パーヴェル・ペトローウィチは一人だけとりのこされて、今度はとくにたんねんにあたりを見まわした。彼がいま立っている天井の低い小さな部屋は、じつに清潔で、居ごこちがよかった。室内には近ごろ塗りなおされた床の塗料や、カミツレやメリッサの花の匂いがただよっていた。壁ぎわに竪琴《たてごと》のような背のついた椅子がならんでいた。これは亡父が将軍として遠征した際にポーランドで買ってきたものである。片隅《かたすみ》の紗《しゃ》の帳《とばり》のたれたなかに小さな寝台がおいてあり、その横に蓋《ふた》のまるい鉄張りの長持がおいてあった。反対側の隅のニコライ聖者の大きな黒っぽい像の前には小さな燈明《とうみょう》がともっていた。小さな陶器の卵が赤いリボンで後光にむすびつけられて、聖者の胸のへんにさがっていた。窓ぎわの棚《たな》には去年のジャムを入れた瓶《かめ》がていねいに蓋をされて、緑色にすきとおっていた。蓋の紙にフェーニチカの手で大きく『すぐり』（訳注 いちご類の漿果）と書いてあった。このジャムがニコライ・ペトローウィチの大好物だった。天井から長い紐で鳥籠《とりかご》が一つつられていて、尻尾《しっぽ》の短い真鶸《まひわ》が一羽はいっていた。真鶸が、たえずさえずりながら飛びまわるので、鳥籠がゆれて、大麻《おおあさ》の実が軽い音をたてて床へ落ちていた。窓のあいだの壁ぎわにおかれた低いタンスの上に、ニコライ・ペトローウィチのさまざまなポーズのかなり下手くそな肖像写真がかかっていた。旅回りの写真屋がとったものだった。そのなかにフェーニチカの写真も一枚かかっていたが、これはまったくの失敗作で、黒っぽいわくのなかで目のない顔のようなものがむりに笑っていた――それ以上なにも判別できなかった。フェーニチカの上には――ブールカ（訳注 コーカサス地方の山羊の毛でつくった黒い袖なし外套）をまとったエルモーロフ将軍（訳注 一七七二～一八六一。一八一二年の大祖国戦争の英雄）が、額縁の上にさがっている絹の小さな靴《くつ》型のピン差しの下から、おそろしく気むずかしげな顔ではるかなコーカサスの連山をにらんでいた。

五分ほどすぎた。隣の部屋で衣《きぬ》ずれとささやきがきこえた。パーヴェル・ペトローウィチはタンスの上から手垢《てあか》でよごれた本をとった。マサリスキイの『銃兵隊』*の一冊だった。それを二、三ページくって見ていると……ドアがあいて、ミーチャを抱いたフェーニチカがはいってきた。彼女は子供に襟《えり》にモールのついた赤いルバーシカ（訳注　ロシアの独特のシャツ）をきせ、髪をきれいにとかしてやり、顔を洗ってやっていた。ミーチャはうんうんうなって、健康な幼児がみなするように全身でもがき、小さな両手に力をこめて動かしていた。それでもしゃれたルバーシカが子供ながらにうれしいらしく、そのぽちゃぽちゃした姿ぜんたいに満足の表情があらわれていた。フェーニチカは自分の髪も直し、プラトークもいいものにとりかえていた。でも、それにはおよばなかったろう。ほんとうに、健康な赤ん坊を抱いた若い母親ほど、魅力にあふれたものがこの世にあろうか？

「こりゃ、でぶっちょ」とパーヴェル・ペトローウィチはやさしくいって、人さし指の長い爪《つめ》の先でミーチャの二重にくびれた顎《あご》をくすぐった。赤ん坊は真鶸を見て、にこにこ笑いだした。

「ほら、伯父さまですよ」とフェーニチカはミーチャの顔をのぞきこむようにして、軽くゆすりながら、いった。いっぽう、ドゥニャーシャは窓ぎわの棚の上に銅貨をしいて、その上に火をともした香蠟燭《こうろうそく》をそっとのせた。

「はて、何カ月になるかな、この子は？」と、パーヴェル・ペトローウィチはきいた。

「六月《むつき》でございます。もうじき七月《ななつき》めにはいります、十一日から」

「八月《やつき》めじゃございません、フェドーシャ・ニコラーエヴナ？」といくぶんおどおどしながら、ドゥニャーシャが口を出した。

「いいえ、七月めです。まちがわないでちょうだい！」赤ん坊はまた笑いだし、しきりに長持を見ていたが、いきなり小さな手で母の鼻と唇《くちびる》をつかんだ。「おいたちゃん」と、フェーニチカは赤ん坊の手から顔をはなそうともしないで、いった。

「弟に似てる」とパーヴェル・ペトローウィチはいった。

〈じゃ、だれに似なくちゃいけないのかしら？〉フェーニチカはふと思った。

「そう」パーヴェル・ペトローウィチはまるでひとり言のようにつづけた。「たしかによく似ている」彼は注意ぶかく、ほとんど悲しげな目でフェーニチカを見た。

「ほら、伯父さまよ」と彼女はくりかえした。もうささやくような声だった。

「あ！　パーヴェル！　こんなとこにいたのか！」と、ふいにニコライ・ペトローウィチの声がきこえた。

パーヴェル・ペトローウィチはあわててふりむくと、しぶい顔をした。が、弟がいかにもうれしそうに、感謝をこめて彼を見つめていたので、彼も微笑で応《こた》えぬわけにはいかなかった。

「かわいい坊やだな」といって、彼は時計を見た。「茶をたのもうと思って、ちょっと寄ったんだよ……」

そして、冷たい表情をとると、パーヴェル・ペトローウィチはすぐに部屋を出ていった。

「自分で寄ったのかい?」とニコライ・ペトローウィチはフェーニチカにたずねた。

「はい。ノックをして、はいってらっしゃいました」

「ふん、で、アルカージイはあれから来ない?」

「いらっしゃいません。わたし傍屋《はなれ》へうつりましょうか、ニコライ・ペトローウィチさま?」

「そりゃなぜだね?」

「当分のあいだそのほうがよいような気がしますので」

「い……いや」ニコライ・ペトローウィチは口ごもって、額をこすった。「それならはじめから……やあ、坊や」彼はきゅうに元気づいてこういうと、赤ん坊のそばへ行って、その頬《ほお》に接吻《せっぷん》した。つづいてわずかに身をかがめて、ミーチャのルバーシカが赤いのでミルクのように白くみえるフェーニチカの手に、唇をおしあてた。

「ニコライ・ペトローウィチさま！　なにをなさいますの？」彼女は甘ったるい声でいうと、目を伏せたが、すぐに、またそっと見あげた……彼女が上目づかいで見あげるようにして、やさしく、いくぶん愚かしくそっと忍び笑いをもらすとき、その目の表情はじつに魅力的だった。

ニコライ・ペトローウィチとフェーニチカが知りあったのは、こんないきさつであった。三年ほどまえのある日のこと、彼は遠い郡都のある宿屋に泊まることになった。案内された部屋がきれいにかたづけられており、ベッドのシーツがさっぱりと洗濯されていたことが、彼に快いおどろきをあたえた。〈ここのおかみはドイツ人ではあるまいか？〉――ふとこう思ったほどであった。ところが主婦は五十くらいのちゃんとしたロシア女だった。彼女はきちんとした身なりをして、顔も利口そうで品があり、いうこともしっかりしていた。彼は茶をのみながら話をしたが、この主婦がすっかり気に入ってしまった。ニコライ・ペトローウィチはそのころ新しい屋敷に移ったばかりで、農奴はおきたくないので、雇人をさがしていたところだった。主婦のほうでも、町を通る泊まり客がすくなくなったといって、住みにくい時代になったことをこぼした。彼が主婦に家政婦として屋敷に住みこむことをすすめると、主婦は一も二もなく承諾した。良人《おっと》は、一人娘のフェーニチカをのこして、もうだいぶまえに亡《な》くなっていた。それから二週間ほどして、アリーナ・サウィーシナ（新しい家政婦はこういう名だった）は娘をつれてマリーノ村へやってきて、傍屋《はなれ》に住みついた。フェーニチカは、そのころもう十七になっていたが、だれもうわさするものもなく、めったに顔も見せなかった。彼女はひっそりと、目だたぬように暮らしていて、ニコライ・ペトローウィチは日曜日に村の教会で、隅のほうに彼女の白いほっそりとした横顔に気づく程度だった。こんなふうにして一年以上すぎた。

ある朝アリーナがニコライ・ペトローウィチの書斎へはいってきて、いつものようにていねいに腰をかがめて、娘の目にペーチカ（訳注　料理用の炉。ロシア式暖炉のこともいう）の火の粉がはいったので診てやってはもらえまいか、とたのんだ。家にばかり暮らしているものはたいていそうだが、彼も医者のまねごとをして、薬類もかなりそろえていた。彼はすぐに病人をつれてくるようにいった。旦那《だんな》が呼んでいるときいて、フェーニチカは恐ろしさにすくんでしまったが、それでも母のうしろにかくれるようにしてついてきた。ニコライ・ペトローウィチは彼女を窓ぎわへつれていって、両手でその頭をおさえた。そして、炎症をおこして赤くなっている目をよくしらべたうえで、湿布をするようにいいつけ、さっそく自分で湿布薬をつくってやり、ハンカチをさいて、その湿し方やあて方を教えてやった。フェーニチカは彼の説明をききおわると、出てゆこうとした。

「旦那さまの手に接吻なさい、ばかな娘《こ》だねえ」とアリーナが注意した。ニコライ・ペトローウィチは手はさしださず、うろたえて、自分のほうから彼女のさげた頭の髪の分け目に接吻した。フェーニチカの目はまもなく治ったが、彼女がニコフイ・ペトローウィチにあたえた印象は、なかなか消えなかった。清らかな、きゃしゃな、おずおずと上にむけられた顔が、たえず彼の目先にちらついた。彼は手のひらにあのやわらかい髪の感触がのこっているような気がしたし、あの汚れを知らぬ、わずかに開かれた唇と、陽光を受けてぬれた真珠のように光っていた歯が見えるような気がした。彼は教会で彼女を注意して見るようになり、なるべく話しかけるようにつとめた。はじめのうち彼女は彼を恐れていた。そしてある日暮れどきに、麦畑の、人が通るのでいつとはなしにできた小径《こみち》で彼の姿を見かけると、彼の目からかくれたい一心で、苦《にが》蓬《よもぎ》や矢車菊のはえている高い麦の茂みにかくれた。彼には黄金色の穂のあいだから野獣のようにじっとうかがっている彼女の頭が見えたので、やさしく声をかけた。

「今晩は、フェーニチカ！　べつにかみつきはしないよ」

「今晩は」と、彼女はささやくようにいったが、自分のかくれ場所から出ようとはしなかった。

　彼女はすこしずつ彼になれてきたが、それでもまだ彼がいるとおどおどしていた。そのうち突然、母のアリーナがコレラで死んでしまった。フェーニチカにどこへ行くところがあろう？　彼女は母の血をひいて、きちんと整理することが好きで、さらに分別とまじめなおちつきといういいところを受けていた。とはいっても、まだ若いし、一人ぼっちだった。ニコライ・ペトローウィチ自身もじつに善良で、謙虚な男だった……これ以上くだくだとのべることもなかろう……

「へえ、兄さんは自分からはいってきたのかい？」とニコライ・ペトローウィチはきいた。「ノックをして、そしてはいってきたの？」

「はい、そうでございます」

「そうかい、そりゃよかった。どれ、ミーチャを抱かせてくれ」

　そしてニコライ・ペトローウィチは、ほとんど天井にとどくほどに赤ん坊をほうりあげはじめた。赤ん坊は大喜びだが、母親のほうははらはらして、ほうりあげられるたびに、むき出しになった赤ん坊の足へ、おもわず両手をさしのべた。

　パーヴェル・ペトローウィチは自分の凝った書斎へもどった。壁には強烈な色彩の美しい壁紙がはられ、ペルシア絨毯《じゅうたん》をかけた上にさまざまな武器がならべられてあった。暗緑色のビロードをはった胡桃《くるみ》材の家具や、古い黒樫《くろがし》でつくったルネッサンスふうの書棚の上にかざられたブロンズ像、暖炉《カミン》……彼はソファの上にころがって、両手を頭の下へさしこむと、そのまま身じろぎもしないで、ほとんど絶望しきったような目で天井を見あげた。彼は自分の顔にあらわれた表情を、壁にも見られたくなかったのか、あるいはほかになにか理由があったのか、いきなり立ちあがって、窓の重いカーテンをさっと引くと、またソファの上に身を投げた。

9

そのおなじ日に、バザーロフもフェーニチカと知り合いになった。彼はアルカージイと庭を散歩しながら、なぜほかの木が、とくに樫の木が根づかなかったか、その理由を説明していた。

「この土地には箱柳の木をもっと植えりゃよかったんだよ、それに樅《もみ》、さらに菩提樹《ぼだいじゅ》もいいだろう。黒土をまぜてやって。あの園亭《あずまや》のところがよくついたのは」と彼はいった。「アカシアやリラは——感心なやつで、手がかからんからさ。おや！　あそこにだれかいるぜ！」

園亭にはフェーニチカが、ドゥニャーシャとミーチャをつれて休んでいた。バザーロフは立ちどまった。アルカージイは古くからの顔見知りのように、フェーニチカに会釈《えしゃく》した。

「だれだね、あれは？」園亭の前を通りすぎると、すぐにバザーロフはきいた。「じつにきれいな女だ！」

「え、それだれのこと？」

「きまっているじゃないか。きれいなのは一人だけだよ」

アルカージイはいくぶんうろたえぎみに、フェーニチカが何者かを簡単に説明した。

「へえ！」とバザーロフはいった。「きみの親父《おやじ》は目がたしからしいな。ぼくは好きになったよ、親父さんは、いいとこあるぜ！　立派なもんだ。それはそうと、挨拶《あいさつ》ぐらいしておかなきゃ」こういいそえると、彼は園亭のほうへもどりかけた。

「エヴゲーニイ！」アルカージイはびっくりして彼の後ろ姿に叫びかけた。「気をつけてくれ、たのむから」

「だいじょうぶだよ」とバザーロフはいった。「人間がねれてるよ、都会人だぜ」

彼はフェーニチカのそばへ近づくと、かぶっていたまるい帽子をとった。

「はじめてお目にかかります」と彼はていねいに会釈をしながらいった。「アルカージイ・ニコラーイチの友人で、ごくおとなしい男です」

　フェーニチカはベンチから腰をあげて、だまって彼を見つめた。「ご心配なく、ぼくは一度も人をにらみ殺したりしたことはありませんから」とバザーロフはつづけた。「かわいい赤ちゃんですねえ！」とバザーロフはつづけた。おや、どうしたんでしょう、この真っ赤な頬《ほ》っぺ？　歯がはえかけてるんじゃありませんか？」

「そのとおりですわ」とフェーニチカはいった。「もう四本はえましたが、このごろまた歯茎がすこしふくらみまして」

「どれ、見せてごらんなさい……なに、心配はいりませんよ、ぼくは医者ですから」

　バザーロフは赤ん坊を両手に抱きとった。フェーニチカとドゥニャーシャがおどろいたことに、赤ん坊はすこしもいやがらず、それどころか、おびえもしなかった。

「どれどれ、あーん……うん、異状なしだ。こりゃいい歯並みになりますよ。もしなにかあったら、ぼくにいってください。で、あなたは、おからだは？」

「なんともありませんわ。おかげさまで」

「そりゃけっこう――じょうぶなのがなによりです。ところで、あなたは？」と、ドゥニャーシャのほうを見て、バザーロフはいいだした。

　ドゥニャーシャは家ではひどくすましているくせに、外に出るとケタケタ笑ってばかりいる娘で、返事がわりにプッと吹きだしただけだった。

「元気ですな、けっこうです。はい、あなたの豪傑をおかえしします」

フェーニチカは赤ん坊を抱きとった。

「ほんとうにおとなしく抱っこされてましたこと」と彼女は小声でいった。

「ぼくに抱っこされると、どんな赤ちゃんでもおとなしくなるんですよ」とバザーロフはいった。「ぼくはこういうことがうまいんですよ」

「かわいがってくれる人が、赤ちゃんにはわかるんだわ」とドゥニャーシャがいった。

「そうね」とフェーニチカはうなずいた。「このミーチャったら、ほかの人にはぜったいに抱かれないんですのよ」

「じゃ、ぼくにはどうかしら？」アルカージイはすこしはなれて立っていたが、園亭のほうに近よりながら、こういった。

彼はミーチャにおいでおいでをした。ところがミーチャはのけぞって泣きだしてしまい、フェーニチカをひどくまごつかせた。

「今度、なれてからにしましょうね」とアルカージイはおおらかにいった。そして二人の友はつれだって遠ざかっていった。

「あのひと、なんていったかしら？」とバザーロフがきいた。

「フェーニチカ……フェドーシャだよ」とアルカージイは答えた。

「父称は？　これもいちおう知っておかなくちゃ」

「ニコラーエヴナ」

「Bene《べーネ》（訳注 結構）。ぼくは彼女のあまりおどおどしないところが気に入ったよ。人によっては、彼女のそこを非難するかもしれん。じつにくだらん話じゃないか？　なにをおどおどしろというんだ？　彼女は母親だ――それが正当だよ」

「あのひとは正しいよ」とアルカージイはみとめた。「だが、親父は……」

「親父さんだって正当さ」とバザーロフはさえぎった。

「いや、ちがう、ぼくはそうは思わない」

「じゃ、なんだ、よぶんな相続人は性《しょう》に合わんというのかい？」

「ぼくにそんなことをいうなんて、きみは恥ずかしくないのか！」アルカージイはかっとなっていいかえした。「ぼくはそんな見地から親父を正しくないと考えているのではない。ぼくは、親父は彼女と結婚すべきだと思うんだ」

「おいおい！」バザーロフは平然といった。「いやに寛大なことをいうじゃないか！　きみはまだ結婚の意味なんてみとめてるのか。まさかきみがこんなことをいおうとは思わなかったよ」

二人はだまりこくったまま数歩あるいた。

「ぼくはきみの親父さんの農場をひとわたり見たよ」とバザーロフがまたいいだした。「家畜はやせてるし、馬はへばっている。小舎《こや》もひんまがったままだ。雇人どもは見るからになまけ者ばかりだし、管理人はばかでなきゃ、くわせ者だ。まだよくしらべたわけではないがね」

「今日はえらくきびしいね、エヴゲーニイ・ワシーリイチ」

「それに、気のきいた農民どもはきっときみの親父さんをだますよ。諺《ことわざ》にいうだろう、『ロシアの農民は神をも食ってしまう』って」

「ぼくは伯父の意見に賛成したくなってきたよ」とアルカージイはいった。「きみはまったくロシア人をけなすね」

「なんだ、あらたまって！　ロシア人のいいところは、自分で自分をばかだと思いこんでることだけだよ。だいじなのは、二かける二は四ということで、あとはみなくだらんよ」

「じゃ、自然もくだらんのか？」アルカージイは、もうかたむきかけた太陽のやわらかい光をあびて、美しく色とりどりに輝いている遠い野原を、ぼんやりながめながらいった。

「自然も、きみが理解している意味ではくだらんよ。自然は殿堂じゃなくて、工場だよ。そして人間はそのなかにはたらく労働者だ」

ちょうどそのとき家のほうからゆるやかなチェロの音がきこえてきた。だれかが、ひきなれた手ではないが、感情をこめて、シューベルトの『期待』（訳注　シラー作詞の歌曲。一八一六年作曲）をひいていた。そして甘いメロディが蜜《みつ》のように空中にただよった。

「ありゃなんだい？」とバザーロフはあきれ顔でいった。

「親父だよ」

「きみの親父さんはチェロをひくのかい？」

「ああ」

「いったいいくつだね」

「四十四だよ」

バザーロフはふいにプッと吹きだした。

「なにを笑うんだ？」

「だっておかしいじゃないか！　四十四にもなる男が、pater familiās《パテル・ファミリアース》（訳注　家の主人）がだよ、こんな……田舎で――チェロをひいてるなんてさ！」

バザーロフは笑いつづけた。だがアルカージイは、どんなにこの先輩を尊敬しているとはいえ、さすがに、にこりともしなかった。

10

二週間ほどすぎた。マリーノ村の生活はそのしきたりどおりに流れていた。アルカージイはのんびりと生活を楽しみ、バザーロフは研究をすすめていた。家じゅうの者が彼になれて、そのぞんざいな態度にも、言葉かずのすくない、ぶっきらぼうなものの言い方にもおどろかなくなった。なかでもフェーニチカはすっかりうちとけて、一度など、夜ミーチャがひきつけたとき、彼を起こしにやったほどだった。すると彼は気軽にやってきて、例によって、冗談とも本気ともつかぬようすで、二時間ほど赤ん坊のそばにつききりで、手当てしてやった。ところが、パーヴェル・ペトローウィチは心底からバザーロフを憎み、彼を傲慢《ごうまん》で、恥しらずで、皮肉ばかりとばしている下賤《げせん》な男ときめつけていた。彼はバザーロフが彼を尊敬していないのではないか、それどころか、彼――パーヴェル・ペトローウィチともあろう者にたいして、ほとんど軽蔑《けいべつ》しかねまじき態度ではないか、という猜疑《さいぎ》心《しん》をもっていた。ニコライ・ペトローウィチは若い《ニヒリスト》をいくぶん恐れて、アルカージイにあたえる影響がよいものだろうかと、うたがっていた。それでも彼は好んでバザーロフの話もきいたし、物理や化学の実験も見せてもらった。バザーロフは部屋に顕微鏡をそなえつけて、何時間でもそれをのぞきこんでいた。使用人たちは彼にからかわれてばかりいたが、それでも彼にくっついていた。なんといっても自分たちの仲間で、旦那ではない、という気持ちが彼らにはあった。ドゥニャーシャは、好んで彼を相手に忍び笑いをしたり、鶉《うずら》のようにちょこちょこそばを駆けぬけながら、意味ありげな横目をなげたりした。ピョートルは、極端に自尊心が強く、血のめぐりがわるく、年じゅう気むずかしげに額に皺《しわ》をよせていて、取柄《とりえ》といえば、態度がいんぎんに見えることと、字がすこしばかり読めることと、しょっちゅう自分のフロックコートにブラシをあてているくらいだったが、――そんな彼でさえ、バザーロフに目をむけられると、とたんににやにやして、ご機嫌《きげん》になった。使用人の子供たちは犬ころみたいに《お医者さま》のまわりを駆けまわっていた。ただ、老僕のプロコーフィチだけは彼を好かず、食事のときなど仏頂面《ぶっちょうづら》で料理をさしだし、彼を《寄生虫《たかり》》とか《かたり》とか呼んで、頬髯《はおひげ》をはやしたところは――藪《やぶ》のなかの豚そっくりだ、ときめつけた。プロコーフィチは、それなりに、パーヴェル・ペトローウィチにおとらぬ貴族主義者だったのである。

一年のうちでもっともいい季節――六月の初旬が訪れた。からりと晴れわたった日々がつづいた。もっとも、遠くからまたしてもコレラが来そうな不安はあったが、……県の住民たちは、もうこの恐ろしい便りにもなれてしまっていた。バザーロフは朝暗いうちに起きだして、二、三露里さきまで無意味な散歩にではなく、植物や昆虫《こんちゅう》を採集に出かけた。彼はこのごろはあてのないぶらぶら歩きはできなくなっていた。ときにはアルカージイをつれてゆくこともあった。帰りはたいてい議論になり、アルカージイのほうがよけいしゃべるくせに、けっきょくは負けてしまうのだった。

ある朝、二人があんまりおそいので、ニコライ・ペトローウィチは庭へ迎えに出てみた。そして園亭のそばまで来ると、突然せかせかした足音と、二人の声がきこえた。二人は園亭の向う側を通っていたので、彼に気づかなかった。

「きみは親父をよく知らんのだよ」とアルカージイがいった。

ニコライ・ペトローウィチは息を殺した。

「きみの親父さんは、いい人だよ」とバザーロフがいった。「だが、旧時代の人間さ、彼らの時代はもうおわってしまったんだ」

ニコライ・ペトローウィチはからだじゅうを耳にした……。アルカージイはなにもいわなかった。

《旧時代の人間》は二分ほどじっとたたずんでいたが、やがてのろのろと家のほうへ歩きだした。

「一昨日、きみの親父さんはプーシキンを読んでいたよ」と、バザーロフは話をつづけた。「きみ、あんなものはなんの役にもたたんことを、説明してやるんだな。子供じゃないんだから、もうばかなまねはよしていいころだよ。いまどきロマンチストでいるなんて、物好きがすぎるよ！　なにかもっと実用的なものを読ませてやれよ」

「いったいなにを読ませたらいいんだ？」とアルカージイはきいた。

「そうさな、まずビュヒナー（訳注　一八二四〜九九。ドイツの医者で哲学者）の『物質と力（Stoff und Kraft）』がいいと思うな」

「ぼくもそう思うよ」とアルカージイは賛成した。「『物質と力』は一般向きな言葉で書いてあるから」

「ねえ、わたしたちは二人とも」その日の昼食後、ニコライ・ペトローウィチは兄の書斎にすわりこんで、こういった。「時代おくれの人間になってしまった。わたしたちの時代はおわってしまったんだ。どうしようもないさ！　バザーロフのいうとおりかもしれん。だが、実をいうと、わたしが一つだけつらいのは、今度こそしっくり心からアルカージイととけあいたいとねがったんだが、それができないことだ。わたしはとりのこされ、あれはさきへ去《い》ってしまって、たがいに理解しあうことができないんだよ」

「だが、どうしてあれがさきに去《い》ってしまったというんだ？　いったいどこが、それほどまでにわれわれとちがうんだね？」パーヴェル・ペトローウィチはいらいらしながら叫んだ。「それはみなあの男があれに吹きこんだんだよ、あのニヒリストめが。わたしはあの医者の小倅《こせがれ》が大きらいだ。わたしにいわせれば、ただの知ったかぶりにすぎん。蛙《かえる》なんか集めて研究のまねごとをやってるが、物理学の知識にしたって、素人《しろうと》よりいくらかましなだけさ」

「兄さん、そんなことはいうもんじゃないよ。バザーロフ君は利口だし、学識があるよ」

「それにあの自惚《うぬぼ》れ、まったく鼻もちならんよ」とパーヴェル・ペトローウィチはまたさえぎった。

「そう」とニコライ・ペトローウィチはみとめた。「たしかにあの男は自尊心が強い。でも、ああでもしなきゃ、いかんらしい。そこだけがわたしにもわからんのだが。わたしは時代におくれないために、せいいっぱいやってきたつもりだ。農民たちも独立させてやったし、農場もつくったし、だから県下では、赤と仇名《あだな》されているほどだ。それに本は読むし、学問はするし、要するに現代の要求とおなじレベルに立とうと努力しているんだが——彼らにいわせると、わたしの時代はおわってしまったというのだ。なんだか、自分でもそんな気がしてきたんだよ。たしかにわたしの時代はおわってしまったらしい」

「そりゃなぜだい？」

「じつはこうなんだよ。今日プーシキンを読んでると……たしか、ジプシーのところだったと思うが……ふいにアルカージイがはいってきて、だまって、顔になんともいえぬやさしい哀れみの表情をうかべて、まるで赤ん坊でもあつかうみたいに、そっとわたしの手から本をとりあげ、かわりにわたしの前に別な、ドイツ語の本をおいて……にこっと笑って、出ていったんだ。プーシキンはもってってしまったんだよ」

「なるほど！　で、どんな本をおいてったんだい？」

「これだよ」

こういって、ニコライ・ペトローウィチはフロックコートの後ろポケットから有名なビュヒナーのパンフレットの第九版をとりだした。

パーヴェル・ペトローウィチはそれを手にとってひねくりまわした。

「ふむ！」と彼はうなった。「アルカージイがおまえの教育に気をつかうってわけか。それで、読んでみたかい？」

「読んだよ」

「で、どうだった？」

「わたしがばかか、これが——たわ言か、どっちかだよ。きっと、わたしがばかなんだろうね」

「それにしても、ドイツ語は忘れなかった？」とパーヴェル・ペトローウィチはきいた。

「ドイツ語はおぼえているよ」

パーヴェル・ペトローウィチはまたパンフレットをひねくりまわして、上目づかいでちらと弟を見た。二人はしばらくおしだまっていた。

「そうそう」ニコライ・ペトローウィチは明らかに話題を変えたいらしく、こういった。「コリャージンから手紙がきたよ」

「マトヴェイ・イリイチからかい？」

「そう。県の視察に＊＊市へ来たんだよ。出世したものさ。親戚《しんせき》として、わたしたちの顔を見たいから、わたしと兄さんとアルカージイを町へ招待するそうだ」

「おまえ行くかい？」とパーヴェル・ペトローウィチはきいた。

「行かんよ、兄さんは？」

「わしもいやだな、ばかを見に五十露里も馬車にゆられて行くほど、もの好きじゃないよ。マトヴェイは自分の晴れ姿をわしらに見せびらかしたいのさ。いやなやつだ！　県庁のおべっかどもでたくさんだよ、わしらまで出るにおよばんさ。どれはどえらいというんだ、たかが三等官ぐらいで！　わしががまんしてばかばかしい勤務をつづけていたら、いまごろは侍従武官長ぐらいにはなってたよ。それにたがいに現役を退《ひ》いた身だからな」

「そうだよ、兄さん、どうやら寝棺を注文して、両手を胸に十字に組みあわせる時期が来たらしいよ」と、ニコライ・ペトローウィチは溜息《ためいき》まじりにいった。

「ばかな、わしはまだまだ降参せんぞ」とパーヴェル・ペトローウィチはつぶやくようにいった。「わしはあの医学生とひと喧嘩《けんか》することになりそうだ。そんな予感がする」

喧嘩はその夜の茶の席でおこった。パーヴェル・ペトローウィチははやくも対決を覚悟して、はやる心をおさえ、断固たる態度で客間へおりていった。彼は敵におそいかかるためのきっかけだけを待っていた。が、そのきっかけがなかなかつかめなかった。バザーロフは《キルサーノフ家の年寄りたち》（彼は二人の兄弟をこう呼んでいた）の前ではいったいにあまりものをいわなかったが、その晩はとくに気分がわるいらしく、だまって茶ばかりがぶがぶのんでいた。パーヴェル・ペトローウィチは待ちきれぬ思いでかっかしていた。その渇望《かつぼう》がついに実現されるときがきた。

話が近所の地主の一人にふれた。「ゴミみたいなやつさ、陣笠《じんがさ》貴族だよ」ペテルブルグでその地主と会ったことのあるバザーロフは冷ややかにいってのけた。

「ちょっとうかがいますが」とパーヴェル・ペトローウィチが切り口上ではじめた。唇《くちびる》がひくひくふるえだした。「あなたの解釈によりますと、《ゴミみたいなやつ》と《貴族》は同義語ですかな？」

「ぼくは《陣笠貴族》といいましたよ」とバザーロフは大儀そうに茶をすすりながら、いった。

「たしかにそのとおりです。だがわたしの見るところでは、貴族についても、陣笠貴族についても、あなたはおなじ意見をおもちらしい。わたしはその意見に同意しかねることをあなたに言明することを、義務と考えます。あえていいますが、わたしは自由主義者、進歩を愛する人間として知られています。しかしそれだからこそわたしは貴族――ほんとうの貴族を尊敬するのです。思いだしたまえ、貴公（この言葉でバザーロフは思わず目をあげて、パーヴェル・ペトローウィチを見た）、思いだしたまえ、貴公」と彼は力をこめてくりかえした。「英国の貴族を。彼らは自分の権利から一歩もしりぞきません。だから他人の権利も尊重するのです。彼らは彼らにたいする義務の履行を要求します。だから彼ら自身も自分の義務を履行するのです。貴族階級が英国に自由をあたえました。そしてその自由をささえているのです」

「その歌はもう何度もきかされましたよ」とバザーロフはいいかえした。「で、あなたはそれでなにを証明したいのです？」

「わたしがこやつで証明したいのは、ですな、貴公（パーヴェル・ペトローウィチは腹をたてると、わざとこのこやつをつかった。こんな言葉が文法上許されないことくらいは、百も承知だった。この気まぐれな言動のなかにアレクサンドル帝時代*の伝統の名残がのこっていたのだった。当時の高官たちは、珍しく母国語をつかうような場合、こやつとかかやつなどという言葉しかつかわなかった。われわれは生粋《きっすい》のロシア人だが、同時に高貴な身分だ。学校で教える規則などに従えるか、というわけである）、わたしがこやつで証明したいと思うのは、自尊心、つまり自分を尊重するという気持ちがなかったら――貴族にはこの意識がおおいに発達しているが――社会の……bien public《ビヤン・ピュブリーク》（訳注 社会の福祉）……社会という建物の……堅固な基盤はありえないということです。個人、貴公――これがたいせつなのですぞ。個人は巌《いわお》のように堅固でなけりゃならん。その上にすべてのものが建てられるのですからな。わたしはよく承知してるよ。たとえば、あなたはわたしの習慣を、わたしの身だしなみを、さらにわたしのきれい好きを、こっけいなものと思っておられる。でもこうしたものの根源は自己尊重の気持ち、義務感、うん、そう、義務感です。わたしは草ぶかい田舎に暮らしてますが、わたしは自分の品位はおとしませんぞ。自分の人間を尊重していますぞ」

「失礼ですが、パーヴェル・ペトローウィチ」とバザーロフはいった。「あなたはそうして自分を尊重して、腕を組んですわってますが、そこからいったいどんな利益が社会の福祉のために生まれるのです？　あなたは自分を尊重しなくても、やはりそうしているでしょうような」

パーヴェル・ペトローウィチはまっさおになった。

「それはまったく別問題だ。わたしがなぜ、あなたの言葉をかりると、腕を組んですわっているのか、いまはあなたに説明する段階ではない。わたしがいいたいのは、貴族主義は――原理《プランシープ》だ。そして今日、原理をもたずに生活ができるのは不道徳な人間か、中身のない連中だけだということです。わたしはこのことを帰郷の翌日アルカージイにいっておきましたが、いままたあなたにくりかえします。そうじゃないかな。ニコライ？」

ニコライ・ペトローウィチはうなずいた。

「貴族主義《アリストクラチズム》、自由主義《リベラリズム》、進歩《プログレス》、原理《プランシープ》」とバザーロフはかまわずにいった。「どうです、この外来の……しかも役にもたたぬ言葉の氾濫《はんらん》！　ロシア人にはそんなものはただでも要りませんよ」

「じゃ、なにが要るんです？　あなたのいうことをきいてると、われわれは、人類の外、その法則の外にいることになる。失礼ですが――歴史の論理《ロジック》が要求するのは……」

「そんな論理がわれわれになんで必要なのです？　われわれはそんなものがなくたって、平気ですよ」

「どうしてです？」

「どうしてもこうしてもありませんよ。あなたは、まさか、ひもじいとさパンされを口へ入れるのに、論理は必要としないでしょう。そんな抽象論がわれわれになんの用がありますよ！」

パーヴェル・ペトローウィチは両手を振りまわした。

「そういうことをいうようでは、あなたという人間がわからなくなる。あなたはロシア民族を侮辱している。どうして原理《プランシープ》を、規則をみとめずにいられるのか、わたしにはわからん！　いったいなんのために、あなたは行動しているのです？」

「もう何度もいったじゃありませんか。伯父さん、われわれは権威をみとめないって」と、アルカージイが口を出した。

「われわれは有益とみとめるもののために行動してるんです」とバザーロフはいった。「現代もっとも有益なものは否定ということです——だからわれわれは否定するのです」

「いっさいを？」

「そうです」

「なんですと？　芸術や、詩だけでなく……その……口にするも恐ろしいが……」

「すべてです」と、なんともいえぬ平静な態度でバザーロフはくりかえした。

パーヴェル・ペトローウィチはまじまじとバザーロフの顔を見つめた。これほどまでとは思わなかったのである。アルカージイはうれしさで顔を紅潮させた。

「しかし、おかしいですな」とニコライ・ペトローウィチがいった。「あなたはすべてを否定する。いや、もっと正確にいえば、すべてを破壊する……だが、建設も必要じゃありませんか」

「それはもう、われわれの仕事じゃありません……まず整地が必要なのです」

「国民の現状がそれを要求してるんです」とアルカージイがもったいぶってつけくわ

えた。「われわれはこの要求を果たさなければなりません。われわれには個人のエゴイズムの満足に身をゆだねる権利はないのです」

この最後の文句がバザーロフには気に入らなかったらしい。この文句には哲学、つまりロマンチシズムの匂《にお》いがあった。バザーロフは哲学もロマンチシズムと称していたからである。しかし彼は自分の若い弟子の言葉にけちをつける必要をみとめなかった。

「ちがう、それはちがう！」パーヴェル・ペトローウィチは突然せきを切ったように叫びたてた。「きみたちが正しくロシア民族を理解しているとは、わたしには信じられん。きみたちがロシア民族の要求を、憧憬《どうけい》を代表してるなんて、信じられん！いやいやロシア民族はきみたちが想像しているような、そんなものではない。彼らは伝統を神聖なものとして崇《あが》めている。彼らは——家長制度*を重んずる民族だ。信仰なくしては生きていかれない……」

「ぼくはそれに反論しようとは思いません」とバザーロフはさえぎった。「むしろその点ではあなたが正しいと、みとめてもいいとさえ思っています」

「だが、もしわたしの説が正しいなら……」

「でもやはり、それはなんの証明にもなりません」

「たしかになんの証明にもなりませんよ」とアルカージイは確信をもってくりかえした。それは百戦錬磨《れんま》の棋士がもう相手の負け手をはっきりと読んでいるような自信たっぷりな態度で、いささかのひるみも見えなかった。

「どうして、なんの証明にもならんのだね？」パーヴェル・ペトローウィチは唖然《あぜん》としてつぶやいた。「つまり、きみたちは自国の民族に敵対するのかね？」

「それもやむをえません！」とバザーロフは叫ぶようにいった。「ロシアの民衆は、雷が鳴ると、あれは予言者イリヤ（訳注　ロシア民衆の愛した伝説の空想的人物）が馬車にのって空を走りまわっているのだ、と思いこんでいます。どうしたらいいんです？　ぼくにそれに同意しろというんですか？　しかも――彼らもロシア人なら、ぼくだってロシア人じゃありませんか」

「いや、そんなことをいうからには、あなたはロシア人じゃない！　わたしはあなたをロシア人とみとめることはできない」

「ぼくの祖父は畑を耕しましたよ」と、バザーロフは誇らしげに答えた。「ここの農民たちのだれにでもきいてごらんなさい。あなたとぼくのどちらを、同国人とみとめるか。あなたは彼らと話をすることもできないじゃありませんか」

「ところがあなたは、話はするが、軽蔑《けいべつ》もしている」

「軽蔑されるようなことをすれば、しかたがないでしょう！　あなたはぼくの進む道を否定するが、この道が偶然の思いつきで、あなたが戦いの旗印としてかかげるその民族精神自体によって喚起されたものでないと、だれがあなたにいいました？」

「なにをいいだすやら！　ニヒリストどももはおおいに必要だろうさ！」

「必要か、必要でないか――われわれのきめる問題じゃありませんな。あなただって自分を無用な人間とは思ってないでしょう」

「まあまあ、個人攻撃はよしなさい！」と叫んで、ニコライ・ペトローヴィチは立ちあがりかけた。

　パーヴェル・ペトローヴィチは苦笑して、弟の肩に手をおいて、またすわらせた。

「心配せんでいいよ」と彼はいった。「わしはとりのぼせたりはせんよ。この……ドクトル先生が手ひどく愚弄《ぐろう》する自尊心というものが、わしにはあるからな。失札ですが」と彼はまたバザーロフのほうをむいて、つづけた。

「あなたは、どうやら、あなたの学説を新しいものとお考えのようですな？　そうとしたら、ひとりよがりというものですよ。あなたの宣伝する唯物論《マテリアリズム》って手形《やつ》は、もう何度か振りだされましたが、そのつど不渡りにおわりましてな……」

「また外来語ですか！」とバザーロフはさえぎった。彼はそろそろじりじりしだして、顔が銅色《あかがねいろ》とでもいうか、どす黒くなった。「第一に、われわれはなにも宣伝していません。そういうことはわれわれの習慣にはありません……」

「じゃ、いったいなにをしているんだね？」

「われわれのしているのは、こういうことです。まず、これはついこのあいだ問題にしたのですが、わが国の役人どもは汚職をする、わが国には道路がない、商業がない、公正な裁判がない……」

「なるほど、あなたがたは暴露派ですか――たしかそんな名でしたな。あなたがたの暴露した多くの事実は、わたしもみとめますが、しかし……」

「つぎにわれわれはさとりました。わが国のもろもろの病弊についていたずらに空論ばかりもてあそんでいても、なんの効果もない。それはありきたりな説となり、理論だおれをきたすばかりだ。さらにわれわれは知りました。いわゆる先覚者とか暴露派とか称される、小利口なひとびとも、なんの役にもたたない。われわれが、ばかげたことに没頭して、無意識の創造である芸術とか、議会主義とか、弁護士制度*とか、その他わけのわからんことを論議しているあいだに、現実には日々のパンという切実な問題がせまっている。乱暴きわまる迷信が民衆の喉《のど》をしめつけている。ほとんどの株式会社が、誠実なひとびとが足りないというそれだけの理由のために、破産にひんしている。しかも、いっぽうでは、政府がそれを得させようと奔走している自由そのものまでが、かえって害になろうとしている。それは農民というものが、居酒屋で安酒を飲みたいばっかりに、喜んでわが身をはぐような連中だからです」

「なるほど」とパーヴェル・ペトローウィチはさえぎった。「そうかね。あなたはそういうことを確認したうえで、何事にも真剣にとり組まぬ決意をなさったというわけですな」

「そう、何事にもとり組まぬ決意をしたわけです」とバザーロフはしぶい顔をしてくりかえした。

　彼はきゅうに自分で自分が腹だたしくなった。どうしてこんな旦那《だんな》の前でいい気になってまくしたてたのか、と悔やまれたのである。

「じゃ、ただののしるだけかね？」

「ののしるだけです」

「それがニヒリズムというものかね？」

「これがニヒリズムというものです」と、バザーロフはまたくりかえしたが、今度はことさらにふてぶてしい調子があった。

　パーヴェル・ペトローウィチはわずかに目を細めた。

「なるほど!」と彼は気味わるいほど静かな声でいった。「ニヒリズムはあらゆる悲しみを救わねばならぬ、そこであなたがたは、わがロシアの救済者、英雄というわけですな。だが、それなら何のためにあなたがたは、まあ同類と見ていい暴露派たちまで槍玉《やりだま》にあげるのです? あなたがただってやはり、みんなとおなじように空論をもてあそんでるじゃありませんか?」

「ほかのことならともかく、その責めだけは受けません」と、バザーロフは歯のあいだからおしだすようにいった。

「それじゃあ何ですか? あなたがたは行動してるんですか? 行動しようとしてるんですか?」

バザーロフは何とも答えなかった。パーヴェル・ペトローウィチはいきなり立ちあがろうとしたが、すぐに自分をおさえた。

「ふむ……行動する、破壊するか……」と彼はつづけた。「だが、理由さえ知らずに、どうして破壊ができるかねえ?」

「われわれが破壊するのは、われわれが力だからです」とアルカージイはいった。

パーヴェル・ペトローウィチは甥《おい》の顔を見て、うす笑いをもらした。

「そうです、力ですよ――理由もへったくれもありません」といって、アルカージイはきっと胸をそらした。

「かわいそうなやつだ！」とパーヴェル・ペトローウィチは涙声になった。彼はもうこれ以上がまんができなかったのである。「その低劣な言葉で、おまえはロシアのなにをささえているかを、すこしは考えてみるがいい！　あほうな。これじゃ天使だってがまんができんよ！　力だって！　野蛮なカルムイク人（訳注　シベリアの遊牧民族）やセンゴル人にだって力はあるさ――でもそんなものがわしらになんになるのだ？　わしらにとってたいせつなのは文明だ。そうだとも、そうだとも、貴公、わしらには文明の果実が貴重なんだよ。その果実が無価値だとは、いってもらいたくないな。どんなつまらないヘボ画家だって、一晩に五コペイカしかもらえない舞踏会の楽師だって、きみたちよりはまだましだよ。彼らは粗暴なモンゴル人の力ではなく、文明の代表者だからな！　きみたちは自分こそ進歩的な人間だと自惚《うぬぼ》れているが、カルムイクの二輪馬車でも走らせていたほうが似合いだよ！　力だ！　まあ、よく考えてみることだな、力持ちの諸君、きみたちはせいぜい四人半分くらいのものだが、ロシアの民衆は何百万といるんだよ。彼らは自分たちの神聖な信仰対象をきみたちの足蹴《あしげ》にはさせんよ。逆にきみたちをふみつぶしてしまうだろうさ」

「ふみつぶされるなら、それも運命でしょう」とバザーロフはいった。「ただその数字はまだわかりませんよ。あなたが考えているほど、われわれはすくなくありませんからな」

「なんですと？　きみたちは全民衆をうまくまるめられるなんて、本気で考えているのかね？」

「ご存じのように、一本の蠟燭《ろうそく》で、モスクワが焼けましたよ」とバザーロフは答えた。

「なるほど、そういうものか。はじめはまるでサタンのような傲慢《ごうまん》さ、つづいて愚弄《ぐろう》か。こういうものにいまの若い連中はまよわされ、うぶな青年の魂が征服されるのか！　そら、ごらん。その一人があなたの横にすわって、祈らんばかりの目で、あなたに見とれてるじゃありませんか（アルカージイはそっぽをむいて顔をしかめた）。しかもこの伝染病はもう蔓延《まんえん》してしまった。なんでも、ロシアの画家たちはローマへ*行っても、ヴァチカンに足をむけないということだし、ラファエロはほとんどばかあつかいされている。なぜ？　権威《オーソリティ》だからというんだ。そのくせ自分たちは無力で、なにを生みだす力もなく、空想力だって『泉のほとりの娘たち』くらいまでがせいぜい、という貧弱さだ！　その『娘たち』にしたって、見られた絵じゃない。ところがあなたにいわせると、彼らは立派な画家、ということになるんでしょうな？」

「ぼくにいわせると」とバザーロフはやりかえした。「ラファエロは一文の値打もない。が、彼らもそのラファエロから一歩も出ていない」

「ブラヴォー！　こりゃいい！　きいたかい、アルカージイ……現代の若者たちはこういういい方をせにゃならんのだよ！　まったく、これじゃ若者たちがあなたのあとについてゆくのは、あたりまえだよ！　以前は若者は勉強しなければならなかった。無学とそしられたくなかったばっかりに、いやでも勉強したものだ。ところが現代は、世の中のすべてが愚劣だ！　といいさえすれば——それでとおるんだ。若者たちは大喜びだろうさ。じっさい、以前は若者たちはただのいい気なばか者だったが、いまは急にニヒリストになってしまった」

「これでご自慢の自尊心とやらにも裏切られましたね」とバザーロフは冷ややかにいった。それと対照的にアルカージイは火の玉のように真っ赤になって、目をぎらぎら光らせはじめた。「われわれの議論はあまりにも遠く飛躍しすぎました……このへんで打ち切ったほうがよさそうです。ところで、もしあなたが、たとえ一つでも」バザーロフは立ちあがりながらこうつけくわえた。「現代の生活、つまり家庭生活か、社会生活で、完全な容赦ない否定を招かないような原理をぼくにしめしてくれたら、そのときはあなたの意見に賛成しましょう」

「そんな原理なら何百万でも見せてあげよう」とパーヴェル・ペトローヴィチは叫ん

だ。「何百万でも！　そう、たとえば、農村共同体《ミール》＊」

冷ややかなうす笑いがバザーロフの唇をゆがめた。

「まあ、農村共同体のことなら」と彼はいった。「弟さんとお話しなさるほうがいいでしょう。弟さんはいまこそ、農村共同体とか、連帯保証とか、禁酒とか、そういったたぐいのことがどういうことなのか、実地に知ったでしょうから」

「家族だ。それなら家族はどうです。これなら農民のあいだに存在してますぞ！」とパーヴェル・ペトローウィチは叫んだ。

「この問題も、あなたは、あまり深く立ち入らないほうがよろしいんじゃないですか。爺《じい》さんが息子の嫁と通じる話は、何度もおききになったでしょう？　それより、パーヴェル・ペトローウィチ、二日ほど余裕をおいて、よくお考えになることですな。いまこの場でといったって、そりゃむりですよ。わが国の階級というものをすっかり分析して、その一つ一つをよく考えてみることです。そのあいだにぼくはアルカージイと……」

「いっさいを愚弄しますか」パーヴェル・ペトローウィチがあとを受けた。

「いいえ、蛙《かえる》を解剖しますよ。行こう、アルカージイ。じゃ、また！」

二人の友は出ていった。兄弟は、あとにとりのこされて、しばらくはただ顔を見あわせるばかりだった。

「どうだ」と、ついにパーヴェル・ペトローウィチがいった。「あれが現代の若者だよ！　あれが――われわれの後継者だ！」

「後継者か」とニコライ・ペトローウィチはがっかりして、溜息《ためいき》まじりにくりかえした。彼は議論のあいだじゅうまるで炭火の上に腰かけているような思いで、はらはらしながら、そっとアルカージイの顔をうかがっていたのだった。「わたしがなにを思いだしていたか、わかるかね？　一度、亡《な》くなった母さんと口論したことがあった。母さんはわめくばかりで、どうしてもわたしのいうことをきこうとしない……そこでとうとう、母さんなんかにぼくの気持ちがわかるものか、母さんとぼくは世代がちがうんだ、と母さんにいってやった。母さんはひどくおこったが、わたしは、しかたがないさ！　でかたづけたっけ。薬は苦いが――のまにゃならん。今度はわたしたちの番がきたのさ、そしてわたしたちの後継者たちは、あなたがたは世代がちがう、薬をのみなさい、といってかまわんのだよ」

「おまえは、あまりにも気がよくて、遠慮しすぎるよ」とパーヴェル・ペトローウィチはやりかえした。「わしは反対に、わしとおまえのほうがあんな小僧どもよりはるかに正しいと確信してるよ。たしかにわしらのいいまわしはいくらか時代がかっているかもしれんし、それにあんなあつかましい自己過信はもちあわせてはおらんが……それにしても現代の若者どものあの高慢ぶりはどうだ！　葡萄酒《ぶどうしゅ》はどちらにしましょうか、赤ですか、それとも白にしますか？　ときけば、『わたしはいつも赤を選ぶことにしてます！』まるでその一瞬、世界じゅうの注目をあびているような、おごそかな顔をして、気どった低音で……」

「もうお茶はおあがりになりません？」フェーニチカがドアのかげから顔を出して、きいた。口論の声がきこえていたあいだは、客間へはいるのを遠慮していたのだった。

「もうたくさんだ。サモワールをさげるようにいっていいよ」と答えると、ニコライ・ペトローウィチは立ちあがって、フェーニチカを招いた。パーヴェル・ペトローウィチは彼にそっけなく「Bon soir.《ボン・ソワール》（訳注　おやすみ）」といいすてて、自分の書斎へひきとった。

11

三十分後にニコライ・ペトローウィチは庭へ出て、好きな園亭《あずまや》のほうへ歩いていった。彼ははじめて息子との距離をはっきりと意識したのである。彼には日ごとにそれが大きくなってゆくような予感がした。つまり、冬のペテルブルグで何日も新しい作品を読みふけったことが、むだだったのである。若い人たちの話にきき入ったり、彼らのわきたつような熱のこもった議論にうまく言葉をはさむことができると喜んだりしたのだったが、それもこれもみんなむだだったのである。〈兄はわれわれが正しいというし〉と彼は考えた。〈自尊心をいっさいぬきにしても、自分でも彼らのほうが、われわれより真理から遠いような気がする。そのくせいっぽうでは、彼らの背後にはわれわれにないなにものかが、われわれに対する優越感のようなものがあることが感じられる……若さだろうか？　いや、若さだけではない。彼らには、地主気質《かたぎ》の名残がわれわれよりすくないというところに、この優越感があるのではないだろうか？〉

ニコライ・ペトローウィチはうなだれて、手で顔をぬぐった。

〈だが、詩を否定するとは？〉と彼はまた考えた。〈芸術に、自然に、共鳴しないとは？……〉

彼はどうして自然に共鳴しないでいられるのか、その理由をさとろうとでもするかのように、あたりを見まわした。もう宵闇《よいやみ》がせまっていた。太陽は、庭から半露里ほどのところにある小さな箱柳の林に沈み、その影がひっそりと静まりかえった野を越えて、果てしなくのびていた。白い馬にのった農夫が一人、林ぞいの暗い小径を急いでいた。その姿がはっきりと見えた。肩のつぎはぎまで見わけられた。影のなかを走ってもむだだった。ちらちら動く馬の脚がおもしろいほどはっきりと見えた。夕陽《ゆうひ》のほうは林にさしこんで、葉の茂みをぬって、やわらかい暖かい光を幹にそそぎ、そのために赤松の林かと思われるほどになった。葉はほとんど青色に染まり、その上にかすかに夕焼けの茜色《あかねいろ》をはかれたあわい青色の空がひろがっていた。燕《つばめ》が高く飛びかい、風はまったくやみ、帰りおくれた蜜蜂《みつばち》がリラの花のなかでものうげに眠そうになり、たった一本たかくつきだした枝の上に、羽虫が真っ黒く群れとんでいた。「ああ、なんて美しいんだろう！」と、ニコライ・ペトローウィチはおもわずつぶやいた。すると大好きな詩が口まで出かかったが、アルカージイと、『物質と力』を思いだして――口をつぐんだ。が、そのまますわって、一人きりの、さびしいが、なぐさめもある物思いにひたりつづけた。彼はもともと空想が好きだったが、田舎の生活によってますますその傾向が助長されたのだった。宿屋で息子の帰郷を待ちながら、やはりこんなふうに空想にふけっていたのは、ついこのあいだのことではなかったか。ところがあのときからすでに変化が生まれて、あのときはまだ漠然《ばくぜん》としていた関係が、いまはもうはっきりときまってしまった……それもなんという悲しい結果になったことであろう！　彼の脳裏にはまた亡くなった妻の面影《おもかげ》がうかんできた。しかしそれは長いあいだ見なれてきた、家庭的なやさしい主婦の姿ではなく、ほっそりしたからだつきの、乙女らしいためらいをうかべた目のきれいな、細い項《うなじ》の上に編み髪をかたく巻きつけた、ういういしい少女だった。彼ははじめて彼女を見たときのことを思いだした。そのころ彼はまだ大学生だった。彼はアパートの階段のところで彼女と出あった。そしてすれちがうときにうっかりつきあたって、あわててふりむき、あやまろうとしたが、「Pardon, monsieur《パルドン・ムッシュ》（訳注 失礼）」と男への詫《わ》び言葉しかいえなかった。彼女は会釈《えしやく》して、クスッと笑うと、ふいになにかにおびえたように、パタパタと駆けだした。そして階段の曲り角で、ちらと彼のほうを見ると、まじめな顔をして、さっと赤くなった。ついで最初のおどおどした訪問、ぎごちない言葉と臆病《おくびょう》な微笑、疑惑、悲嘆、熱情、そしてついに、あの息づまるような喜び……あれがみなどこへ飛びさってしまったのだ？　彼女は彼の妻となった。そして彼は幸福だった。世のわずかなひとびとのように……。〈だが〉と彼は考えた。〈あの甘い喜びにみちた最初のいく日かのような生活を、どうして永遠に送ることができないのだろうか？〉

彼はこの自分の考えをつきつめてみようとはしなかったが、あの幸福な時代を、記憶よりももっと強いなにものかでつなぎとめておきたいという気持ちのあることは、感じていた。彼はもういちど亡き妻マリアがそばにいることを手さぐりで感じたかった。彼女の体温と息づかいにふれたかった。すると彼はもう自分のすぐ上に……「ニコライ・ペトローウィチさま」と、そばでフェーニチカの声がきこえた。「どこにいらっしゃいますの？」

彼ははっとした。彼は苦しくもなかったし、恥ずかしくもなかった……彼は妻とフェーニチカを比べてみようとは思いもよらなかったのだが、フェーニチカが彼をさがそうとする気になったのが、彼にはせつなかった。その声はとたんに彼を現実にひきもどしたのである。白いもののまじった髪、老いで硬化したからだ、そして現在の境遇が思いだされた……

彼がもう足をふみ入れかけていた幻の世界、そして過去の波うつ靄《もや》のなかからすでにうかびかけていた夢の世界が、ゆらっとゆれて——消えてしまった。

「ここにいるよ」と彼は答えた。「いま行くから、行ってなさい」

〈これがそうなんだ。地主気質《かたぎ》の名残なんだ〉という考えがちらと彼の頭にうかんだ。フェーニチカはだまって園亭のなかの彼をのぞくと、そのままそっとかくれた。彼は自分が空想にふけっている間にもうすっかり夜になっていたことに気がついて、びっくりした。あたりは黒い帳《とばり》がたれて、しんと静まりかえっていた。そしてフェーニチカの気味わるいほど青白い小さな顔が、彼の前をすうっと流れた。彼は腰をあげて、家へもどろうと思った。が、やわらげられて涙もろくなった心は容易におちつきそうもなかったので、彼はゆっくり庭を歩きまわりはじめた。彼は歩きながら、物思わしげに目を足もとにおとしたり、まきちらされたような星くずがまたたいている夜空を見あげたりした。彼は長いこと、ほとんど疲れをおぼえるまで歩きまわったが、胸の不安、なにかを求めるような、漠とした、悲しい不安は、やはり静まらなかった。おお、そのときの彼の胸をさわがせていた不安を知ったら、バザーロフはどんなに彼を嘲笑《わら》うことだろう！　アルカージイも彼を非難するにちがいない。四十四歳にもなる一家の主人で、農場経営者である彼の目から、涙が、いわれのない涙がどっとあふれでた。これはチェロより百倍もわるいことだった。

ニコライ・ペトローウィチはそのまま歩きつづけた。彼は家のなかへ――明るい窓々がやさしく招くように彼を見つめている、この平和な、居ごこちよい巣のなかへ、はいってゆく気になれなかった。彼は暗がりと、庭と、顔をつつむさわやかな空気の触感と、そしてこの悲愁、この不安とも、別れることができなかった……

彼は小径の曲り角でパーヴェル・ペトローウィチに出あった。

「どうしたんだね？」と彼はニコライ・ペトローウィチにたずねた。「顔がまっさおじゃないか、まるで幽霊みたいに。疲れてるんだよ。どうして休まんのだね？」

ニコライ・ペトローウィチは自分の気持ちを言葉すくなに説明して、はなれていった。パーヴェル・ペトローウィチは庭のはずれまで行くと、やはり考えこんで、おなじように空を見あげた。しかしその美しい黒い目には、星の光のほかは、なにもうつらなかった。彼はロマンチストには生まれついていなかった。そしてその粋《いき》な、熱情的な、フランスふうの人間ぎらい《ミザントロープ》な心は、空想というものを知らなかった……

「どうだい、きみ」そのおなじ夜バザーロフがアルカージイにいった。「ぼくはすばらしいことを思いついたぜ。きみの親父《おやじ》さんがさっきいったろう、そのなんとかいうえらい親戚《しんせき》から招待状を受けとったって。きみの親父さんが行かんのなら、ぼくたちが＊＊＊市へくりだそうじゃないか。かまうものか、きみだって呼ばれてるんだ。こんとこすばらしい天気つづきだし、馬車をとばして、町見物としゃれようや。五、六日ぶらぶらして、さよならだ！」

「それで、きみはまたここへもどってくるのかい？」

「いや、親父のとこへ行かなきゃ。知ってるだろう、親父の家は＊＊＊市から三十露里のところだ。親父にも、おふくろにも、もう長いこと会ってないから、年寄りどもをなぐさめてやらにゃ。いい人間だよ、とくに親父ときたら、傑作だよ。ぼくは一人息子なんだ」

「で、長くいるつもりかい？」

「わからんな。おそらく、退屈するだろうさ」

「帰りに家へ寄ってくれるだろうな？」

「さあ……そのときになってみなくちゃ。とにかく、どうだい？　出かけてみようじゃないか？」

「そうしようか」とアルカージイは気のなさそうな返事をした。

彼は心のなかでは友の申し出がうれしくてたまらなかったが、自分の感情をかくすのを義務と考えたのだった。彼もまたニヒリストであった！

翌日彼はバザーロフと＊＊市へ出発した。マリーノ村の若い連中は二人の出発を残念がった。ドゥニャーシャなどは涙まで流した……が、老人たちはほっと胸をなでおろした。

12

二人の友が出かけていった＊＊＊市は、若い県知事の管轄《かんかつ》下におかれていたが、この県知事は進歩主義者でありながら、暴君であった。これはわがロシアではいたるところで見られる、ごくあたりまえのことである。彼は着任後一年のあいだに、退役騎兵二等大尉《たいい》で牧場主をしている、ひどく客ずきな県の貴族団長とはでな口論をやらかしたばかりでなく、部下の役人たちとまでことごとにいがみあった。そのためにできた溝《みぞ》が、ついにどうにもならぬまでに大きくなったので、ペテルブルグの本省は特命の調停委員を派遣して現地で事態を収拾させることになった。それで本省の人選でその命を受けたのが、かつてキルサーノフ兄弟の後見人をしていたコリャージンの息子マトヴェイ・イリイチ・コリャージンであった。彼も《若手官僚》の一人で、つまりまだ四十を出たばかりだが、もう大臣の椅子《いす》をねらうところまでいっていて、胸の両側に星章を一つずつつけていた。もっとも一つは外国のもので、だれでももらえるような安っぽい勲章だった。彼の査問を受けることになった県知事とおなじように、彼も進歩主義者と見なされていて、もう高官になっていたが、世の多くの高官連とはちがったところがあった。彼は自分を大人物だと思いこんでいて、その虚栄心の強さは際限を知らぬほどだったが、態度はあっさりしていて、人を見る目にも相手をはげますようなやさしさがあり、人の言葉をきくときも清濁あわせのむおおらかさがあり、その笑い方がまったくむき出しだったので、はじめのあいだは「すばらしい青年」という評判さえとったほどだった。しかし、これはというときには、いわゆる煙《けむ》に巻くというかわし方がうまかった。「エネルギーが必要だよ」というのがそういうときの彼のきまり文句だった。「L'énergie est la première qualité d'un homme d'état.《レネルジー・エ・ラ・プルミエール・カリテ・ダ・ノム・デタ》（訳注 エネルギーが政治家の第一条件さ）」ところが、そのくせ彼はいつもばかをさらすのがきまりで、すこしすれた官吏なら手もなく彼をあしらうことができた。マトヴェイ・イリイチは大のギゾー（訳注 一七八七～一八七四。フランスのブルジョア歴史家、保守政治家）崇拝者で、なにかといえばその名をもちだし、だれにでも、自分が、がんこな保守主義者でも時代おくれの官僚でもなく、社会生活の重大な現象は一つとして見のがすようなことはしないのだということを、さとらせようとつとめた……こういったたぐいの言葉なら、彼はじつによく知っていた。彼は、ぞんざいな思いあがった態度ではあるが、現代文学の歩みの跡もざっとたどっていた。それもたとえてみれば、大人が通りで子供たちの行列に出あって、気まぐれにその行列にまじってみるようなものだった。本質的には、マトヴェイ・イリイチは、アレクサンドル帝時代の高官たち、つまり当時ペテルブルグに住んでいたスヴェチナ夫人*邸の夜会に出るまえに、コンディヤック（訳注 一七一五～八〇。フランスの哲学者、主著『認識の起源について』）の一ページをちょっと読んでおくといった連中から、何歩もすすんでいなかったのである。ただ態度がすこしちがっていて、いくらか現代的だというだけのことであった。彼は如才ない廷臣で、たいへんな悪がしこい男で、それ以上の何者でもなかった。仕事はさっぱりわからなかったし、頭の切れもにぶかったが、自分の一身に関する問題はたくみに処理する術《すべ》を心得ていた。ここにはもうだれの介入も許さなかったし、しかもこれがもっとも肝心なことなのである。

マトヴェイ・イリイチは進歩主義を自認する高官に特有のおおらかさで、もっとつっこんでいえば、軽い上っ調子な態度でアルカージイを迎えた。そのくせ、せっかく招いた二人の親戚が来なかったときくと、ひどく意外な顔をした。

「きみのお父さんは、いつも変わり者だったからな」彼はぜいたくなビロードの部屋着の房をひねりまわしながらこういうと、いきなり、略服のボタンをきちんとかけてかしこまっていた若い官吏のほうをむいて、いかにも子細ありげな顔をして、「なんだって？」と大きな声でいった。若い官吏はあんまり長いあいだだまっていたので、唇《くちびる》がくっついてしまって、あわてて腰をうかし、きょとんと上司の顔を見まもった。ところが、部下をあわてさせておいて、マトヴェイ・イリイチはもうそちらには見むきもしなかった。ロシアの高官たちは、概して部下をまごつかせて喜ぶ癖があった。彼らがその目的達成のためにつかう方法は、かなりまちまちだった。そのなかでも、英国人たちが「is quite a favourite《イズ・クワイト・ア・フェーヴァリト》（訳注　もっとも好ましい）」という、つぎの方法が多く用いられた。つまり高官が耳が聞えなくなった振りをして、きゅうにごく簡単な言葉までわからなくなってしまうのである。たとえば、「今日は何曜日だったかな?」ときく。「あ? なに? なんだって? きみはいま何といった?」と高官は真剣な顔をしてくりかえす。

「今日は金曜日でございます、か、か、閣下」とうやうやしく答える。

「なに? なんだって? 金曜日とはなんだね? どんな金曜日だね?」

「金曜日でございます、か、閣下……週の一日でございます」

「なにィ、きみはそんなことをわしに教えようというのか?」

マトヴェイ・イリイチは自由主義者と考えられてはいたが、やはり高官だった。

「きみにひとついっておくが、県知事を訪問しなさい」と彼はアルカージイにいった。

「きみはわかってると思うが、わしがきみにこんなことをすすめるのは、権力に訪問の礼をつくしておくのが必要だという古い観念を固持しているからではないよ。ただたんに、県知事が立派な人物だからだ。きみは、たぶん、ここの社交界に出入りしたいという希望をもっとるだろう……まさかきみは熊《くま》じゃあるまい、あ? 知事邸で明後日《あさって》、大舞踏会があるよ」

「あなたはその舞踏会に出られますか?」とアルカージイはきいた。

「わしのために催すんだよ」とマトヴェイ・イリイチは気の毒にといわんばかりにいった。「きみ、踊りは」

「やります、下手ですが」

「そりゃ、いかんな。ここにはきれいな婦人方が多いし、それに若い者が踊らんなんて恥ずかしいぞ。くどいようだが、わしがこんなことをいうのは古い観念のためじゃない。わしは、知性は足にあらわれる、などとはけっして思わんが、しかしバイロン主義*はこっけいだよ、Il a fait son temps.《イラ・フェ・ソンタン》（訳注　彼の時代はすぎてしまったよ）」

「だってぼくは、伯父さん、バイロン主義のためじゃありませんよ、そんな」

「きみをここの貴婦人たちに紹介してやろう、きみをわしの翼の下にかかえこんでおくよ」とマトヴェイ・イリイチはさえぎって、満足そうににやにや笑った。「さぞ温かい思いをするだろうな、あ？」

従僕がはいってきて、税務監督局長の来訪を告げた。それは口もとが皺《しわ》だらけで、目のどろんとにごった老人で、自然を観賞するのが大好きで、とくに彼の言葉をかりると、「一匹一匹の蜜蜂が一つ一つの花から賄賂《わいろ》をとる……」真夏の季節が好きだそうである。アルカージイは辞去した。

彼は宿へもどって、バザーロフを見つけると、県知事を訪問することをしつこくすすすめた。

「しかたがない！」とバザーロフはとうとう折れた。「いったん手綱をつかんだら――手かげんしろなどというな、か！　地主たちを見に来たんだ、よく見てやろうじゃないか！」

知事は若い二人を愛想よく迎えたが、かけろともいわないし、自分でもかけなかった。彼はのべつあたふたと忙しそうにしていた。朝から窮屈な略服をきちんときて、おそろしくかたいネクタイをしめて、食事をするひまももどかしく、たえずせかせかと指図していた。県内では彼にブルダラという仇名をつけていたが、これは有名なフランスの宣教師*をもじったのではなく、ただのブルダ（訳注　粗末な濁り酒）からとったのだった。彼はキルサーノフとバザーロフを舞踏会に招待したが、二分ほどするとまたおなじことをくりかえして、二人を兄弟と思いこんで、カイサーロフ君たちなどと呼んだ。

彼らが、知事のところから宿にもどる途中、ふいに、通りかかった軽馬車から、あまり背の高くない、スラヴ主義者*ふうの肋骨《ろっこつ》飾りのある上着をきた男がとびおりて、

「エヴゲーニイ・ワシーリイチ！」と叫ぶと、バザーロフのほうへとんできた。

「あ！　きみか、ヘル・シートニコフ」バザーロフは歩道を歩きながら、いった。

「どういう風の吹きまわしだい？」

「それがきみ、まったく偶然なんだよ」と答えると、彼は軽馬車のほうをふりむいて、五度ほど手を振って、叫んだ。「ついてこい、あとについてこい！　親父がここに用事があってさ」と、彼は溝をとびこえながら、つづけた。「どうしても来てくれっていうもんだから……今日きみたちの来たことを知って、さっき寄ってみたんだ……（ほんとうに、二人が部屋へもどってみると、両かどを折り曲げた名刺がおいてあり、片面はフランス語で、片面はスラヴの飾り文字でシートニコフの名が刷りこまれていた）まさか、知事のところへ行ってきたんじゃなかろうな！」

「ところがあいにくと、いまその帰りさ」

「えっ！　じゃぼくも行こう……エヴゲーニイ・ワシーリイチ、紹介してくれたまえよ、きみの連れの……その……」

「シートニコフ、キルサーノフ」バザーロフは立ちどまりもしないで、ぼそっといった。

「じつに愉快です」シートニコフは、横むきに歩きながら、笑顔をつくって、あまりにもエレガントすぎる手袋をとった。「おうわさはいろいろとうかがっていました……ぼくは、エヴゲーニイ・ワシーリイチの古くからの友人で、いわば――彼の弟子です。ぼくの更生は彼のおかげなんです……」

アルカージイはバザーロフの弟子を見やった。その小づくりだが、気持ちのいい、てかてかにみがきあげた顔に、不安そうな、にぶい表情があらわれていた。まるで押しこまれたような小さな目がじっと不安そうにこちらを見つめて、彼は不安そうな笑いをうかべた。なんとなく無表情な短い笑いだった。

「嘘《うそ》だと思うかもしれませんが」と彼はつづけた。「ぼくの前でエヴゲーニイ・ワシーリイチが、はじめて、権威をみとめてはならぬといったとき、ぼくはなんともいえぬ感激をおぼえて……はっと目が開いたような気がしたんです……この人だ、やっとほんとうの人間を見つけた、と思いました。ところで、エヴゲーニイ・ワシーリイチ、ここへ来たからには、ぜひ一人の婦人をたずねなくちゃ。そのひとは完全にきみを理解できるし、きみがたずねたらどんなに喜ぶかしれやしない。そのひとのこと、うわさはきいてるだろう？」

「だれだね？」とバザーロフは気のりのしないようすでいった。

「クークシナ、エウドークシヤ・クークシナだよ。すばらしい女性だよ、ほんとうの意味の émancipée《エマンシペ》(訳注　解放された女性)、進歩的な女性だ。どうだね？　いまからみんなでいっしょに行こうじゃないか。住居はすぐそこだよ。朝食をよばれようや。きみたちまだだろう？」

「まだだよ」

「そりゃちょうどいい。彼女は良人《おっと》と別居して、まったくの自由なんだ」

「美人かい？」とバザーロフはさえぎった。

「う……ううん、なんともいえんな」

「じゃ、なんだってそんなとこへぼくたちをつれていくんだ？」

「きみ、ふざけるのはよせよ……シャンパンを一本ふるまってくれるぜ」

「そうかい！　なるほど、きみも実際家になったな。ところで、きみの親父さんは相変わらず買い占めをやってるのかい？」

「やってるよ」とシートニコフは早口にいって、ケケケと笑った。「どうする？　行くかい？」

「さあ、わからんな」

「きみはいろんな人間を見たいんだろう、行ったらいいじゃないか」とアルカージイが小声でいった。

「あなたはいかがです、キルサーノフさん？」とシートニコフはすかさずいった。

「あなたもいらしてくださいよ、あなたがぬけちゃまずいですよ」

「だって、いきなりおおぜいでおしかけちゃ失礼じゃありませんか」

「平気ですよ！　クークシナは――そんな人じゃありませんから」

「シャンパンは出るかい？」とバザーロフは念をおした。

「三本！」とシートニコフは叫んだ。「ぼくが保証する！」

「はずれたら！」

「首をやる」

「親父さんの財布のほうがいいなあ。まあ、せっかくだから、行こうか」

13

アウドーチヤ（またはエウドークシヤ）・ニキーチシナ・クークシナが住んでいる、モスクワの貴族の邸宅風の小さな家は、＊＊＊市のこのまえの火事で焼けた通りの一つに面していた。だれでも知っていることだが、わがロシアの県都は五年ごとに火事で焼けるのが普通だった。玄関には名刺がひんまがってはってあり、その上に呼び鈴の紐《ひも》が見えた。そして控室へはいると、小間使いとも、夫人の話し相手ともつかぬ、室内帽をかぶった女が迎えた――女主人の進歩的傾向をしめす明らかなしるしである。シートニコフは、アウドーチヤ・ニキーチシナは在宅かとたずねた。

「あなたなの、ヴィクトル？」という細い声が隣の部屋からきこえた。「おはいりなさいな」

室内帽の女はすぐにひっこんだ。

「連れがあるんです」といって、シートニコフはさっと外套《がいとう》をぬいだ。するとその下にはカーデガンとも、室内コートともつかぬものをきていた。彼はアルカージイとバザーロフにちらとすばやい視線を投げた。

「いいわよ」と声が答えた。「Entrez《アントレ》（訳注　おはいりなさい）」

青年たちはなかへはいった。彼らがはいった部屋は、客間というよりは仕事部屋で、書類や手紙や厚いロシアの雑誌類が、大部分はページも切られないままに埃《ほこり》をかぶった机の上に乱雑にのっていた。いたるところに煙草《たばこ》の吸殻《すいがら》が白く散らかっていた。革張りのソファの上に、まだ若い、うす亜麻色の髪の婦人が、すこしだらしないかっこうで、半ば横たわるようにすわっていた。彼女はすこしよごれの見える絹の衣装をきて、短い両手に大きな腕輪をはめ、頭にレースのスカーフを巻いていた。彼女はソファから身を起こすと、ビロード裏の、すこし黄色くなった貂《てん》の毛皮のストールを、無造作に肩にひきよせながら、ものうげに「今日は、ヴィクトル」といって、シートニコフの手をにぎった。

「バザーロフ、キルサーノフ」と彼はバザーロフをまねて、ぶっきらぼうにいった。「よくいらっしゃいました」とクークシナはいって、まるい目をバザーロフにひたとあてると――その目のあいだに小さな上向きの鼻が仲間はずれにされたみたいに赤くなっていた――「あたしはあなたを存じてますわよ」といいそえて、おなじように手をにぎった。

バザーロフはちょっと顔をしかめた。解放された女の、小づくりな、あまりできのよくない姿には、べつにこれといって醜いところはなかったが、顔の表情が見る者に不快な作用をあたえた。〈どうした？　腹でもへったのかい？　それとも退屈なの？それとも気おくれがしたのか？　なんだってそうもぞもぞしてんだい？〉と思わずいいたくなるほどだった。そして彼女も、シートニコフとおなじように、いつも妙にそわそわしていた。彼女はものの言い方も動作もひどくなれなれしいくせに、妙にぎごちなかった。彼女は自分では気がよく、率直だと思っているらしかったが、それでいてなにをしても、したくなかったことをついしてしまったというふうに、相手の目にはうつるのだった。なにをしても、子供たちのいう――わざとみたいに、つまり素直でなく、不自然になってしまうのである。

「そう、そうよ。あたしはあなたを存じてますわ、バザーロフさん」と彼女はくりかえした（彼女には多くのモスクワや地方の貴婦人たちに特有の、初対面から男を姓で呼ぶ癖があった）。「シガーはいかが？」

「シガーもけっこうですが」さっさと肘掛《ひじか》け椅子《いす》にひっくりかえって、もう片足を上のほうへつきだしていたシートニコフが、急いで返事を横どりした。「それより朝食をねがいますよ、腹がぺこぺこなんです。それからシャンパンを一本ぬくようにいってくださいよ」

「シバリス人*ねえ」といって、エウドークシヤは笑った（彼女は笑うと、上の歯茎がむき出しになった）。「そうじゃありませんこと、バザーロフさん、彼はシバリスでしょう？」

「ぼくは人生の楽しみを愛するね」とシートニコフは気どっていった。「それはぼくが自由主義者であることをさまたげないよ」

「いいえ、さまたげますわ。さまたげますとも！」とエウドークシヤは叫んだが、それでも小間使いに、朝食もシャンパンも、支度するようにいいつけた。「あなたはこれをどう思いまして？」彼女はバザーロフのほうをむいて、こういいたした。「きっとあたしと同意見だと思いますわ」

「いや、ちがいますね」とバザーロフは否定した。「化学的見地からみてさえ、肉片のほうがパンきれよりいいですよ」

「あら、あなたは化学をおやりですの？　あたしは大好きよ。ゴム糊《のり》を一つ考案したほどですわ」

「ゴム糊を？　あなたが？」

「そう、あたしが。人形をつくるとき、頭がこわれないようによ。あたしこれでも実際的な女なのよ。でもまだ完成はしてませんけど。もうすこしリービッヒを読まなくちゃ。そうそう、あなた『モスクワ報知』にのったキスリャコフ*の婦人労働論を読みまして？　お読みになってよ。だってあなた婦人問題に関心をおもちでしょ？　学校にも？　あなたのお友だちはなにをしてらっしゃいますの？　お名まえはなんとおっしゃるの？」

　クークシナ夫人は相手の返事を待とうともしないで、甘えたように無頓着《むとんじゃく》に、つぎつぎと勝手な質問をこぼした。甘やかされた子供が乳母《うば》を相手にこんな話し方をするものである。

「ぼくはアルカージイ・ニコラーイチ・キルサーノフという者です」とアルカージイはいった。「なにもしていません」

　エウドークシヤは声をたてて笑いだした。

「そりゃいいわねえ！　いかが、煙草お吸いになりません？　ヴィクトル、いいこと、あたし怒ってるのよ」

「どうして？」

「あなたまたジョルジュ・サンド*礼讃《らいさん》をはじめたそうじゃないの。時代おくれの女、それ以上のなにものでもないわ！　エマーソン*とならべるなんてとんでもないわ！　彼女は教育についても、生理学についても、そのほかなににについても、なんの思想ももっていないじゃありませんか。彼女は、きっと、胎生学のことなんかきいたこともなかったと思うわ。ところが今日では――これを知らないでなにができて？（エウドークシヤは両手までひろげてみせた）ああ、これについてなんというすばらしい論文を、エリセーウィチは書いたんでしょう！　あのひとは、天才的な紳士ですわ！（エウドークシヤはいつも「人」というかわりに「紳士」という言葉をつかった）バザーロフさん、あたしのそばにおかけなさいな。あなたはご存じないかもしれませんけど、あたしひどくあなたを恐れてますのよ」

「それはなぜです？　よろしかったらおきかせねがえませんか」

「あなたは危険な紳士だからよ。しんらつな批評家ですもの。おや、まあ！　おかしいわね、田舎の女地主みたいなことをいって。でも、あたしじっさいに女地主なんですもの。これでも自分で領地を管理してるのよ。それに、おもしろいのよ、農夫頭のエロフェイったら——へんなタイプ、クーパーの『道を開く者《パスファインダー》』*そっくり。なんかひどく衝動的なところがあるの！　あたしはすっかりここに住みついてしまったわ。いやな町、そうじゃありません？　でもしかたないわ！」

「町はこんなものですよ」とバザーロフは冷ややかにいった。

「つまらんことにばかりこせこせして、それがこわいんですわ！　まえにはあたし冬はモスクワですごしたんですが……いまはあちらにはあたしの亭主、ムッシュ・ククシンが住んでますの。それが近ごろはモスクワも……よくは知りませんけど——やはり変わってるでしょうね。あたし外国へ行こうと思いますのよ。去年などもすっかり支度したんですけど」

「パリでしょうな、むろん？」とバザーロフはたずねた。

「パリと、ハイデルベルク（訳注　ドイツの都市）ですわ」

「どうしてハイデルベルクへ？」

「まあ、ブンゼン（訳注　一八一一～九九。ドイツの化学者。ハイデルベルク大学の教授）がいるじゃありませんか？」

これにはさすがのバザーロフも返事が見つからなかった。

「ピエール・サポージニコフ……あなたご存じ？」

「いいえ、知りませんな」

「まあ、あきれた。ピエール・サポージニコフよ……いまでもリーディヤ・ホスタートワのところへしょっちゅう見えるじゃありませんか」

「そのリーディヤとやらも知りませんな」

「まあいいわ、その方があたしと同行することをひきうけたのよ。ありがたいことに、あたし自由でしょ、子供はいないし……あら、あたしったら、ありがたい、、、、ことに！だなんて。でも、そんなことどうでもいいわ」

エウドークシヤは、脂《やに》で黄色くなった指で煙草を巻くと、舌でなめてはりつけ、吸い口をちょっと湿して、火をつけた。盆をもった小間使いがはいってきた。

「さあ、朝食がきましたわ！召しあがるでしょ？ヴィクトル、シャンパンをぬいてよ、それあなたの役目よ」

「ぼくの役目か、役目ねえ」とシートニコフは口のなかでぼそぼそいって、ケケケと笑った。

「この町にきれいな女性はいますか？」と、三杯めのグラスをのみほしながら、バザーロフがきいた。

「おりますとも」とエウドークシヤは答えた、「でもみんなつまらない人ばかり。たとえば、mon amie《モナミ》（訳注　わたしの友だち）、オジンツォーワ——きれいな人よ。気の毒に、妙なうわさをたてられてるけど、……でも、そんなことはいいのよ、ただ考え方の自由も、幅も……そういったものが全然ないの。教育のシステムをすっかり変えることだわ。このことはもうまえから考えてるんだけど。ロシアの女の教育は愚劣そのものだわ」

「まあ、あきらめるんですな」とシートニコフがすかさずいった。「女なんか軽蔑《けいべつ》すべきですよ、だからぼくは軽蔑してるんです。頭っから、とことんまで！（人を軽蔑し、その軽蔑を表現できるということが、シートニコフにはこのうえなくいい気持ちだった。彼はとくに女を目の敵《かたき》にしていたが、数カ月後には、めとった妻がドゥルドレオーソフ公爵《こうしゃく》家の令嬢であったというただそれだけの理由のために、妻の前にへいこらしなければならぬ身になろうとは、そのときはゆめにも思わなかったのである）女なんてぼくらの話がわかりっこありませんよ。ぼくらまじめな男性が話題にするにたるような女なんて、一人もいませんな！」

「それに、ぼくらの話を理解する必要が全然ないしな」とバザーロフはいった。

「それ、だれのこと？」とエウドークシヤが口をいれた。

「きれいな婦人たちのことですよ」

「まあ！　じゃ、あなたは、プルードンの意見*に賛成ですのね？」

バザーロフが傲然《ごうぜん》と胸をはった。

「ぼくはだれの意見も共有しません。自分の意見をもっています」

「権威打倒！」頭があがらぬ人間の前で思いきった発言をできるチャンスの到来にこおどりして、シートニコフは叫んだ。

「でも、マコーレイ（訳注　一八〇〇～五九。イギリスの自由主義的歴史家）だって」とクークシナがいいかけた。

「マコーレイ打倒！」とシートニコフはほえた。「あなたはあんなばか女どもを弁護するんですか？」

「ばか女どもじゃないわ、婦人の権利をよ。それをわたしは、血の最後の一滴まで擁護することを誓ったのよ」

「打倒！」といいかけて、シートニコフは口ごもった。「そう、ぼくもそれを否定はしないさ」と彼はぼそっといった。

「いいえ、わかったわ、あなたはスラヴ主義者よ！」

「いや、ぼくはスラヴ主義者じゃない、そりゃ、むろん……」

「いいえ、ちがうものですか！　あなたはスラヴ主義者です。古くさい家庭訓の擁護者です。鞭《むち》をもったら似合いだわ！」

「鞭は問題が別ですよ」とバザーロフは注意した。「ただ、どうやら最後の一滴まできたようですな……」

「なにがですの？」とエウドークシヤがさえぎった。

「シャンパンですよ。親愛なるアウドーチヤ・ニキーチシナさん、シャンパンですよ――あなたの血じゃありませんよ」

「女性が攻撃されているのを、あたしは平気できいてはおられません」とエウドークシヤはつづけた。「恐ろしいことです。恐ろしいことです。女性を攻撃するひまがおありでしたら、ミシュレ（訳注　一七九八～一八七四。フランスの歴史学者）の『恋愛論《ドゥ・ラムール》』でもお読みになったら。すてきな本よ！　みなさん、恋愛について論じましょうよ」と、ソファの皺《しわ》くちゃの枕《まくら》にだるそうに片手をおとして、エウドークシヤはいった。

ふいに沈黙が訪れた。

「いや、恋愛の話なんか無意味ですよ」とバザーロフはいった。「いまあなたは、オジンツォーワとかいいましたね……たしかにそんな名でしたね？　その婦人は何者です？」

「チャーミングです！　じつにチャーミングですよ！」とシートニコフがうわずった声でいった。「紹介します。頭がよくて、金持で、未亡人です。惜しいことに、まだ啓蒙《けいもう》がたりません。あのひとこそわがエウドークシヤにもっと接近すればいいんですコツ、そら、チン、チン、チン!!」

「ヴィクトル、道化ねえ、あなたも!」

食事は長くつづいた。最初の瓶《びん》につづいて、二本め、三本め、さらに四本めまでぬかれた……エウドークシヤは息もつかずにしゃべりまくった。シートニコフがたきつけ役をした。結婚とはなにか——偏見か、それとも犯罪か、人間は生まれたときはおなじか、それともちがうか、個性とはなにか、というようなことがおおいに論じられた。そしてしまいには、とうとう、酔って真っ赤になったエウドークシヤが、調子の狂ったピアノのキイを平べったい爪《つめ》でたたきながら、かすれ声でジプシーの歌をうたいだすという騒ぎになった。つづいて彼女はセイムール・シッフのロマンス『夢ごこちにグラナダはまどろむ』*をうたい、

そしてきみが唇《くちびる》、われを求めて、

熱き接吻《くちづけ》にとけあいぬ

というくだりになると、シートニコフはショールを頭に巻きつけて、死にゆく愛人のまねをした。

アルカージイはついにがまんができなくなった。

「諸君、これじゃもう、まるで精神病院じゃないか！」と彼は叫んだ。

ときたま話にからかいぎみに半畳を入れるだけで、もっぱらシャンパンに熱中していたバザーロフは、大きな音をたてて欠伸《あくび》をすると、立ちあがって、女主人に別れの挨拶《あいさつ》もしないで、アルカージイをうながして出ていった。シートニコフはあわてては
ねおきて、あとを追った。

「ねえ、どうです、え、どうです？」と、彼は卑屈に右に左にちょこちょこしながら、いった。「ぼくがいったでしょ、すばらしい女だって！　ああいう女がもっと多くなるといいんですよ！　あのひとは、あれなりに、一種の高度に道徳的な現象ですよ」

「じゃ、きみの親父《おやじ》さんのあの商売も、道徳的現象かね？」そのときその前を通りかかった居酒屋を指さして、バザーロフはいった。

シートニコフはまたケケケと笑った。彼は自分の生まれをひどく恥じていて、バザーロフに思いがけなくきみと呼ばれたことを、親しみととっていいのか、侮辱と解さねばならぬのか、わからなかった。

14

　数日後に、知事邸で舞踏会が催された。マトヴェイ・イリイチはまさに《夜会の主賓》であった。県の貴族団長は、この夜会に出席したのはひとえに彼に敬意を表するためだと、客の一人一人にくどくどと説明した。知事は舞踏会の席でまで、ちょこまかはしないまでも、やはり《指図》をやめなかった。マトヴェイ・イリイチの応対のものやわらかさはまさにその威厳にふさわしかった。彼はある者には嫌悪《けんお》を、ある者には尊敬をちょっぴりまじえて、すべての人びとにまんべんなく笑顔を見せた。婦人連にはun vrai chevalier français《アン・ヴレ・シュヴァリエ・フランセ》（訳注　ほんもののフランスのナイト）のようにお世辞をふりまき、いかにも高官らしく、大きな、よくひびく、おなじ調子の笑い声をのべつたてていた。彼はアルカージイの肩をポンとたたいて、大きな声で「甥《おい》」と呼び、すこし古びたフロックをきたバザーロフには、頬《ほお》ごしにとおりいっぺんだが、寛容な流し目をくれて、「わたしは……」と「じつに」くらいしかききとれぬ、はっきりしないが愛想のよいつぶやきをあたえた。シートニコフには指を一本さしだして接吻を許し、微笑をあたえたが、笑顔をつくったのはもう顔をそむけてしまってからだった。張りのはいったスカートもはかず、よごれた手袋のままで、髪に極楽鳥の飾りをつけただけでやってきたクークシナにさえ、彼は「じつにenchanté《アンシャンテ》（訳注　初めまして）」といった。たいへんな客で、踊りの相手をする男のかずに不足はなかった。文官たちは、おもに壁ぎわに窮屈そうにならんで、軍人たちが熱心に踊った。そのなかの一人はパリに一週間ばかり暮らして、「Zut《ジュット》（訳注　やだねえ）」とか、「Ah fichtre《ア・フィシュトゥル》（訳注　あっいけねえ）」とか、「Pst, pst, mon bébé《プス・プス・モン・ベベ》（訳注　ちょ、ちょっ、かわいいおちびさん）」などのいろんなしゃれた感嘆詞を仕込んできたので、ほんもののパリのシックさで、申しぶんなくさかんに連発したが、いっぽうでは過去と現在をまちがえて「si j'avais《シ・ジャヴェ》」というところを「si j'aurais《シ・ジョレ》」といってみたり、「absolument《アブソリュマン》（訳注　むろん）」を「ぜひ」の意味につかってみたり、要するに、「comme des anges《コム・デ・ザンジュ》（訳注　天使のようにおじょうずです）」などとお世辞をいう必要がない場合に、フランス人たちが笑いものにしている、ロシアなまりのフランス語をつかっていた。

アルカージイは自分でもいったように踊りが下手だったし、バザーロフはぜんぜん踊らなかったので、二人は隅《すみ》のほうに陣どり、シートニコフがそれに加わった。彼はばかにしたような冷笑を顔にうかべて、不遜《ふそん》な態度であたりを見まわし、心底からの喜びを感じているらしかった。ふいに、その顔の表情が変わった。そしてアルカージイをふりむくと、うろたえぎみにいった。

「オジンツォーワが来たよ」

アルカージイはそちらを見た。すると広間の入り口のところに立ちどまっている黒い衣装の背の高い女が目にはいった。その気品のある態度に彼はおどろきの目を見はった。あらわな腕がすんなりしたからだにそって美しくたれ、まぶしいような髪にさしたフクシアの軽やかな小枝がなだらかな肩の線にはらりとおちていた。明るい目がすこしおでこぎみの白い額の下に、おちついた利口そうな光をたたえていた。それはたしかにおちつきであって、愁《うれ》いではなかった。そして唇がそれかあらぬ微笑をうかべていた。なんともいえぬやさしい、やわらかい力がその顔からただよっていた。

「きみはあのひとを知ってるんですか？」とアルカージイはシートニコフにきいた。

「よくね。なんなら紹介しましょうか？」

「じゃあ……このカドリール（訳注　四人ずつ一組になって、方陣をつくって踊るフランスの舞踏）のあとでね」

バザーロフもオジンツォーワに注意をむけた。

「あれはすばらしいじゃないか」と彼はいった、「まさに掃《は》き溜《だ》めに鶴《つる》だ」

カドリールのおわるのを待って、シートニコフはアルカージイをオジンツォーワの前へつれていった。ところがよく知っているとはあやしいもので、その彼が、しどろもどろになり、彼女のほうもいくらかおどろいたような目で彼を見た。ところが、アルカージイの姓をきくと、彼女の顔はうれしそうな表情になった。「ニコライ・ペトローウィチさんのご子息さんでしょうか？」と彼女はきいた。

「そうです」

「わたし、あなたのお父さまを二度ほどお見うけしましたし、いろいろとおうわさをおききしておりますわ」と彼女はつづけた。「あなたとお近づきになれてほんとにうれしゅうございますわ」

そのとき彼女のそばへどこかの副官がとんで来て、彼女をカドリールに誘った。彼女は同意した。

「あなたはダンスをなさいますか？」とアルカージイは慇懃《いんぎん》にきいた。

「踊りますわよ。わたしが踊らないと、なぜお思いになりまして？　それとも、あなたの目には、あまりにおばあちゃんに見えたのかしら？」

「とんでもない、どうしてそんな……でも、それならマズルカにお誘いしてもよろしいでしょうか？」

オジンツォーワはおおように微笑した。

「ええ、どうぞ」といって彼女は、見くだすというのではなく、嫁いだ姉がずっと年下の弟を見るような目で、アルカージイを見た。

オジンツォーワはアルカージイよりすこし年上で、二十九になったばかりだったが、彼女の前に出ると、彼は自分が小学生か、せいぜいはいりたての大学生くらいにしか感じられなかった。二人の年齢の差がずっと開いているように思われたのだった。マトヴェイ・イリイチが悠然《ゆうぜん》とした威厳を見せて彼女のそばへ近づいてきて、ばかていねいな言葉をかけた。アルカージイはわきにのいたが、彼女の観察をやめなかった。彼はカドリールのときも、彼女から目をはなさなかった。彼女の鼻は、ほとんどすべてのロシア人のように、鼻梁《びりょう》がやや太めで、肌《はだ》の色はいくぶんにごっていた。それにもかかわらずアルカージイは、こんな魅力ある女性にはこれまで会ったことがない、と思った。彼女の声のひびきが耳からはなれなかった。衣装の皺《しわ》のよれぐあいまでがほかの女たちとちがって、かっこうがよく、ゆったりしていて、動きがきわだってなめらかで、しかも自然なように思われた。

マズルカの音がひびきわたって、オジンツォーワのそばに腰をおろし、いざ話をはじめようとすると、アルカージイはなんとなくおじけづいてしまって、ただ片手で髪をなでるばかりで、ひと言も言葉が見つからなかった。だが、臆《おく》してもじもじしていたのは長いことではなかった。オジンツォーワのおちつきが彼にも伝わって、十五分もたたないうちに、彼はもう伸びやかな気持ちで、父や伯父や、ペテルブルグの生活や、村の生活のことなどを話していた。オジンツォーワは軽く扇を開いたり、閉じたりしながら、愛想よく熱心にきいていた。彼のおしゃべりは、彼女が男たちに踊りの相手に選ばれるたびに、中断された。そのあいだにシートニコフも二度、彼女を踊りに誘った。彼女は踊りからもどると、また彼のそばにすわって、扇を手にしたが、胸が息ぎれではずむようすもなかった。アルカージイはまた彼女のそばにいて、彼女と話す幸福感にみちあふれて、その目を、美しい顔を、美しい気品ある、利口そうな顔ぜんたいを、しげしげと見まもりながら、話しだすのだった。彼女はあまりしゃべらなかったが、人生にたいする知識がその言葉のはしばしにうかがわれた。そのちょっとした言葉からアルカージイは、この若い婦人がすでに多くのことを悩みぬき、考えぬいてきたことを知った……

「あなたといっしょにいらしたかたは、どなたですの？」と彼女がきいた。「シートニコフさんがあなたをわたしの前におつれしたとき？」

「ああ、彼にお気づきでしたか？」今度はアルカージイのほうがきいた。「どうです、彼は立派な顔をしてるでしょう？　バザーロフといって、ぼくの友人ですよ」

アルカージイは《自分の友人》について話しだした。

その話し振りがいかにも感激にみちて、必要以上に詳しすぎたので、オジンツォーワはバザーロフのほうをふりむいて、じっと注意ぶかい目をそそいだほどだった。やがてマズルカがおわりに近づいた。アルカージイは彼女と別れるのが惜しい気持ちになった。彼はそれほど楽しい一時間をすごしたのだった！　もっとも、彼はそのあいだじゅうずっと、彼女がおおらかに彼に調子を合わせてくれているような、だから恩をきせられているような気がしていた……しかし若い心はこんな感じを気にしないものである。

マズルカの音楽がやんだ。

「Merci《メルシー》（訳注　ありがとう）」と、立ちあがりながらオジンツォーワはいった。「あなたはきっとわたしをたずねてくださいますわね。あなたのお友だちもつれていらっしゃいね。わたし、ぜひお会いしたいわ。なにも信じない勇気をおもちのお方に」

知事がオジンツォーワの前へ来て、晩餐《ばんさん》の支度ができたことを告げ、しかつめらしい顔をして彼女に片手をさしのべた。彼女は立ち去りながら、ふりむいて、アルカージイに別れの微笑と会釈《えしゃく》をおくった。彼は低く頭をさげて、彼女の後ろ姿を見おくり（黒絹の灰色っぽい艶《つや》につつまれた彼女の姿態が、彼にはどれほど美しいものに見えたことであろう！）、そして、〈いまはもうぼくのことなんか忘れてるだろうな〉と考えて、心に上品なあきらめのようなものを感じた。

「おい、どうだった？」アルカージイがもとの隅へもどってくるのを待ちかまえて、バザーロフはきいた。「満足したかい？　いまぼくにある地主がいったが、あの女は——どうしてなかなか、だってさ。もっともこの地主も、ばかみたいなやつだが。で、きみの観察はどうだい、あれは、たしかに——どうしてなかなかかい？」

「その表現の意味がぼくにはよくわからんな」とアルカージイは答えた。

「こりゃおどろいた！　これほど初心《うぶ》とは！」

「いや、きみのいう地主の気持ちがぼくには理解できんのだよ。オジンツォーワはじつに美人だよ——これは文句のつけようがない。が、態度があまりに冷たく、きびしすぎるので——」

「静かな淵《ふち》には、ってのを……知ってるだろ！」バザーロフはすかさずいった。「冷たいって、きみはいうが、そこに味があるんだよ。きみだってアイスクリームが好きだろう？」

「あるいはね」とアルカージイは口ごもった。「でも、ぼくにはなんともいえんよ。あのひとはきみと近づきになりたがって、きみをつれてきてくれってぼくにたのんでたぜ」

「ははあ、ぼくのことをぺらぺらしゃべったな！　まあわるいことじゃない。つれてってくれ。彼女が県都の社交界の女王であろうと、クークシナのような『解放された婦人』であろうと、そんなことはかまわんが、とにかく美しい肩をしてるよ。あんなのにはしばらくお目にかかったことがないぜ」

アルカージイはバザーロフのシニシズム（訳注　既成の道徳、文化にたいする極端に蔑視的な冷笑的態度）にぐっときた、とはいえ――いつものことだったが――彼が癪《しゃく》にさわったのは、友の性格にあるいやな点のためではなかった……

「なぜきみは、女性に思想の自由を許そうとしないんだ？」と彼は小声でいった。

「そりゃ、きみ、ぼくの観察では、自由思想をもっている女なんて出来損ないばかりだからさ」

話はこれで打ち切りになった。二人の青年は晩餐がおわるとすぐに退出した。クークシナはヒステリックな意地わるい、しかしどことなくおどおどした笑いを、二人の後ろ姿にあびせた。二人のどちらも彼女に目もくれなかったことで、彼女の自尊心はひどく傷つけられたのだった。彼女はいちばんおそくまで舞踏会にのこって、真夜中の三時すぎにシートニコフを相手にパリ風のポルカ・マズルカを踊りぬいた。この教訓的な幕切れをもって、知事邸の夜会はおわった。

15

「ひとつ拝見しようじゃないか、あの女が哺乳類《ほにゅうるい》のどの部類に属するか？」と、翌日アルカージイといっしょにオジンツォーワが泊まっているホテルの階段をのぼりながら、バザーロフはいった。「なにかよくないことがありそうな臭《にお》いがするぜ」

「きみにはおどろくよ！」とアルカージイは叫んだ。「なんてことをいうんだ？　きみ、バザーロフともあろう者が、そんなせまいモラルにしがみついてるなんて……」

「きみもおかしな男だよ！」とバザーロフはぞんざいにさえぎった。「ぼくらの仲間では、『よくない』ということが『よい』という意味だくらい、きみは知らんのか？　いいことがありそうだ、ってことさ。きみこそ今日いったじゃないか、彼女は奇妙な結婚をしたなんて。もっとも、ぼくにいわせれば、金持ちの爺《じい》さんと結婚するのは――ちっとも奇妙じゃないがね、それどころか、じつに聡明《そうめい》だよ。ぼくは巷《ちまた》のうわさなんか信じないが、わが教養ある知事のいうように、人びとの言葉は正しい、と思いたいな」

　アルカージイはなんとも答えないで、部屋のドアをノックした。制服をきた若い給仕が二人の青年を大きな部屋へ案内した。ロシアのホテルはたいていいそうだが、その部屋も、家具は粗末だったが花がかざってあった。まもなくオジンツォーワがあっさりした朝の服装であらわれた。春の日ざしをあびて、昨夜よりもわかわかしく見えた。アルカージイは彼女にバザーロフを紹介した。すると、オジンツォーワが昨夜のようにおちつきはらっているのに、バザーロフのほうがなんとなくそわそわしてるのに気がついて、彼は内心おどろきを感じた。バザーロフも自分がそわそわしてるのを感じて、いまいましくなった。〈しっかりしろ、みっともない！　女ごときにびくつくなんて！〉こう腹の中で自分に一喝《いっかつ》すると、シートニコフよりだらしなく肘掛《ひじか》け椅子《いす》にすわりこんで、ことさらなれなれしく話しだした。オジンツォーワはその明るい目を彼からはなさなかった。

アンナ・セルゲーエヴナ・オジンツォーワは、有名な美男子で、投機師で、賭博師《とばくし》のセルゲイ・ニコラーエウィチ・ロクテフを父として生まれた。父は十五年ほどペテルブルグとモスクワで羽振りよく、はでな生活をしていたが、ついに全財産をすってしまい、やむなく村へひっこんで、そこで、ほどなく死んでしまった。二十歳《はたち》になるアンナと、十二歳のカテリーナの二人の娘はわずかばかりの財産しかのこされなかった。母は零落したK公爵家《こうしゃくけ》から来た人であったが、まだ良人《おっと》の全盛時代にペテルブルグで亡《な》くなっていた。父の死後アンナの立場はひじょうに苦しかった。ペテルブルグで受けたはなやかな教育は、所帯の苦労や、草ぶかい田舎の生活にたえるようには、彼女をつくりあげていなかった。彼女は近郷のだれも知らなかったし、相談する相手が一人もなかった。父は近所の人びとを、近所の人びとは父を、それぞれに軽蔑《けいべつ》していたのだった。アンナは、しかし、途方にくれることなく、すぐに母の姉にあたるアウドーチヤ・ステパーノヴナ・K公爵令嬢に手紙をやって、来てもらった。この老嬢は意地のわるい高慢な老婦人で、姪《めい》の家に移ってくると、いい部屋をすっかり占領してしまい、朝から晩までぶつぶつ嫌《いや》みばかりいって、庭をちょっと散歩するにも、自分のたった一人の農奴である、空色のモールのついたよれよれの豌豆《まめ》色の制服をきて、礼式三角帽をかぶった気むずかしい侍僕《じぼく》をつれなければ承知しなかった。アンナは辛抱づよく伯母のどんなわがままにもがまんをし、ひまをみては妹の教育に身を入れ、もうこのまま田舎でしぼんでしまうという考えに妥協したかにみえた。……

だが、運命は別の道を彼女に用意していた。オジンツォーフというひじょうな金持ちで、四十五、六になる男が、たまたま彼女を見かけて、ひと目惚《ぼ》れしてしまい、結婚を申しこんだのである。これは変わり者で、人間ぎらいで、ぶくぶく太った、気むずかしいきらわれ者だったが、しかし、ばかではないし、人もわるくなかった。彼女は彼の妻になることを承諾した。――が、いっしょに暮らしたのは六年ばかりで、彼は妻に全財産をのこして、死んでしまった。アンナ・セルゲーエヴナは良人の死後一年ほどは村を出なかった。その後妹をつれて外国へ行ったが、ドイツにいただけで、退屈してしまい、＊＊＊市から四十露里ほどのところにある、なつかしいニコーリスコエ村へもどってきた。そこにはよく手入れの行きとどいた豪壮な邸宅と、温室のある美しい庭があった。死んだオジンツォーフは好きなことには金を惜しまなかったのである。アンナ・セルゲーエヴナは町へ出ることはひじょうにまれで、それもなにか用があるときだけで、長く滞在することはなかった。県内ではみんな彼女をきらって、とくにオジンツォーフとの結婚はたいへんな非難の的となった。ひとびとは思いつくかぎりのありもしないうわさをまきちらし、父の賭博にひと役かっていたのだとか、外国へもただ行ったのではなく、恐ろしい結果をかくす必要があったからだとか、まことしやかにいいふらした……「それがなにか、わかるかね？」話し手はさも憤慨にたえぬというふうに意味ありげな問いで話を結ぶのだった。「火や水をくぐってきた女さ」――と人びとはいいあった。すると県内にきこえた毒舌家が、かならずこうつけたすのだった、「地獄の釜《かま》もな」。こうしたうわさは、のこらず彼女の耳にとどいたが、彼女は軽く聞き流していた。彼女は自由で、かなり強い性格の女だった。

オジンツォーワは肘掛け椅子の背にもたれて、両手をかさねて、バザーロフの話をきいていた。彼はつねになくかなりよくしゃべり、相手の心をつかもうとしているようすが見えた。これにはアルカージイもおどろいた。バザーロフがその目的を達したかどうか、アルカージイにはなんともいえなかった。アンナ・セルゲーエヴナの顔からは、その心がどんな動きをしているか、おしはかることはむずかしかった。顔はおなじ愛想のよい、こまやかな表情をたもっていたし、美しい目は注意ぶかく光っていたが、それはおだやかな注意だった。バザーロフのくずした態度ははじめのうち、悪臭か、するどい音のように、彼女に不快な作用をあたえたが、すぐにそれが彼のてれかくしであることを見てとると、かえってそれが彼女の自尊心を甘やかした。下品さだけが彼女の心にひっかかったが、下品さでバザーロフを非難する者はあるまい。アルカージイはその日驚きづめに驚いていなければならなかった。彼は、バザーロフがオジンツォーワを聡明な女としてあつかい、自分の確信や見解について話をするものと思っていたし、彼女のほうも《なにも信じない勇気のある人》の話をきいてみたいという気持ちをもっていたのだった。ところがバザーロフはそんなことには少しもふれないで、医学や、ワクチン療法や、植物学などの話ばかりしていた。オジンツォーワが孤独な暮らしのなかで、時間をむだにつぶしていなかったことがわかった。彼女は何冊かの有益な本を読んでいたし、ロシア語を正確に習得していた。彼女は話を音楽へむけたが、バザーロフが芸術をみとめていないことに気づくと、アルカージイが民謡の意義について説明しだしたにもかかわらず、またいつとなく話を植物学へもどした。オジンツォーワはアルカージイを相変わらず弟のようにあつかい、青年らしい善良さと率直さを尊重している――それだけのことらしかった。多彩ないきいきとした話が、おちついた雰囲気《ふんいき》のなかで三時間あまりつづいた。

二人はとうとう立ちあがって、別れの挨拶《あいさつ》をはじめた。アンナ・セルゲーエヴナはやさしく二人を見つめると、白い美しい手をさしのべ、ちょっと考えて、ためらうような、しかし快い微笑をうかべながら、いった。

「お二人とも、退屈なさってもかまいませんでしたら、ニコーリスコエのわたしどもへいらしてくださいまし」

「とんでもない、アンナ・セルゲーエヴナ」とアルカージイは叫んだ。「このうえない光栄です……」

「あなたは、ムッシュ・バザーロフ?」

バザーロフは頭をさげただけだった――そしてアルカージイは最後にもう一度驚くことになった。バザーロフが顔を赤らめたのである。

「どうだい？」彼は通りに出るとバザーロフにいった。「やはりおなじ意見かい？　え、あのひとは――なかなかどうして、かい？」

「わかるものか！　まるきり自分を凍結させてるじゃないか！」とバザーロフはやりかえしたが、ちょっと考えてから、いいそえた。「公妃だ、女王だよ、長い裳裾《もすそ》をひいて王冠を頭にのせりゃ似合いだよ」

「わが国の公妃たちはあれほどうまくロシア語を話さんな」とアルカージイはいった。

「そりゃきみ、さんざん苦労したんで、ロシアのパンの味がわかったのさ」

「とにかく魅力的だよ」とアルカージイはいった。

「まったくいいからだだ！」とバザーロフはつづけた。「いますぐにでも解剖台にのせたいよ」

「よせよ、エヴゲーニイ！　なんてことをいうんだ」

「まあ、おこるなよ、坊や、一級品ということさ。訪ねにゃいかんな」

「いつ？」

「なんなら明後日《あさって》でも。こんなところにいたってしようがないよ！　クークシナとシャンパンでものむのかい？　きみの親戚《しんせき》の自由主義的高官の高説でも拝聴するのかい？……それより明後日とばそうや。いいぐあいに――あそこからなら親父の領地も遠くないし、そのニコーリスコエ村ってのは、たしか＊＊＊街道ぞいだろう？」

「そうだよ」

「Optime《オプティメー》（訳注 しめた）。ぐずぐずすることはないよ。ぐずぐずするのは、ばかか小利口だけだ。くどいようだけど、いいからだだぜ！」

三日後、二人の友はニコーリスコエ村にむかって馬車をとばしていた。からりと晴れわたった、あまり暑くない日で、つやつやと太った馬どもはきりきりと編んで縛った尻尾《しっぽ》を軽く振りながら、足並みをそろえて走った。アルカージイは街道を見やって、自分でもなにがおかしいのかわからずに、にやにや笑っていた。

「ぼくを祝ってくれ」とふいにバザーロフが叫んだ。「今日は六月二十二日、ぼくの天使の日（訳注 名の日、自分と同名の聖者の命日）だ。きっと、いいことがあるぞ。家じゃぼくを待ってるだろうな」と、声をおとして、つけくわえた……「まあいいさ。じきに帰るんだ、たいしたことじゃない！」

16

アンナ・セルゲーエヴナが住んでいる屋敷は、見はらしのいい、なだらかな丘の上にあった。そこからあまり遠くないところに緑色の屋根の黄色い石造の教会があって、白い円柱がならび、正面入り口の上に、《イタリア風》の『キリストの復活』を描いた al fresco《アル・フレスコ》* 壁画があった。まるみをおびた輪郭で、とくにおもしろいのは、絵の前面を大きく占めているとがった兜《かぶと》をかぶった浅黒い戦士だった。教会の向うには二列に長く村がのびて、ところどころ藁屋根《わらやね》の上に煙突が光っていた。地主屋敷は教会とおなじ建て方で、ロシアではアレクサンドル風*と呼ばれている様式だった。家はやはり黄色くぬられ、屋根は緑で、白い円柱がならび、正面の破風《はふ》に紋章がきざまれてあった。この屋敷と教会は、中身のない気まぐれな新しい方式がいっさい我慢ならなかった故オジンツォーフの賛同を得て、県の建築技師が建てたのである。家の両側には古い庭の老木がうっそうとつらなり、刈りこまれた樅《もみ》の並木道が玄関につづいていた。

二人の友は玄関で制服をきた二人の大男の従僕に迎えられた。そのなかの一人は、すぐに家令を呼びに駆けさった。黒いフロックをきたでっぷりした家令が大急ぎで出てきて、絨毯《じゅうたん》をしいた階段を通って、二人を客室へ案内した。客室にはもう寝台が二つと、化粧道具類いっさいが用意されてあった。家のなかはきびしい秩序がたもたれているらしく、すべてが清潔で、いたるところにすばらしい香水の匂《にお》いがただよって、まるで大臣の応接室のようであった。

「アンナ・セルゲーエヴナは、三十分後に部屋のほうへお越しねがいたいとのことでございます」と家令は伝えた。「それまでなにかご用はございませんでしょうか?」

「べつにありませんな、家令どの」とバザーロフはいった。「ただウォトカを一杯いただけませんか」

「かしこまりました」家令はいささかけげんそうな顔をしてこういうと、靴を鳴らして出ていった。

「えらいもののしさじゃないか!」とバザーロフはいった。「きみたちはこんなのを何といったかな? 公妃だ、うん、まさにそのとおりだ」

「たいした公妃だよ」とアルカージイはいいかえした。「初対面でいきなりぼくときみのような大貴族を自邸に招いたんだからな」

「とくにぼくはな、未来の医者で、医者の倅《せがれ》で、寺男の孫だ……きみ知ってるかい、ぼくが寺男の孫だってことを?……スペランスキー*もそうだが」とバザーロフはちょっと間《ま》をおいてから、脣《くちびる》をゆがめてつけくわえた。「それにしてもあの夫人、自分を甘やかしすぎるな、こりゃちょっと度がすぎるぜ! こっちもフロックでも着にゃいかんらしいぜ……」

アルカージイは肩をすくめただけだった……だが、彼も内心ちょっととまどいを感じていた。

三十分後にアルカージイとバザーロフは客間へおりていった。それは天井の高い、広い部屋で、かなりぜいたくにかざられてはいたが、これといった趣味は見られなかった。どっしりした高価な家具が、金色の花模様を散らした茶褐色《ちゃかっしょく》の壁紙をはった壁ぎわに、なんの工夫もなくごくふつうにおかれていた。亡くなったオジンツォーフが、酒の仲買人をしている友人にたのんでモスクワからとりよせたものである。中央のソファの上にうす亜麻色の髪の、皮膚のたるんだ男の肖像画がかかっていた――そして、無愛想に客を見おろしているような感じだった。

「きっと、あれだぜ」とバザーロフはアルカージイにささやくと、鼻に皺《しわ》を寄せてつけたした。「どうだ、はやいとこ逃げだそうか？」

ところが、そのとき女主人がはいってきた。ふんわりした薄紗《はくさ》の衣装をきて、きれいに耳のうしろへとかした髪が、澄んだみずみずしい顔に娘のような表情をあたえていた。

「お約束をお守りくださいまして、ありがたく存じます」と彼女はいった。「どうぞしばらくご滞在になってくださいまし。ここはなかなかいいところでございますのよ。

わたしあなた方に妹を紹介しましょう、ピアノが上手ですわ。もっとも、ムッシュ・バザーロフ、あなたにはどうでもよろしいでしょうけど、ムッシュ・キルサーノフは、音楽がお好きなようですから。妹のほかに、この家には年とった伯母が住んでおります、それに近所の方が一人ときどきトランプをしにみえます。これが、わたしたちの仲間のぜんぶですのよ。それでは、すわりましょう」

オジンツォーワはこれだけのことを、まるで空でおぼえてきたように、はっきりいいおわると、つぎはアルカージイに話しかけた。彼女の母が、アルカージイの母を知っていて、ニコライ・ペトローウィチにたいする愛を打ち明けられて相談を求められたことさえあったそうである。アルカージイは熱心に亡くなった母のことを話しだした。バザーロフはそのあいだアルバムをめくっていた。〈おれもおとなしくなったものだ〉と彼はひそかに考えた。

空色の首輪をつけた美しいボルゾイ犬（訳注　ロシア産の猟犬）が、床をコツコツ鳴らしながら客間へ駆けこんできた。そしてそのあとから十八歳くらいと思われる娘がはいってきた。髪は黒く、肌《はだ》は小麦色で、ややまるいが、気持ちのいい顔だちで、あまり大きくない黒い目をしていた。娘は花をいっぱい入れた籠《かご》をもっていた。

「これが妹のカーチャですわ」と、頭を軽くそちらへ振りながら、オジンツォーワがいった。

カーチャは軽く膝《ひざ》をかがめて、姉のそばへ腰をおろすと、花のよりわけにかかった。ボルゾイ犬は――フィフィという名だった――尻尾を振りながらかわるがわる客のそばへ行って、手に冷たい鼻をあてた。

「それみんなあなたが摘んだの?」とオジンツォーワがきいた。

「そうよ」とカーチャは答えた。

「伯母さまはお茶にいらっしゃるかしら?」

「いらっしゃるわ」

カーチャはものをいうとき、恥じらいがちに、素直に、ひどくかわいらしくにこっと笑って、おかしそうなきつい目でちらっと見あげた。全体がまだわかわかしくあどけなかった。声も、顔の産毛も、手のひらに白っぽい輪模様がのこっている薔薇《ばら》色の手も、こころもちすぼめぎみの肩も……彼女はたえず赤くなって、せわしなく息をはずませていた。

オジンツォーワはバザーロフのほうを見た。

「あなたはお義理で風景画を見てらっしゃるのね、エヴゲーニイ・ワシーリイチさん」と彼女はいった。「そんなものに興味をおもちのはずがありませんもの。それよりこちらへいらして、なにか議論でもしましょうよ」

バザーロフはそちらへ椅子をうつした。

「なにを論じあいましょうか？」と彼はいった。

「なんでもお好きなものを。おことわりしておきますけど、わたしたいへんな議論好きですのよ」

「あなたが？」

「そうよ。なんだかびっくりなさってるみたいね。どうして？」

「そりゃ、ぼくの判断しうるかぎりでは、あなたはおちついた冷たい性格のかたですが、議論には熱中が必要だからですよ」

「あら、いつのまにそんなに早くわたしの性格をお知りになりまして？　わたしは、まず、おこりっぽくて、強情なのよ、カーチャにきいてごらんなさい。つぎに、すぐに夢中になるほうなのよ」

バザーロフはじっとアンナ・セルゲーエヴナを見た。

「そうかもしれませんね、そりゃあなたがだれよりもご存じのはずです。さて、議論が好きだとおっしゃる、――よろしい、やりましょう。ぼくはいまスイスの風景写真を見ていました。ところが、ぼくがそんなものに興味をもつはずがない、とあなたはおっしゃいました。それはあなたが、ぼくに芸術を理解する力がないと思われたからでしょうが、——そう、ぼくにはたしかにそれはありません。が、この風景は、地質学的な見地、たとえば山の構造というような見地から、ぼくの興味をひいたんです」

「失礼ですけど、地質学者としてなら、そんな絵を見てるより、専門の本をお読みになるでしょうね」

「ところが絵はちらっと見ただけで、本の十ページ分くらいのものをしめしてくれますよ」

アンナ・セルゲーエヴナはしばらくだまっていた。

「それじゃあなたは芸術を愛する気持ちをちょっぴりもおもちになりませんの？」と彼女はテーブルに両肘をついて、そうすることによって顔をバザーロフのほうへ近づけて、いった。「それがなくて、いったいどうして暮らしていけますの？」

「ではうかがいますが、それがなにに必要なのです？」

「そりゃたとえば、人びとを知ったり、研究したりするためですわ」

バザーロフはにやりと笑った。

「第一に、そのためには人生経験というものがありますし、第二に、はっきりいいますが、個々の人間を研究するなんて、労するに値しません。すべての人間は肉体も、精神も、おなじようなものです。だれの脳髄も、脾臓《ひぞう》も、心臓も、肺臓も、構造はおなじです。そしていわゆる精神的稟質《ひんしつ》というものもだいたい似たり寄ったりです。ちょっとの変種はなんの意味もありません。すべての人間を判断するには、一人の人間のサンプルがあればじゅうぶんです。人間は森のなかの木とおなじですよ。どんな植物学者でも、白樺《しらかば》の木を一本一本研究するようなことはしないでしょう」

カーチャは、ゆっくり、花を一つ一つよりわけていたが、不審そうにバザーロフを見あげた――そして、彼のすばやいぞんざいな視線にあうと、さっと耳まで真っ赤になった。アンナ・セルゲーエヴナは頭を振った。

「森のなかの木」と彼女はくりかえした。「というと、あなたのお考えでは、ばかな人と利口な人、いい人とわるい人のあいだのちがいもないわけですのね？」

「いいえ、ありますよ。病人と健康な者のあいだにちがいがあるようにね。結核患者の肺臓は、構造はおなじでも、ぼくとかあなたとかの肺臓とは状態がちがいます。なぜ肉体の病気が生まれるのか、われわれにはおおよそわかります。だが精神の病は、わるい教育、小さいときから人間の頭につまっているあらゆるくだらぬ考え、ひと言でいえば社会の醜悪な状態から生まれるんです。社会を矯正《きょうせい》すれば、病気もなくなります」

バザーロフはこういったが、どうしても説得しようという熱はなく、内心では〈信じようが、信じまいが、おれにはどうでもいいのさ！〉と思っているような態度だった。彼は長い指でゆっくり頬髯《ほおひげ》をなでていたが、目はきょろきょろとおちつかなかった。

「ではあなたは」とアンナ・セルゲーエヴナはいった。「社会が矯正されれば、ばかも、利口も、なくなるとお考えですのね？」

「すくなくとも正しい社会機構のなかでは、ばかであろうと利口であろうと、悪人であろうと善人であろうと、まったくおなじことになるでしょう」

「そう、わかりますわ、みんなおなじ脾臓をもつようになるのね」

「そのとおりです、奥さん」

オジンツォーワはアルカージイのほうをむいた。

「して、あなたはどういうご意見ですの、アルカージイ・ニコラーイチさん？」

「ぼくはエヴゲーニイと同意見ですね」と彼は答えた。

カーチャは上目づかいでちらと彼を見た。

「あなた方にはおどろきましたわ」とオジンツォーワはいった。「でも、この話はまたにいたしましょう。いまは、どうやら伯母が来たようですから、年寄りの耳はいいたわってやりませんとね」

アンナ・セルゲーエヴナの伯母、K公爵《こうしゃく》令嬢はやせた小さな老婦人で、拳《こぶし》ほどの小さな顔をして、白いかもじの下に意地わるそうな目がじっとすわっていた。彼女ははいってくると、ちょっと客に会釈《えしゃく》して、ゆったりしたビロード張りの肘掛け椅子《ひじかけいす》に腰をおろした。その椅子には彼女以外のだれもかけることを許されなかった。

カーチャは老婦人の足の下に足をのせる台をおいてやった。老婦人は礼をいうどころか、カーチャのほうは見むきもしないで、やせこけたからだをすっぽりつつんでいるような黄色いショールの下で手をもぞもぞさせただけだった。公爵令嬢は黄色が好きで、室内帽にまで明るい黄色のリボンがついていた。

「よくおやすみになれまして、伯母さま？」とオジンツォーワが声を高くして、きいた。

「またこの犬がいるんだね」と老婦人は返事がわりにいった。そしてフィフィがお愛想にためらいがちに二歩ほど寄りかけたのに気づくと、急いで、「しっ、しっ！」と叫んだ。

カーチャはフィフィを呼んで、ドアをあけてやった。

フィフィは散歩につれていってもらえるものと思って、喜んでとび出したが、ドアの外に一匹だけのこされると、ガリガリひっかいて、クンクン鳴きはじめた。老婦人は眉《まゆ》をひそめた。カーチャは出てゆこうとした……

「お茶の支度ができたんじゃないかしら？」とオジンツォーワがいった。「みなさん、参りましょう。伯母さま、お茶を召しあがってくださいまし」

公爵令嬢はだまって肘掛け椅子から立ちあがると、まっさきに客間から出ていった。一同は彼女につづいて食堂へはいった。制服をきた給仕がそうぞうしい音をたてて、これも専用の、クッションをかさねた肘掛け椅子を食卓からひいて、老婦人をかけさせた。カーチャは茶をついで、まず紋章のはいった茶碗《ちゃわん》を老婦人の前へおいた。老婦人は自分の茶碗に蜜《みつ》を入れた（彼女は、自分では一コペイカも払うわけでもないのに、砂糖で茶を飲むことを、ぜいたくなもったいないことだと思っていた）。そしてふいにしわがれた声できいた。

「イワン公爵はなにを書いてきたんだね？」

だれもそれに返事しなかった。バザーロフとアルカージイはじきに、老婦人がていねいにあつかわれてはいるが、だれにも相手にされていないことに気がついた。〈もったいをつけるためにおいとくんだな、公爵家の出だから〉とバザーロフは思った……茶のあとでアンナ・セルゲーエヴナは散歩に行くことを提案したが、ぽつりぽつり雨が降りだしたので、公爵令嬢をのぞいて、みな客間へもどった。トランプの好きな近所の地主がやってきた。ポルフィーリイ・プラトーヌイチという、太った胡麻塩《ごましお》頭の男で、足がまるで削りとったみたいに短く、態度がばかていねいで、ひどくユーモラスだった。ほとんどバザーロフとばかり話をしていたアンナ・セルゲーエヴナは、昔風のプレフェランス（訳注 トランプ遊びの一種）をやりませんか、とバザーロフを誘った。バザーロフは、郡の医者になるときの資格の一つとして身につけておかねばならないからといって、同意した。

「用心なさい」とアンナ・セルゲーエヴナはいった。「わたし、ポルフィーリイ・プラトーヌイチさんと組んでひどいめにあわせてあげるから。カーチャ、あなたは」と彼女は声をかけた。「アルカージイ・ニコラーイチさんに何かひいてあげなさいな。そちらは音楽がお好きだから、わたしたちもトランプをしながらききかせてもらうわ」

カーチャは気のりのしないようすでピアノのそばへ行った。アルカージイも、たしかに音楽は好きだったが、これもしぶしぶ彼女のあとにつづいた。彼はオジンツォーワに相手にされていないような気がしたのである。だが彼の心にはもう、この年ごろのすべての青年たちとおなじように、愛の予感に似た、漠然《ばくぜん》とした悩ましい感情がたぎっていたのだった。カーチャはピアノの蓋《ふた》をあげて、アルカージイのほうを見ずに、小声でいった。

「なにをひきましょうか？」

「なんでもいいです」とアルカージイは冷ややかに答えた。

「どんな曲がお好きですの？」カーチャはそのままの姿勢でくりかえした。

「クラシックです」とアルカージイはおなじ調子で答えた。

「モーツァルトはお好きですか？」

「モーツァルトは好きです」

　カーチャは、モーツァルトの幻想ソナタハ短調を選んだ。彼女は、いくぶんかたく、うるおいはなかったが、ひじょうに上手にひいた。彼女は譜面から目をはなさず、口をかたくむすんで、上体をまっすぐにたもってひいていた。そして曲のおわりに近づいてはじめて顔が赤く上気し、とけた髪の小さな房が、はらりと黒い眉の上におちた。

　アルカージイがとくに驚嘆したのは、ソナタの最後の部分、屈託のない曲調のうっとりするような楽しさのあいだから、ふいになんともいえぬ悲しい、ほとんど悲劇的といえるほどの哀愁がわきおこってくる部分だった……しかし、モーツァルトの曲によって彼のなかに呼びさまされた考えは、カーチャには関係のないものだった。カーチャを見ながら、彼はふとこう思っただけだった。〈たしかにこの娘《こ》はピアノもうま

いし、顔もまずくはない〉

ソナタをひきおわると、カーチャはキイに手をおいたまま、「もういいですか？」ときいた。アルカージイはもうこのうえわずらわせてはわるいからといって、彼女とモーツァルトの話をはじめた。そして、このソナタは自分で選んだのか、それともだれかにすすめられたのか、ときくと、カーチャは言葉すくなに答えて、かくれるように、自分の殻《から》のなかへ逃げこんでしまった。こうなると、もうなかなか外へ出てこなかった。そして顔まで強情な、ほとんど鈍重といっていいような表情になった。彼女は内気というのではなかったが、うたぐり深く、育てられた姉にいくぶんおびえていた。もちろん、姉のほうはそんなこととはつゆ知らなかったが。アルカージイはしかたなしに、もどってきたフィフィを呼んで、体裁に愛想笑いをうかべながら、頭をなでてやることでその場をつくろった。カーチャはまた花のよりわけをはじめた。

いっぽう、バザーロフはさんざんな目にあわされていた。アンナ・セルゲーエヴナのトランプは玄人《くろうと》はだしだったし、ポルフィーリイ・プラトーヌイチもどうにか負けない術《すべ》を心得ていた。バザーロフはけっきょく負けた。それほどの金額ではなかったが、やはりあまり愉快ではなかった。夕食の席でアンナ・セルゲーエヴナはまた植物学の話をもちだした。

「明日の朝、散歩に行きましょうね」と彼女はバザーロフにいった。「わたしいろんな野の植物のラテン語の名称と性質をおききしたいの」

「ラテン語の名称をきいてどうするんです？」とバザーロフはきいた。

「なにごともきちんとしませんと」と彼女は答えた。

「なんというすばらしいひとだろう、アンナ・セルゲーエヴナさんは」と、客室にバザーロフと二人だけになると、アルカージイは感嘆した。

「うん」とバザーロフは答えた。「頭のいい女だ、それにかなり世間も見てるよ」

「それはどういう意味だい、エヴゲーニイ・ワシーリイチ？」

「いい意味でだよ、きみ、いい意味でいったのさ、アルカージイ・ニコラーイチ！きっと、領地も立派に管理してると思うな。でもすばらしいのは――あのひとじゃなくて、あの妹だよ」

「なんだって？　あの浅黒いのか？」

「そう、あの浅黒い娘だよ。あれはきみ、みずみずしいし、まだ手つかずだし、びくびくしているし、口かずがすくないし、あらゆる条件がそろってるよ。ああいうのは仕込みがいがあるよ。思いどおりに、つくりあげられる。姉のほうは――すれっからしだよ」

アルカージイはなんとも返事をしなかった、そして二人はそれぞれの思いにとらわれながら眠りにおちた。

アンナ・セルゲーエヴナもその夜、客たちのことを考えていた。お世辞はいわないし、思いきった意見をはくので――彼女はバザーロフに好意をもった。彼女はこれまで出あったことのない、なにか新鮮なものをバザーロフに見た。彼女は好奇心の強い女だった。

アンナ・セルゲーエヴナはかなり変わっていた。偏見をいっさいもたないし、強い信仰というものもないので、なににたいしてもゆずらなかったが、といってなにかにむかってひたむきに進むということもなかった。彼女はいろいろなことをはっきり見ていたし、いろいろなことに興味をもっていたが、なにひとつ彼女を十分には満足させなかった。それに彼女自身も十分な満足をほとんど望んではいなかった。彼女の理性は探究的であると同時に冷静だった。彼女の疑惑は、けっして忘却まで静まることもなかったし、狼狽《ろうばい》まで成長することもなかった。もし、彼女が富裕な自由の身でなかったら、あるいは、戦いの生活へとびこんで、情熱というものを知ったかもしれぬ……ところが、ときには退屈もしたけれど、生活の苦労がなかったので、のんびりと毎日毎日を送り、めったに胸をさわがすようなことはなかった。ときには目の前に虹《にじ》色《いろ》の夢が燃えはじめたことがあったが、それが消えると、ほっと溜息《ためいき》をもらすだけで、べつに、それを惜しむでもなかった。想像が普通の道徳で許されている範囲をこえることがあったが、そんなときでも彼女の血は、みごとに調和のとれた柔和な肉体のなかを、すこしもさわがずに静かに流れていた。よく芳香のただよう風呂《ふろ》から出て、全身がほどよく暖まり、快いけだるさにうっとりしたときなど、生活のつまらなさや、悲しみや、苦しみや、よくないことなどの思いが、ふと心に忍びこむことがあった……すると心がふいに勇気にみたされ、高尚《こうしょう》な情熱が燃えあがる、ところが半開きの窓からひやりと透き間風がはいりこんでくると、アンナ・セルゲーエヴナはとたんに身をちぢめて、ぶつぶつつぶやき、すっかり不機嫌《ふきげん》になってしまう、そしてその瞬間、彼女の頭にあることはただ一つ、こんないやらしい透き間風が吹かなければいい、という考えだけだった。

恋の機会にめぐまれなかったすべての女性がそうであるように、彼女も、それがなんであるか自分でもわからないままに、なにものかを望んでいた。実をいえば、彼女は自分ではなにものかを望んでいるように思っていたが、ほんとはなにも望んでいなかったのである。死んだオジンツォーフが彼女にはたえられぬほどいやだった（彼女は財産目当てに結婚したのだが、とはいえ、彼を善良な人間と思わなかったら、おそらく妻になることを承諾はしなかったろう)。そのためにすべての男たちにたいしてひそかな嫌悪《けんお》感をもつようになったのである。彼女には男というものはだらしのない、でれっとして意気地のない、そのくせやりきれないほどしつこい存在としか思われなかった。彼女はいちど外国で、きりっとひきしまった顔だちで、ひいでた額の下に青い目のきれいに澄んだ若い美しいスウェーデン人に出あったことがあった。その青年は彼女の胸に強い印象をあたえたが、しかしそれも彼女がロシアへ帰ることをひきとめる力はなかった。

〈あのお医者さんは変な人だわ!〉彼女は豪華なベッドの上に横になり、レースの枕《まくら》に頭をうずめて、軽い絹の夜具をかぶりながら、考えた……アンナ・セルゲーエヴナは父の贅沢癖《ぜいたくぐせ》をいくぶん受けついでいた。彼女は、罪ふかいが、人のいい父をひじょうに愛していた。そして父も彼女を愛して、友だちみたいに、遠慮なく冗談をいったり、すっかり信じきっていて、よく相談を求めたりしたものだった。彼女は母のことはほとんどおぼえていなかった。

「変なお医者さん!」と彼女はまたひとり言をいった。彼女はのびをすると、思いだし笑いをして、両手を頭の下にあてがい、それからばからしいフランスの小説を二ページほど読むと、ぱたりと本をとり落として——きれいな香りのいいシーツにくるまり、きれいな冷たい女にもどって眠りにおちた。

翌朝アンナ・セルゲーエヴナは、朝食がおわるとすぐにバザーロフと植物研究に出かけて、昼食の直前にもどってきた。アルカージイはどこへも出ないで、カーチャを相手に一時間ほどすごした。彼は退屈を感じなかった。彼女のほうから昨日のソナタをもう一度ひこうといいだした。ところが、オジンツォーワがようやくもどってきて、その姿を見ると——彼はふいに胸がしめつけられた……彼女はすこし疲れた足どりで庭を歩いてきた。頰は赤みがさして、まるい麦藁《むぎわら》帽子の下に目がいつもより明るく光っていた。彼女は野草の細い茎をくるくるまわしていた。軽いコートが肘のへんまでずりおちて、帽子の幅ひろい灰色のリボンが胸にまつわりついていた。バザーロフはそのあとから歩いてきた。いつもと変わらぬ、自信に満ちたぞんざいな態度だった。顔の表情は、楽しそうで、柔和にさえ見えたが、アルカージイには気に入らなかった。バザーロフは歯のあいだからおしだすように、「お早う！」というと、自分の部屋のほうに去っていった。オジンツォーワはうわの空でアルカージイの手をにぎると、これもそばを通りすぎていった。

〈お早うだって〉とアルカージイは考えた……〈今朝もう挨拶《あいさつ》したじゃないか？〉

17

時間は（わかりきったことだが）ときには小鳥のように飛び、ときには蛞蝓《なめくじ》のように這《は》うものである。ところが、それが早いのか、おそいのか、そんなことに気づきさえしないときが、人間はもっとも幸福なのである。アルカージイとバザーロフは、ちょうどこのような状態でオジンツォーワの屋敷で十五日ほど暮らしてしまった。これは一つには、彼女が自分の家と生活にきちんと定めていた秩序のせいもあった。彼女はその秩序を厳重に守り、ほかの人びとにもそれに従わせていた。一日のことがすべて定められた時間割によっておこなわれた。朝は、八時きっかりに家じゅうの者がお茶に集まる。お茶から朝食までの時間はそれぞれ好きなことをする。女主人は管理人（領地は年貢《ねんぐ》制をとっていた）、家令、家政婦から報告をきき、指図する。昼食前に一同はまた集まり、談話や読書をする。晩は散歩や、トランプや、音楽に興ずる。十時半にアンナ・セルゲーエヴナは自室へ去り、翌日の指示をあたえてから、就寝する。毎日の生活のこのきちんと割られた、いくらかもったいらしい正確さがバザーロフには気に入らなかった。「まるでレールの上を走るようだ」と彼はいった。制服をきた従僕や、つんとすました家令が、彼のデモクラチックな感情を逆なでした。こんなことをするのなら、食事も英国ふうに、フロックをきて、白いネクタイをつけてするのが当然だ、と彼は思った。彼はあるときこの意見をアンナ・セルゲーエヴナにのべた。彼女はけっして感情を顔に出さなかったので、だれでもためらわずに自分の意見をのべることができた。彼女は彼の言葉を聞きおわると、静かにいった。

「あなたの考え方からすれば、そういうことになるでしょうし、もしかしたら、その理由でわたしは――貴婦人かもしれません。でも田舎では規律のない生活はできませんわ、退屈に負けてしまいますもの」

こういって、彼女は自分のやり方を変えようとしなかった。バザーロフは不満だったが、彼にしろ、アルカージイにしろ、オジンツォーワの家にこれほど住みやすかったのは、なにもかもが《レールの上を走るように》淀《よど》みなく流れていたからであった。そうしたことにもかかわらず、ニコーリスコエ村に滞在するようになった最初の日から、二人の青年には変化が生じた。意見はくいちがってばかりいたが、アンナ・セルゲーエヴナが明らかな好意を寄せていたバザーロフには、まえにはなかった不安があらわれはじめた。彼はおこりっぽくなり、いやいやしゃべったり、いらいらした目でにらんだりして、まるでなにかに下からこづかれているみたいに、じっとすわっていいることができなかった。いっぽうアルカージイは、オジンツォーワに恋したものとすっかりひとりぎめして、静かな憂悶《ゆうもん》に沈みはじめた。しかしこの憂悶は、彼がカーチャに近づくことをさまたげなかった。それはかえって彼がカーチャと親密な友だちの関係になることを助けさえした。

〈あのひとはほんとのぼくを見てくれない！　それもいいさ！……ところが、この善良な少女はぼくをさけようとしない〉と彼は考えた。そう思うたびに彼は、心におおらかな甘い喜びをおぼえるのだった。カーチャは、アルカージイが自分との交際になにかのなぐさめを求めていることは、おぼろげにわかっていたが、恥じらいがちな、どことなくうちとけぬ友情の罪のない満足を、彼にも、自分にも拒まなかった。アンナ・セルゲーエヴナのいるところでは、彼らは言葉をかわさなかった。カーチャは姉のするどい目のあるところではいつもちぢこまっていたし、アルカージイは恋をすれば当然だが、その対象が近くにいるともうほかに注意をむけることができなかった。だが、カーチャが一人だとのびやかな気持ちになった。彼はオジンツォーワの心をつかむことができないことを感じていた。だから彼女と二人きりになると、気おくれがして、しどろもどろになるのだった。彼女のほうも彼になにを話したらいいのかわからなかった。彼女にとって彼はあまりにも若すぎた。反対に、カーチャといっしょにいることは、彼はすこしも気にならなかった。彼は兄のような態度でカーチャに接し、彼女が音楽をきいたり、小説や詩を読んだり、そのほかつまらないことで胸のなかに呼びおこされた印象を語るのをさまたげようとはしなかった。そのつまらないことに彼自身も興味をうばわれていたことを、彼は自分でも気がつかないか、あるいは意識していなかったのである。カーチャのほうも、彼が愁《うれ》いに沈むのをさまたげようとしなかった。アルカージイにはカーチャといるのが楽しかったし、オジンツォーワには――バザーロフがよかったから、たいていは、とくに散歩のときなど、はじめのうちしばらくいっしょにいて、やがてそれぞれの組に別れてしまうことが多かった。カーチャは自然を熱愛していた。そしてアルカージイも、それを口に出していう勇気はなかったけれど、やはり自然を愛していた。オジンツォーワは自然にたいしてかなり冷淡で、これはバザーロフもおなじだった。二人の友がほとんどはなればなれにいたことは、当然その結果をのこさずにはすまなかった。二人のあいだの関係が変わってきたのである。バザーロフはアルカージイにオジンツォーワの話をしなくなったし、彼女の『貴族的習癖』をののしることもやめてしまった。もっとも、彼はカーチャをほめることはやめないで、ただその感傷癖をやわらげるようにとだけ忠告したが、そのほめるのもせかせかといそがしげで、忠告もそっけなかった。そうじて、彼はアルカージイと話すことが前よりずっと少なくなった……なんだか避けているようで、アルカージイに顔を見られるのを恥じているようでもあった……

アルカージイはそうしたことに気づいていたが、それを胸にしまっておいた。

こうした「新現象」のほんとうの原因は、オジンツォーワによってバザーロフに吹きこまれた感情であった。その感情が彼を苦しめ、いらだたせたのである。もしだれかが遠まわしにでも、彼の内部に生まれたものの可能性をほのめかしたら、彼はすぐに侮蔑《ぶべつ》的な哄笑《こうしょう》とシニックな痛罵《つうば》をくわえて、その感情を拒否してしまうにちがいない。バザーロフは女と女性美の大の愛好家だったが、理想的な、あるいは彼の表現をかりると、ロマンチックな意味の愛は、ばかげたこと、許すべからざる愚劣と称し、騎士的な感情を異常か病気のようなものと考え、トッゲンブルク（訳注　シラーの同名の物語詩のロマンチックな主人公）をはじめあらゆる恋愛詩人や田園詩人をひっくるめて、なぜ精神病院へ入れてしまわないのか、と嘆いたことが何度かあった。

「もし気に入った女があったら」と彼はよくいったものだ。「せっせと口説きおとすことだ。おとせなかったら――なあに、そっぽをむくまでだ――世の中は広いよ」

オジンツォーワは彼の気に入った。彼女についての世間のうわさ、彼女のなににも束縛されぬ自由な考え方、彼に寄せている疑いのない好意――すべてが彼に好都合のようにみえた。ところが彼はまもなく、彼女は「おとせない」ことをさとった。しかも彼はそっぽをむくことも、おどろいたことに、できなかった。彼女のことを思いだすとたちまち、彼の血はかっと燃えた。彼は自分の血を静めるくらいわけなかったはずなのだが、なにか別のものが彼の内部に根をおろしてしまっていた。それは彼がぜったいに許さず、いつも嘲笑《ちょうしょう》をあびせていたもので、それが彼の自尊心をかきみだしたのである。アンナ・セルゲーエヴナと話をしながら、彼はいっさいのロマンチックなものに対して、まえよりいっそう冷たい毒舌をあびせるようになったが、一人きりになると、自分自身のなかにロマンチストを意識してむかっ腹をたてるのだった。そんなとき彼は森へ出かけて、手あたりしだいに枝を折り、小声で彼女をも自分をものしりながら、大股《おおまた》で歩きまわるか、あるいは、納屋《なや》の乾草《ほしくさ》の山へ這いあがって、強情に目をつぶり、むりに眠ろうとするのだが、もちろん、いつもそれができるわけではなかった。そして、ふいに、いつかあの清らかな腕が彼の首を巻き、あの誇らかな唇《くちびる》が彼の接吻《せっぷん》にこたえ、あの聡明《そうめい》な目がやさしさをこめて——、そう、やさしさをこめてじっと彼の目を見つめる日が来る、そう思うと頭がくらくらっとなって、一瞬われを忘れ、またはっと気がついて憤然とするのだった。まるで悪魔にからかわれているように、彼はあらゆる「恥ずべき」考えにとらわれている刻々の自分の姿をとらえた。どうかすると、オジンツォーワにも変化が生じたように思われて、顔の表情になにかいままでになかったものがあらわれたような気がした。もしかしたら……だがそこで、彼はすぐに足をふみならし、歯をくいしばって、こぶしで自分をおどしつけるのだった。

しかし、バザーロフがまったくまちがっていたわけではなかった。彼はオジンツォーワの想像に大きな打撃をあたえた。彼は彼女の心をとらえ、彼女はたえずバザーロフのことを考えていた。バザーロフがいなくても、彼女は退屈したり、待ちこがれたりはしなかったが、彼があらわれると、とたんにいきいきとなった。彼女は好んで彼と二人きりになったし、好んで彼と話をした。彼が憎らしいことをいったり、彼女の趣味や優雅な習慣を侮辱したりするようなときでも、やはり話を打ち切る気にはなれなかった。彼女は彼をためし、自分を知ろうとしているふうであった。

ある日、彼はいっしょに庭を散歩しながら、とつぜん沈んだ声で、まもなく父の村へ帰るつもりだといった……彼女はさっと青ざめた。まるでなにかで胸をどやされたかのように。しかもその打撃があまりにも強かったので、彼女はびっくりして、これはどういう意味だろうと、その後ながいこと思い悩んだほどだった。バザーロフが自分の出立《しゅったつ》について彼女にいったのは、彼女をためそうとか、こういったらどういうことになるか見ようというような考えからではなかった。彼はけっして《創作》をしない男だった。その日の朝、彼はもとの自分の爺《じい》やで、父の管理人をしているチモフェーイチという老人に出あったのである。このチモフェーイチは世なれた、はしっこい老人で、色のあせた黄色い髪をし、風にさらされた赤い顔をして、しょぼしょぼした目にいつも小さな涙の粒をためていた。白っぽい灰色の厚い羅紗《らしゃ》地の短い外套《がいとう》をきて、皮紐《かわひも》のちぎれで腰をしめ、タールをぬった長靴をはいたこの老人が、ひょいとバザーロフの前にあらわれたのである。

「おや、爺やじゃないか、どうした！」とバザーロフは叫んだ。

「ご機嫌よろしゅうございます。坊っちゃま、エヴゲーニイ・ワシーリイチさま」と老人はいって、うれしそうに笑った。そのために顔じゅうがいっぺんに皺《しわ》くちゃになった。

「なにしに来たんだい？　ぼくを呼びによこされたんじゃないのか？」

「とんでもない、坊っちゃま、どうしてそんなことが！」とチモフェーイチはまわらぬ舌でいった（彼は出がけに旦那《だんな》にいわれたきびしい言いつけを思いだしたのである）。「町まで旦那さまの用事で来たんですが、坊っちゃまのうわさをきいたものですから、ちょっと寄り道をして、ただ――坊っちゃまの顔が見たくて……さもなさゃ、どうしてわざわざ寄ったりするもんですかね！」

「ふん、嘘《うそ》をつけ」とバザーロフはさえぎった。「町へ行く道がこんなところを通ってるのかい？」

チモフェーイチはぐっとつまって、なんとも返事をしなかった。

「親父《おやじ》は元気かい？」

「はあ、ありがたいことで」

「おふくろは？」

「アリーナ・ウラーシェヴナさまも、お達者でございます」

「ぼくを待ってるだろうな？」

老人は小さな頭を横へかしげた。

「そりゃ、坊っちゃま、なんで待たないはずがありますかね！　ほんと、あなたのご両親さまを見ただけで胸がしくしく痛くなりますよ」

「もういい、いいよ、くどくどいわんでいい。じきに帰るからって、伝えてくれ」

「かしこまりました」とチモフェーイチは、溜息まじりに答えた。

老人は家を出ると、両手で頭をおしつけるようにして帽子をふかぶかとかぶり、門のところにとめておいたきたない軽馬車にのって、車輪をがたがたさせながら去っていった。やはり、それは町の方角ではなかった。

その夜オジンツォーワは、自分の部屋にバザーロフとすわっていた。アルカージイは広間を行き来しながら、カーチャの演奏をきいていた。公爵令嬢は二階の自室へひっこんだ。彼女はだいたいお客はきらいだったが、とくにこの二人の『新型の無作法者』――これは彼女の命名だった――にはがまんがならなかった。客間ではふくれ面《つら》をするだけだったが、そのかわり自室へもどると、小間使の前で、どうかするとひどい癇癪《かんしゃく》をおこして、室内帽といっしょにかもじもとびあがるほどの勢いでののしりちらすことがあった。オジンツォーワはそれをすっかり知っていた。

「どうしてあなたは発《た》とうなんて気持ちにおなりになったの」と彼女はいった。「じゃ、お約束はどうなさるの？」

バザーロフはぎくっとした。

「約束って、どんな？」

「お忘れになったの？　すこし化学の講義をしてくださるっておっしゃったじゃありませんか」

「しかたがありません！　父が待ってるんです。これ以上待たせるわけにはいきません。それでしたら、本を読んでください。ペルーズ（訳注　一八〇七～六七。フランスの化学者）とフレミイ（訳注一八一四～九四。フランスの化学者）の共著の『化学概論』をおすすめします。いい本です。わかりやすく書いてあります。あなたの知りたいことは、すっかりその本のなかに書いてありますよ」

「おぼえてらっしゃる、あなたがわたしにはっきりおっしゃったこと？　本はとうてい……忘れたわ、あなたがどんな表現をつかったか、でもわかるでしょ、わたしのいおうとすること……おぼえてらっしゃるわね？」

「でも、しかたがありません！」とバザーロフはくりかえした。

「どうしてお発ちになるの？」と声をおとして、オジンツォーワはいった。

彼はちらとオジンツォーワを見た。彼女は肘掛《ひじか》け椅子《いす》の背に頭をもたせて、肘まであらわになった両手を胸に組んでいた。一つだけともっているランプの、網模様の紙の笠《かさ》ごしの光を受けて、顔が青ざめて見えた。ゆったりとした白い衣装がやわらかい襞《ひだ》で彼女の全身をふわりとつつんでいた。足の先がわずかに見えたが、それも組まれていた。

「じゃ、どうしてとどまらなければいけないのです？」とバザーロフはききかえした。

オジンツォーワはわずかに顔をむけた。

「どうしてとは？　じゃ、この家がおもしろくないんですの？　それとも、あなたのお発ちをだれも悲しまないとでも、思ってらっしゃるの？」

「そのとおりです」

オジンツォーワはしばらく無言でいた。

「それはまちがってますわ。もっとも、わたしはあなたのいまの言葉を信じませんけど。本気でそんなことはいえないはずですもの」

バザーロフはじっとすわったままだった。

「エヴゲーニイ・ワシーリイチさん、どうしてだまってらっしゃるの？」

「でも、ぼくはなにをいったらいいんです？　人間なんてだいたい惜しむ価値がないし、ぼくなんかなおさらです」

「それはどうしてですの？」

「ぼくは現実しか見ない、おもしろみのない男です。ろくに話もできません」

「お愛想をいっていただきたいのね、エヴゲーニイ・ワシーリイチさん」

「そういうことはぼくの習慣にはありません。あなたにはおわかりのはずじゃありませんか、人生の優雅な面、あなたがこのうえもなく貴《とうと》いものとしている面が、ぼくには理解できないってことが？」

オジンツォーワはハンカチのはしをかんだ。

「どう思おうと、かまいませんが、あなたが去《い》ってしまったら、わたし、さびしくなるでしょうね」

「アルカージイがのこりますよ」とバザーロフはいった。

オジンツォーワはわずかに肩をすくめた。

「わたしさびしくなりますわ」と彼女はくりかえした。

「ほんとですか？　いずれにしても、当座だけですよ」

「なぜそうお思いになりますの？」

「なぜって、ご自分でおっしゃったじゃありませんか、さびしいのは、生活の秩序がやぶられるときだって。あなたはこれほど完璧《かんぺき》に正確に生活をつくりあげておられるから、さびしさも、ふさぎの虫も……どんな重くるしい感情も、はいりこむすきはありませんよ」

「そして、わたしを完全主義だ、とおっしゃりたいのね……つまり、わたしがこんなに正確に自分の生活をつくりあげたんだと？」

「もちろんです！　たとえばですよ、もう何分かして十時が打ったら、あなたはぼくを追いたてます。それがもうちゃんとわかってるんですよ」

「いいえ、追いたてないわ、エヴゲーニイ・ワシーリイチさん。ここにいてもいいわ。

ちょっとそこの窓をあけてくださらない……なんだか息ぐるしくて」

バザーロフは立って、窓をおした。窓はパタンと音をたててあいた……彼は窓がこんなに軽くあくとは思わなかった。それに、手がふるえた。暗いやわらかな夜が、ほとんど真っ黒い夜空と、かすかに葉をそよがす木々と、自由な清らかな空気のさわやかな匂《にお》いとともに、部屋をのぞきこんだ。

「カーテンをおろして、おかけになって」とオジンツォーワはいった。「お発ちになるまえにあなたとすこしお話ししたいの。ご自分のことをなにか聞かせていただけません。あなたご自分のことはちっともお話しなさいませんもの」

「ぼくはあなたと有益なことを話すように心がけているんですよ。アンナ・セルゲーエヴナさん」

「ほんとに遠慮ぶかい方ねえ……でもわたしあなたのこと、あなたのご家族のこと、あなたのお父さまのことを、すこしでも知っておきたいの、だってそのために、わたしたちをお捨てになるんですもの」

〈このひとはなぜこんなことをいうのだろう？〉とバザーロフは考えた。

「そんなものはちっともおもしろくありませんよ」と彼はいった。「とくにあなたには。ぼくらは下賤《げせん》な人間ですよ……」

「じゃ、わたしは、あなたのお考えだと、貴族婦人ですの?」

バザーロフはオジンツォーワに目をあげた。

「そうです」と彼はことさらにはっきりといった。

彼女はうす笑いをもらした。

「どうやら、あなたはわたしをあまりご存じないようね、人間はみなおなじようなものので、個々に研究するにはあたらない、なんておっしゃるけれど……わたしそのうち自分の身の上話をおきかせしますわ……でもそのまえにまずあなたのをきかせてくださいな」

「ぼくはあなたをあまり知りません」とバザーロフはくりかえした。「あるいは、あなたのおっしゃるとおりかもしれません。もしかしたら、ほんとに、人間というものは——謎《なぞ》かもしれません。たとえば、あなたにしてもそうです。あなたは社交界をきらって、人と会うのをわずらわしく思っていながら——自分の住居《すまい》に、二人の学生を招きました。どうして、あなたは、それだけの知性と、それだけの美貌《びぼう》をもちながら、田舎にひっこんでいるのです?」

「なんですって? なんとおっしゃいました?」とオジンツォーワはいそいそといった。「わたしの……美貌ですって?」

バザーロフは眉《まゆ》をひそめた。

「そんなことはどうでもいいんです」と彼はつぶやくようにいった。「ぼくがいいたかったのは、なぜあなたが田舎にひっこんだのか、よくわからないということです」

「あなたはそれがおわかりになりませんの……でも、ご自分ではどういうふうにか説明をつけていらっしゃるんでしょう？」

「そりゃ……考えてます。あなたがいつも一つところにとどまっているのは、あなたが自分を甘やかしているからだ、あなたは安楽《カムフォート》、気持ちのいい設備が大好きで、ほかのすべてのものにひどく冷たいからだ、というふうに」

オジンツォーワはまたうすす笑いをもらした。

「わたしが夢中になれるってこと、あなたはどうしても信じたくないらしいわね？」

バザーロフは上目づかいでちらっと相手を見た。

「ただの好奇心でね――おそらく。それ以外に夢中になるとは考えられませんな」

「ほんと？　そうなの、これでわかりましたわ。なぜわたしたちが気が合ったか。あなたもわたしとそっくりなんですもの」

「気が合った……」とバザーロフは、うつろにつぶやいた。

「あら！……わたし忘れてたわ、あなたお発ちになるんでしたわね」

バザーロフは立ちあがった。馥郁《ふくいく》と匂ううす暗いさびしい部屋のなかに、ランプが一つあわくともっていた。たまにゆれるカーテンのあいだから心をさわがすさわやかな夜気が忍びこみ、夜の神秘的なささやきがきこえてきた。オジンツォーワはじっと身じろぎもしなかったが、ひそかな興奮がしだいに胸のなかにひろがりはじめた……それがバザーロフに伝わった。彼はふいに、若い、美しい女と二人きりでいることを感じた……

「どこへいらっしゃるの？」と彼女はゆっくりいった。

彼はなにもいわないで、また椅子にからだを沈めた。

「じゃ、あなたはわたしをおだやかな、わがままな、甘やかされた女だとお思いなのね」と彼女は窓のほうを見たまま、おなじ調子でつづけた。「でもわたしはよく存じてますわ。わたしはひじょうに不幸な女ですのよ」

「あなたが不幸ですって！　なぜです？　じゃあなたはつまらぬうわさをいくらかでも気になさってるのですか？」

オジンツォーワは眉をひそめた。彼にこんなふうにとられたことが、腹だたしくなったのである。

「あんなうわさなんか笑う気にもなれませんのよ、エヴゲーニイ・ワシーリイチさん、それにわたしあんなうわさに心をさわがすには、あまりにも誇りが高すぎますもの。わたしが不幸なのは……生きる希望と熱意がないからなの。あなたは疑いの日で、わたしを見てらっしゃる。わかりますわ、レースにくるまって、ビロードの椅子にすわってる『貴族婦人』が、あんなことをいってる、と心のなかで思ってらっしゃるんだわ。わたしべつにかくしませんわ、わたしはあなたが安楽と呼ぶものが好きですわ、そのくせ生きたいとねがう気持ちがほとんどありませんの。この矛盾をお好きなように解釈していただいてかまいませんわ。しかし、こんなことはみんな、あなたの目から見れば、ロマンチシズムですわね」

バザーロフは頭を振った。

「あなたは健康で、自由で、裕福です。そのうえなにが必要なのです？　なにを望むのです？」

「わたしがなにを望む」とオジンツォーワはくりかえして、ほっと溜息《ためいき》をついた。「わたしはすっかり疲れてしまいましたわ。もう年寄りですもの、もうずいぶん長く生きてきたような気がしますわ。そう、わたし年寄りですのよ」と彼女はあらわな腕にそっとレースのケープのはしをかけながら、つけくわえた。目がバザーロフの視線と合うと、彼女はかすかに顔を赤らめた。「わたしのうしろには、もうたくさんの思い出がありますわ。ペテルブルグの生活、豊かな暮らし、つづいて破産、父の死、結婚、そしておきまりの外国旅行、……思い出はたくさんあるけど、思いだしたいことは一つもありませんの、そしてわたしの前には――長い、長い道、目的のない……わたしは歩く気がしなくなりましたわ」

「あなたはそんなに失望なさってるんですか？」とバザーロフはきいた。

「いいえ」とオジンツォーワは間《ま》をおきながらいった。「でも、わたし気持ちが満たされませんの。なにかに強く結びつくことができたらと思うのですけれど……」

「あなたは愛を望んでいるんですよ」とバザーロフはさえぎった。「ところが、愛することがあなたにはできない。ここにあなたの不幸があるのです」

オジンツォーワは自分のレースのケープの袖《そで》にじっと目をおとした。

「ほんとにわたし、愛することができないのかしら？」と彼女はいった。

「まあだめでしょうね！　ただそれをぼくは不幸といったけど、まちがいですね。反対ですよ、そんなめにあうものは、むしろ同情すべきですよ」

「どんなめですの」

「恋ですよ」

「じゃあなたは、どうしてそれを知ってますの？」

「また聞きですよ」とバザーロフは腹だたしげにいった。

〈こいつ気をもたせてやがるな〉と彼は考えた。〈することがないもんだから、退屈して、おれをからかってやがる、ところがおれは……〉彼の胸はほんとうにいまにもはりさけそうになった。

「それに、あなたはあまりにも要求が大きすぎるかもしれませんね」と、彼は全身を前にかたむけて、肘掛け椅子の房をもてあそびながらいった。

「そうかもしれませんわ。わたしは、あるいはすべてか、あるいは無か、という考えですもの。生命《いのち》には生命。わたしのをとったら、あなたのもください、そしたらもう惜しむこともないし、かえすこともありませんもの。そうでなかったら、なにもしないほうがましですわ」

「そりゃそうです」とバザーロフはみとめた。「たしかにそのとおりですよ、しかし不思議ですね、どうしてあなたがいままで……望んだものを見つけなかったか……」

「じゃあなたは、対象がどんなものにもせよ、完全に身をゆだねることが、簡単にできると思って？」

「簡単じゃありませんね、あれこれ考えたり、なにかを期待したり、自分に価値をあたえたり、つまり自分をだいじにしたりしたら。ところが、考えないでとびこむことは、じつに簡単ですよ」

「どうして自分をだいじにしないなんてことができて？　もしわたしがなんの価値もなかったら、いったいだれがわたしの献身を望んで？」

「それはもうぼくの関知しないところですよ。ぼくにどれだけの価値があるか分析するのは、ほかの人のやることです。かんじんなのは、身をゆだねることができるということですよ」

オジンツォーワは椅子の背から身をはなした。

「あなたはまるで」と彼女はいった。「そういうことはもうすっかり経験なさったような言い方をなさいますのね」

「言葉のはずみですよ、アンナ・セルゲーエヴナさん。ご存じのように、こういうことはぼくの柄《がら》ではありません」

「でも、あなたなら、身をゆだねる勇気がおありでしょう？」

「さあ、わかりませんね。安請け合いはしたくありません」

オジンツォーワはなんともいわなかった。バザーロフも口をつぐんだ。ピアノの音が客間からきこえてきた。

「どうしたのかしら、カーチャは、こんなおそくまで」とオジンツォーワがいった。

バザーロフは立ちあがった。

「そう、もうほんとにおそい、あなたもおやすみの時間でしょう」

「お待ちになって、どこへそんなにお急ぎになりますの……わたしはあなたに一つだけ、いっておきたいことがありますの」

「なんでしょう？」

「お待ちになって」とオジンツォーワは、ささやくようにいった。

彼女の目がひたとバザーロフにとまった。注意ぶかく彼を観察しているようであった。

彼はコツコツ部屋の隅《すみ》まで歩いてゆくと、ふいに彼女のそばへもどって、急いで「さようなら」というと、彼女がおもわずあっと声が出かかったほど、強く手をにぎりしめて、さっと出ていった。彼女はりついたようになった指を唇《くちびる》のところへもっていって、ふっと吹いた。とふいに、いきなり椅子から立ちあがって、急いでドアのほうへむかった。バザーロフを呼びもどそうとでもするかのように……小間使いが銀の盆にフラスコをのせてはいってきた。オジンツォーワは立ちどまって、小間使いをかえすと、腰をおろして、また物思いに沈んだ。編み髪がとけて、黒い蛇《へび》のように肩へおちた。ランプがさらに長いことアンナ・セルゲーエヴナの部屋にともっていた。

そしておそくまで彼女は、ときおり夜寒にそっとかまれた腕に指をやるだけで、じっと身じろぎもしないですわっていた。

いっぽうバザーロフは、二時間ほどしてから、夜露に靴《くつ》をぬらし、髪をみだして、ぶすっとした顔で自分の寝室へもどってきた。アルカージイは書卓《テーブル》にむかい、フロックコートのボタンを襟《えり》まできちんとかけて本を読んでいた。

「まだ寝なかったのかい？」と彼はおこったような声でいった。

「きみは今日ながいことアンナ・セルゲーエヴナさんとすわってたな」とアルカージイはバザーロフの問いには答えないで、いった。

「うん、きみがカテリーナ・セルゲーエヴナさんとピアノをひいてたあいだ、ずっといっしょに話してたよ」

「ぼくはひかないよ……」とアルカージイはいいかけて、口をつぐんだ。彼は涙が目ににじんでくるのを感じた。が、皮肉な友の前では泣きたくなかった。

18

あくる朝、オジンツォーワがお茶の席にあらわれたとき、バザーロフは自分の茶碗《ちゃわん》の上にややしばらくかがみこんでいたが、ふいにちらと彼女を見た……彼女はまるで彼につつかれでもしたように、そちらをふりむいた。彼にはその顔が一夜ですこし青ざめたように思われた。彼女はまもなく自室へ去って、朝食のときまで顔を見せなかった。朝から雨模様の天気で、散歩はできなかった。一同は客間に集まった。公爵令嬢《こうしゃく》は例によって、またなにか無作法なことを考えだしたなとでもいいたげに、はじめのうちびっくりしたような顔をしていたが、やがてさも憎そうに彼をにらみつけた。しかしアルカージイは雑誌の最新号をとり出して、声を出して読みはじめた。しかしアルカージイはすこしも気にしなかった。

「エヴゲーニイ・ワシーリイチさん」とアンナ・セルゲーエヴナがいった、「わたしの部屋へいらっしゃいません……わたしおききしたいことがありますの……あなた昨日参考書を一冊おしえてくれたでしょ……」

彼女は立ちあがって、ドアのほうへ歩きだした。公爵令嬢は、〈ごらんよ、わたしがこんなにおどろいているのが、わからないの！〉とでもいいたげな顔で、あたりを見まわした——そしてまたアルカージイをにらんだ。しかし彼は、そばにすわっているカーチャと目を見かわし、いちだんと声をはりあげて読みつづけた。

オジンツォーワは足ばやに自分の部屋まで来た。バザーロフはうつむいたまま、前をすべってゆく絹の衣装のかすかなシュッシュッという音を耳でとらえながら、急ぎ足であとにつづいた。オジンツォーワは昨夜すわっていたとおなじ肘掛《ひじか》け椅子《いす》にふかぶかと腰をおろした。バザーロフも昨夜の自分の位置についた。

「はて、なんといいましたかしら、あの本は？」と、しばらくの無言ののち、彼女はいった。

「ペルーズとフレミイの共著『化学概論』ですが……」とバザーロフは答えた。「なんなら、もう一冊、ガノー（訳注 アドルフ・ガノー。一八〇四～八七。フランスの物理学者、数学者）の『実験物理学の初歩』もおすすめできます。こちらは挿絵《さしえ》がわかりやすいし、だいたいこの本のほうが……」

オジンツォーワは手をさしのべた。

「エヴゲーニイ・ワシーリイチさん、ごめんなさいね、でもわたしあなたにここに来ていただいたのは、教科書の品定めをするためじゃないのよ。わたし昨日の話のつづきをしたかったの。あんなに突然かえってしまったでしょ……あなた退屈なさいません？」

「あなたのためなら、アンナ・セルゲーエヴナさん。ところで、昨日はどんな話でしたかしら？」

オジンツォーワはちらとバザーロフに横目をなげた。

「たしか、幸福について話しあったはずですわ。わたし自分の身の上話をあなたにおきかせして。そう、いまわたし《幸福》という言葉を出しましたので、ついでですが、たとえば音楽とか、すばらしい宵《よい》とか、好きな人びととのおしゃべりとかを楽しんでいるようなときでも、どうしてそれが実際の、つまりわたしたちが身近にもっている幸福とは思われないで、むしろなにかはかり知れぬ、どこかにあるにちがいない幸福への暗示のように思われるのでしょう？　それはなぜかしら？　それともあなたは、そんなことを感じたことがございません？」

「ご存じでしょう、《知らないうちが花》って言葉を」とバザーロフはやりかえした。「しかも、あなたは心を満たされていないって、昨夜おっしゃったじゃありませんか。たしかに、ぼくの頭には、そういう考えはうかびませんね」

「きっと、そういうことがあなたにはこっけいに思われるでしょうね？」

「いいえ、でもそんなことは、もともとぼくの頭にはなじみませんよ」

「ほんと？　ねえ、あなたがなにを考えてるのか、わたし知りたくてたまりませんのよ」

「なんですって？　おっしゃる意味がわかりませんが」

「そう、わたしまえまえからあなたのほんとうの心をききたいと思ってましたのよ。

べつになにも申しあげるまでもなく、よくご存じでしょうけど、あなたはありふれた平凡な人間ではないし、それにまだお若く――すべてがこれからですわ。あなたは、なにをなさるおつもりですの？　どんな未来があなたを待ちうけてますの？　わたしがいいたいのは――どんな目的をあなたは達しようとしているのか、どこを目ざしているのか、なにを心に期しているのか？　ということなの。ひと言でいうと、あなたはだれなの？　何者なの？　ということですわ」

「おどかさないでくださいよ、アンナ・セルゲーエヴナさん。ご存じのように、ぼくは自然科学を専攻しています。さて何者かといわれると……」

「そうよ、何者ですの？」

「もう報告したじゃありませんか、未来の郡の医者ですよ」

アンナ・セルゲーエヴナは、じれったそうな身ぶりをした。

「なぜそんなことをおっしゃるの？　自分でも信じていないくせに。アルカージイさんならそういう答えもいいでしょうけど、あなたはだめよ」

「でも、どこがアルカージイと……」

「おやめなさい！　あなたがそんなつつましい仕事に満足できると思って？　それにあなたにとって医学は存在しないっていつもいってらしたのは、あなたご自身じゃなかったかしら。あなたが——それほどの自尊心をもって、田舎の医者になるなんて！　あなたがそんなご返事をなさるのは、わたしから逃げるためだわ、わたしをちっとも信じていないから。でも、ねえ、エヴゲーニイ・ワシーリイチさん、わたしにはあなたが理解できるつもりよ。わたし自身が、あなたのように、貧しく、そして自尊心が強かったんですもの。わたしも、きっと、あなたとおなじような試練をとおってきたのよ」

「それは立派なことです。アンナ・セルゲーエヴナさん、でもお許しください……ぼくはだいたい告白するという習慣がありませんし、それにあなたとぼくのあいだにはあまりに距離が……」

「どんな距離ですの？　あなたはまた、わたしが貴族婦人だといいたいのね？　もうたくさんだわ、エヴゲーニイ・ワシーリイチさん。そのことはもうはっきりいったはずよ……」

「それにまた」とバザーロフはさえぎった。「その大部分がわれわれにはどうにもならぬ未来というものを、語ったり考えたりして、いったいどうなるんです？　なにかしでかす機会が訪れたら——すてきだし、訪れなくても——お先走りにつまらぬおしゃべりをしなかったということで、せめてものなぐさめになりますよ」

「あなたは、親密な話し合いをおしゃべりといいますの……あるいは、きっと、わたしが女だから、信頼するにたらぬと思ってらっしゃるのね？　あなたはわたしたちみんなを軽蔑《けいべつ》してるんだわ」

「あなたを軽蔑はしませんよ、アンナ・セルゲーエヴナさん、それはあなたがご存じのはずです」

「いいえ、わたしなにも存じませんわ……でも、未来の活動について語りたくないあなたの気持ちは、いちおうわかるとしても、いまあなたの内部に起っていることは……」

「起っている！」とバザーロフはくりかえした。「まるでぼくが国家か社会みたいですね！　いずれにしても、そんなものはちっともおもしろくありませんよ。それに人間は、その内部で《起っている》すべてのことを、いつも大声でいえるものでしょうか？」

「なぜ胸にあるものをすっかりいってはいけないのか、わたしにはわかりませんわ」

「あなたはできますか？」とバザーロフはきいた。

「できますわ」とちょっとためらって、アンナ・セルゲーエヴナは答えた。

バザーロフは頭をさげた。

「あなたはぼくより幸福です」

アンナ・セルゲーエヴナはけげんそうに彼を見た。

「どう思われてもかまいませんが」と彼女はつづけた。「でもわたしにはやはり、なにかがささやきかけるの、わたしたちが会ったのは無意味ではない、きっといいお友だちになれるって。きっと、あなたのこの、なんといったらいいかしら、不自然な緊張とでも申しますか、抑制は、いずれはなくなると思いますわ」

「じゃあなたはぼくに抑制……さらにあなたの表現によると……不自然な緊張ですか、そういうものがあると気づいたのですか？」

「そうですわ」

バザーロフは立ちあがって、窓のそばへ行った。

「それであなたはその抑制の原因を知りたいとおっしゃるんですね、ぼくの内部になにが起っているか、知りたいというわけですね」

「そうですわ」と、まだ自分でもわからぬおびえのようなものを感じながら、オジンツォーワはくりかえした。

「じゃ、あなたは怒りませんね？」

「怒りませんわ」

「怒りませんね?」バザーロフは彼女に背をむけて立っていた。「じゃいいましょう、ぼくはあなたを愛してるのです、ばかみたいに、おのれを忘れて……これですよ、あなたがぼくにいわせたのは」

オジンツォーワは両手をさしのべた。が、バザーロフは額を窓ガラスに押しあてていた。彼はあえいだ。全身がわなわなとふるえた。しかしそれは青年らしいおじけのふるえではなかった。彼をとらえていたのははじめての告白の甘い恐怖ではなかった。それは情熱が彼の内部で荒れさわいでいたのだった。強烈な、重くるしい情熱——憎《ぞう》悪《お》に似た、そしておそらく、憎悪と隣りあった情熱……オジンツォーワは恐ろしくもなり、彼がかわいそうにもなった。

「エヴゲーニイ・ワシーリイチさん」と彼女はいった。そしてその声には思いがけぬやさしさがあった。

彼は急にふりむくと、むさぼるような視線を彼女にあてた——そして、彼女の両手をつかむと、いきなりひきよせて胸に抱きしめた。

彼女はとっさに彼の抱擁からのがれはしなかったが、一瞬後にはもう遠く部屋の隅に立って、そこからじっとバザーロフを見つめていた。彼はそちらへ駆けよろうとした……

「あなたはわたしをわかってないんだわ」と彼女は早口におびえた声でささやいた。彼がもう一歩うごいたら、彼女は叫び声を立てそうに見えた……バザーロフは唇をかんで、出ていった。

三十分後に小間使がバザーロフからの手紙をアンナ・セルゲーエヴナにわたした。そこにはたった一行、「今日発《た》たねばなりませんか――それとも明日までいてかまいませんか」とあった。「なぜお発ちになります？　わたしはあなたがわかっていなかったし、あなたはわたしをわからなかったのです」とアンナ・セルゲーエヴナは返事を書いたが、内心では〈わたしは自分をもわかっていなかったんだわ〉と考えていた。

彼女は昼食まで部屋から出ないで、腕をうしろに組んだまま、ずっと室内を歩きまわっていた。ときどき窓や、鏡の前に立ちどまって、まだ熱い痣《あざ》がのこっているように思われる首筋を、ゆっくりハンカチでなでた。なにが彼女に、バザーロフの表現をかりれば、彼の告白を《いわせる》ように強《し》いたのか、彼女は自分の心にきいてみた。そして彼女はなにかをひそかに予期してはいなかったろうか……。「わたしがわるかったわ」と彼女は声に出してつぶやいた。「でもわたしこんなことは予見できなかったわ」彼女は思いをひそめた。そしてとびかかってきたときの、バザーロフのほとんどけだもののような顔を思いだして、赤くなった……

「あるいは?」と彼女はふいにいって、立ちどまり、波うつ髪をさっと振った……彼女は鏡の中の自分を見た。半ば開き、半ば閉ざされた目と唇にあやしい微笑をうかべて、うしろへそらされた顔は、その瞬間、彼女がきいたら自分でもどきどきするような、あることを彼女に語りかけているようであった……

〈いけないわ〉と彼女はやっと心にきめた。〈どんなことになるか、神さましかご存じないもの、これは軽率にさわっちゃいけないことだわ、やっぱり、静かな安らぎがいちばんだわ〉

彼女の平静はゆさぶられなかった。だが、彼女は悲しくなって、一度だけ涙さえこぼした。なぜか、自分でもわからなかったが、くわえられた侮辱のためだけではなかった。彼女は自分が侮辱されたとは感じていなかった。むしろ自分がわるかったと思っていた。いろいろな漠然《ばくぜん》とした感情や、すぎさってゆく生活の意識や、新しいものを見たい欲望などにそそのかされて、彼女は思いきってある一線まで行き、その向うをのぞいて見たのだが——そこに見いだしたものは、底の知れぬ深淵《しんえん》でさえなく、空虚……あるいは醜悪にすぎなかった。

19

どんなに自制心があり、いっさいの偏見を超越しているといっても、オジンツォーワは昼食の席にあらわれたときなんとなく気づまりをおぼえた。しかし、食事はまあ何事もなくすんだ。ポルフィーリイ・プラトーヌイチが来あわせて、いろいろなおもしろい逸話を披露《ひろう》したのである。彼は町からもどったばかりだった。なかでも傑作は、知事のブルダルが特令として役人たちに拍車をつけることを命じたという詰だった。そうすれば緊急出張の場合、すぐに馬にのって行けるからというのである。アルカージイは小声でカーチャと話をしたり、外交官のように如才なく公爵令嬢の世話をやいたりしていた。バザーロフは気むずかしい顔をしてかたくなにおしだまっていた。オジンツォーワは二度ほど、そっとでなく、まっすぐにバザーロフの顔を見た。そして彼がその伏し目になったきびしい、ぴりぴりした顔じゅうに、断固とした軽蔑の色をみなぎらせているのを見ると、心のなかで〈ちがうのよ……ちがうのよ……ちがうのよ……〉とつぶやいた。食後、オジンツォーワはみなといっしょに庭へ出た。そしてバザーロフが話しかけたそうにしているのに気づいて、すこしわきのほうへ寄って、立ちどまった。彼はそばへ来たが、やはり目は伏せたまま、うつろな声でいった。

「ぼくはあなたに詫《わ》びなければなりません。アンナ・セルゲーエヴナさん、あなたが怒るのは当然です」

「いいえ、わたし怒ってはいませんわ、エヴゲーニイ・ワシーリイチさん」とオジンツォーワは答えた。「ただ、わたし悲しいのよ」

「なおわるいです。いずれにしても、ぼくはじゅうぶんに罰せられました。ぼくの立場は、おそらくあなたもみとめるでしょうが、ばかの見本みたいなものです。なぜ発つのか、とあなたはいってくれましたが、ぼくはとどまることはできませんし、いやです。明日はもうここにいないでしょう」

「エヴゲーニイ・ワシーリイチさん、なぜあなたは……」

「発つのかとおっしゃるんですか？」

「いいえ、そのことじゃありませんの、わたしがいいたいのは」

「すぎたことはもどりません、アンナ・セルゲーエヴナさん……おそかれ、早かれ、これは起らなければならなかったのです。だから、ぼくは去らねばならんのです。ぼくがここにのこれる条件は、たった一つしかありませんが、それはぜったいに実現されることはないのです。だってあなたは、無礼なことをいって申しわけありませんが、ぼくを愛していないし、ぜったいに愛することはないでしょう？」

バザーロフの目は一瞬、黒い眉《まゆ》の下で光った。

アンナ・セルゲーエヴナは返事をしなかった。〈この人がこわい〉という考えがちらと彼女の頭にうかんだ。

「さようなら」彼女の考えを察したように、バザーロフはこういいすてると、家のほうへもどっていった。

アンナ・セルゲーエヴナは静かにそのあとから歩きだした。そしてカーチャを呼んで、腕を組んだ。彼女はそのまま晩までカーチャをそばからはなさなかった。トランプにくわわろうともしないで、笑っていることが多かったが、その笑いは彼女の青ざめたおろおろした顔には全然そぐわなかった。アルカージイは怪しんで、若い人びとに共通の方法で、つまり、これはどういう意味だろう？　とたえず自問をくりかえしながら、彼女を観察していた。バザーロフは自室にこもったきりだった。それでもお茶には出てきた。アンナ・セルゲーエヴナは彼になにかやさしい言葉をかけてやりたかったが、なにを話したらいいのか、わからなかった……

思いがけぬ偶然が、彼女を苦しい立場から救ってくれた。家令がシートニコフの来訪を告げたのである。

若い進歩主義者が鶉《うずら》みたいにちょこちょこと部屋へとびこんできたかっこうは、言葉で伝えるのがむずかしいほどこっけいだった。いろいろな情報から、彼の親しい、聡明《そうめい》な友人たち二人がオジンツォーワの屋敷に滞在していることを知り、もちまえのずうずうしさで、これまで招待されたことのない、ほとんど知らぬ婦人を訪問する決意はしたものの、さすがの彼もやはり骨の髄まで臆病風《おくびょうかぜ》に吹きこまれてしまって、あらかじめさらってきたお詫びと挨拶《あいさつ》の文句をのべるべきところを、わけのわからぬつまらぬことを口走り、エウドークシヤ・クークシナさんがアンナ・セルゲーエヴナさんの容態をうかがってきてくれとのことでしたとか、アルカージイ・ニコラーイチも、いつもぼくのことをたいへんほめてくれましてなどと、妙なことをいいだしたが……その言葉でぐっとつまり、すっかりうろたえて、自分の帽子の上に腰かけてしまった。ところが、だれも追いだそうとしないばかりか、アンナ・セルゲーエヴナが彼を伯母と妹に紹介までしたので、彼はまもなく元気を回復し、いい気になってさえずりだした。凡俗の登場は人生に益することが多い。それはあまりにも強くはりつめた弦をゆるめ、自己過信や夢見心地を正気にひきもどしてくれる。どう自惚《うぬぼ》れたところで、自分も凡俗とたいした違いのないことを人びとに思いださせてくれるのである。シートニコフがあらわれると、すべてがなんとなくまるく、平凡になった。一同はかえっていつもより食がすすんで、いつもより三十分はやく寝室へひきとった。

「きみはいつかぼくにいったろう」アルカージイは寝台の上に横になると、これもさっさと服をぬいで横になったバザーロフにいった。「どうしてそんな憂鬱《ゆううつ》な顔をしてるんだ？　きっと、ある神聖な義務を実行したんだな？　って。ぼくはその言葉をいまきみにいいたいんだ」

二人の若い友のあいだには、いつからか言葉だけの無遠慮さでからかいあう習慣ができていた。それはひそかな不満とか、言葉に出せぬ疑惑の暗示だった。

「ぼくは明日親父《おやじ》のところへ帰るよ」とバザーロフがいった。

アルカージイは上体を起こして、肘をついた。彼はびっくりしたが、なぜかうれしい気持ちもあった。

「ははあ？」と彼はいった。「それで憂鬱な顔をしてるんだな？」

バザーロフは欠伸《あくび》をした。

「いろんなことを知ると、年もとるよ」

「それで、アンナ・セルゲーエヴナさんはどうかね？」とアルカージイはつづけた。

「アンナ・セルゲーエヴナがなんだというんだ？」

「ぼくがいいたいのは、あのひとがきみを放すだろうか？　ってことさ」

「ぼくはあの女にやとわれたんじゃないぜ」

アルカージイは考えこんだ。バザーロフは寝ころんで壁のほうをむいた。

無言のまま数分すぎた。

「エヴゲーニイ！」とアルカージイがふいにいった。

「うん？」

「ぼくも明日いっしょに発つよ」

バザーロフはなんとも返事しなかった。

「ぼくは家へ帰るんだよ」とアルカージイはつづけた。「ホフロフスキイ村までいっしょに行こうじゃないか、あそこできみはフェドートから馬を借りたらいい。きみのご両親に挨拶したいのはやまやまだが、ご両親にも、きみにも、迷惑かけちゃわるいからな。どうせきみはまた家へ寄ってくれるだろう？」

「きみのところに荷物をおいてきたからな」と、バザーロフは向うをむいたまま、いった。

〈どうして彼は、なぜぼくが発つのか、きかないのだろう？　彼とおなじにこんなに突然発つというのに？〉とアルカージイは考えた。〈じっさい、なぜぼくは発つのだろう、そしてなぜ彼は発つのだろう？〉と彼は自分の思案をつづけた。彼は自分の問いに納得のいく返答をあたえることができなかった。そして心がなにか苦っぽいものでいっぱいになった。彼はこんなになれてしまったここの生活と別れるのはつらいだろうと感じていた。しかし一人だけ残るのもなにか変だった。〈彼らのあいだになにかあったんだ〉とアルカージイは判断した。〈彼が発ったあと、ぼくひとりがどうしてあのひとの前にうろちょろできよう？　すっかりあきられてしまって、下手すると、最後のものまで失うことになるぞ〉彼はアンナ・セルゲーエヴナの顔を思いうかべはじめた。すると若い未亡人の美しい面《おも》だちの裏から別な輪郭がしだいにうかびでてきた。

「カーチャもかわいそうだ！」とアルカージイはもう涙が一滴にじんだ枕《まくら》に、顔をおしつけてささやいた……彼はふいに顔をあげて、大きな声を出した。

「シートニコフのばかめ、なんだって来やがったんだ？」

バザーロフははじめ寝台の上でもぞもぞしていたが、しばらくするといった。

「おい、きみはまだばかだよ、わからんのかい、シートニコフみたいな男がぼくたちには必要なんだよ。ぼくには、わかるかい、ぼくにはああいうあほうが必要なのさ。じっさい、神が自分で壺《つぼ》を焼くわけにもいくまいさ！」

「へえ！」とアルカージイはあきれた。そしてはじめてバザーロフの自尊心の底しれぬ深淵をちらとのぞき見たような気がした。「つまり、きみとぼくは神ってわけかい？　いや――きみが神で、あほうはぼくじゃないのかい？」

「そうだよ」とバザーロフは不機嫌《ふきげん》そうにくりかえした。「きみはまだばかだよ」

翌日アルカージイがバザーロフといっしょに発つといったとき、オジンツォーワはとくにおどろいたようすも見せなかった。彼女は疲れてぼんやりしているふうだった。カーチャは無言のまま、真剣な目で彼を見つめた。公爵令嬢はほっとしたようにショールの下で十字を切ったが、それがいやでもアルカージイの目についた。そのかわりシートニコフはすっかりあわててしまった。今日はスラヴ主義者ふうではない、新しいしゃれた服をきて、朝食の席へおりてきたばかりだった。昨夜は下着をどっさりもちこんで、おつきの給仕をびっくりさせたばかりだというのに、だしぬけに友人たちに置き去りにされるとは！　彼は森の空地に追いこまれた兎《うさぎ》みたいに、足をちょこまかさせて、うろうろしだしたが――ふいに、おびえたような、うわずった声で、自分も帰るつもりです、といいだした。オジンツォーワはひきとめようともしなかった。

「ぼくの軽馬車はひどく乗り心地がいいから」と気の毒な青年はアルカージイのほうをむいて、つけくわえた。「なんでしたらのりませんか。エヴゲーニイ・ワシーリイチ君にはあなたの旅行馬車にのってもらいましょう。そのほうがきっと快適ですよ」

「とんでもない。きみはぜんぜん方向ちがいだし、ぼくの家までは遠いですよ」

「平気ですよ。ぼくはひまで困ってるんだし、それにあっちにも用があるから」

「買い占めかね?」とアルカージイは、いかにも軽蔑《けいべつ》したようにいった。

だが、シートニコフはすっかり失望しきっていたので、いつものようにふて笑いも見せなかった。

「ほんとですよ、乗り心地は満点です」と彼は口をとがらせた。「みんな一緒に乗れますよ」

「ムッシュ・シートニコフがせっかくああいってるのですから、ことわっちゃわるいわよ」とアンナ・セルゲーエヴナがとりなした……

アルカージイはちらとそちらを見て、意味ありげに頭をさげた。

客たちは朝食後に出発した。バザーロフと別れの挨拶をかわしながら、オジンツォーワは手をあたえて、いった。

「またお会いしましょうね。よろしいわね?」

「あなたのお好きなように」とバザーロフは答えた。

「それなら、お会いしましょうね」

アルカージイはさきに立って玄関へ出た。彼はシートニコフの軽馬車にのりこんだ。

家令がうやうやしく彼をかけさせたが、彼はそんな家令をなぐりとばすか、わっと泣きだしたいような思いだった。バザーロフは旅行馬車にのった。ホフロフスキイ村に着くと、アルカージイは宿の亭主フェドートが馬をつけるのを待ちながら、旅行馬車のそばへ行って、いつもの微笑をうかべながらバザーロフにいった。

「エヴゲーニイ、いっしょに行ってもいいかい、きみの家に行ってみたいんだ」

「のれよ」とバザーロフは歯のあいだからおしだすようにいった。

いい調子で口笛を吹きながら自分の軽馬車のまわりを行き来していたシートニコフは、この言葉を耳にすると、あっけにとられて、口をぽかんとあけた。が、アルカージイは委細かまわず、さっさと彼の馬車から荷物をおろして、バザーロフの横へすわりこんだ――そして、いままでの道づれにていねいな会釈《えしゃく》を送ると、「出発！」と叫んだ。旅行馬車はさっと走りだし、やがて視界から消えた……シートニコフはみごとにしてやられて、あわてて自分の馭者《ぎょしゃ》をふりむいたが、馭者は素知らぬ顔で副馬《わきうま》の尻尾《しっぽ》を鞭《むち》でいたずらしていた。やむなくシートニコフは馬車へとびのると、通りかかった二人の農夫を「帽子をかぶらんか、ばかども！」とどなりつけて――町の方角へ走らせた。町へ着いたのはもうかなりおそかった。翌日彼は、クークシナのところで二人の《けたくそわるい生意気な無作法者》をさんざんにこきおろした。

アルカージイはバザーロフの横にすわると、かたくバザーロフの手をにぎりしめて、そのまま長いことなにもいわなかった。バザーロフはこの握手も、この沈黙も、意味を理解して、感謝しているふうであった。彼は昨夜は一晩じゅう眠れなかったし、煙草《たばこ》も吸わなかった。そしてもう何日か、ほとんどなにも喉《のど》に通らなかった。そのそいだような横顔が目ぶかにかぶった帽子の下から、暗くとげとげしくうきだしていた。

「おい、きみ」とバザーロフはやっと口を開いた。「シガーをくれんか……見てくれ、どうだね、舌が黄色くなってるだろう？」

「黄色いよ」とアルカージイは答えた。

「うん、だめだ……シガーもうまくない。螺子《ねじ》がゆるんだんだ」

「この数日きみはたしかに変わったよ」とアルカージイはいった。

「なあに！　直るさ。ただ一つやりきれんのは――おふくろだよ、えらい苦労性でな、ぼくがべんべんたる腹をして、日に十回も食べないと、もうおろおろしてるんだ。なに、親父は平気だ。世の中をわたり歩いて、さんざん苦労してるからな。だめだ、吸えない」といって、彼は道ばたの埃《ほこり》のなかへシガーを投げすてた。

「きみの領地までは二十五露里だったな？」とアルカージイはきいた。

「二十五露里だ。そう、この賢者にきいてごらん」

彼は馭者台にすわっている農夫を顎《あご》でしゃくった。フェドートの作男である。

ところが賢者は、「だれが知るもんかね――このへんじゃ道なんかはかりゃしねえよ」と答えて、相変わらずぶつぶつ中馬をののしりつづけていた。「どたまでけりゃがる」つまり頭を振るというのである。

「そう、そう」とバザーロフがいいだした。「きみ、若いきみにはじつにいい教訓だ。有益な例だよ。いまいましい。なんてくだらんことだ！　人間はだれでも一本の糸にぶらさがっている。深淵がいつ足もとに口をあけるかもしれん、それなのに人間はいろんなろくでもないことを考えだして、せっかくの自分の生活をだめにしている」

「それはなんの謎《なぞ》だ？」とアルカージイはきいた。

「謎じゃないよ。ぼくもきみもまったくばかな時間をつぶしたものだと、率直にいってるのさ。弁解の余地なしだ！　だが、ぼくはもう病院で確認したんだが、自分の苦痛を怒る者は――かならずその苦痛に打ち勝つよ」

「きみのいおうとすることがよくわからんな」とアルカージイはいった。「不平をいうことなんかなんにもなかったようだが」

「きみがよくわからんというのなら、きみにこう言明しておこう。たとえ指先だけでも女の自由にまかせるくらいなら、道路工夫になって石でもわっているほうがましだ

――これがぼくの意見さ。そんなことはみな……」バザーロフは好きな《ロマンチシズム》という言葉が口まで出かかったが、ぐっとおさえて、いった。「ばかげたことさ。きみはいまぼくのいうことを信じないだろうが、しかしぼくはいうよ。ぼくたちは女の世界にはまりこんだ。そして楽しかった。が、このような世界を捨てるのは――暑い日に水をかぶるようなものだよ。男にはこんなつまらぬことにかかりあっているひまがない。男は凶暴であるべきだ、とスペインの諺《ことわざ》がいみじくもいってるよ。ところで、おまえ」と彼は馭者台の農夫に声をかけた。「おい、賢者、おまえ女房がいるかい？」

農夫は平べったい、目のしょぼしょぼした顔を二人のほうへむけた。

「かかあかね？　いるよ。かかあがいちゃいけねえかね？」

「なぐるかい？」

「かかあをかね？　そりゃいろんなことがありまさあ。でもわけもなくなぐりゃしねえよ」

「そりゃいいことだ。で、女房は、おまえをなぐるかい？」

農夫は手綱をひっぱった。

「なんてこというんだね、旦那《だんな》。ひとがまじめに話してりゃ……」馭者はむっとしたらしかった。

「きいたかい、アルカージイ・ニコラーイチ！　ところがぼくたちは、なぐられたんだぜ……これが教養ある人間というわけさ」

アルカージイはむりに笑った。が、バザーロフは顔をそむけて、それっきりもう口をきかなかった。

二十五露里がアルカージイには五十露里もあるように思われた。だが、なだらかな丘の斜面に、ついにバザーロフの両親が住んでいる村が見えてきた。その村とならんで、若い白樺林《しらかばばやし》のなかに、藁屋根《わらやね》の地主屋敷が見えた。とっつきの小屋の前に帽子をかぶった二人の農夫が立って、口喧嘩《くちげんか》をしていた。「おめえは大豚だよ、そのくせ小豚にも負けやがって」と一人がいった。「おめえのかかあは――化け物じゃねえかよ」ともう一人がやりかえした。

「態度ののんびりしているところや」とバザーロフはアルカージイにいった。「言葉づかいのふざけた調子をみると、親父のとこの農夫たちはあんまりしめられていないようだな。おや、ありゃ親父だ、玄関へ出てきた。きっと、鈴の音をききつけたんだな。親父だ、親父だ。――かっこうでわかるよ。へえ！　でも、ずいぶん頭が白くなったなあ、かわいそうに！」

20

バザーロフは旅行馬車から身をのりだした。アルカージイはその友の背のかげから首をのばして、地主屋敷の玄関に立っている、背の高いやせた老人を見た。髪がみだれたままで、鷲《わし》の嘴《くちばし》のような鼻をして、古い軍服の胸をはだけていた。彼は足をひろげてつっ立ったまま、長いパイプをくゆらし、まぶしそうに目を細めていた。

馬がとまった。

「とうとう、もどってきたな」とバザーロフの父は、パイプが指のあいだでかたかたおどってるのに、それでもくゆらすことをやめないで、いった。「さあ、おりてこい、おりてこい、挨拶の接吻《せっぷん》をさせてくれ」

老人は息子を抱きしめた……そのとき、「エニューシカ、エニューシャ」と叫ぶあわただしい女の声がきこえた。ドアがつきとばされたようにあいて、敷居の上に白い室内帽をかぶり、色のまだらな短い上着をきた、まるまっこい小さな老婆《ろうば》があらわれた。彼女はあっと声をたてると、ふらふらとよろめいた。バザーロフがささえなかったら、おそらくたおれていたろう。そのふっくらした腕があっというまにバザーロフの首に巻きつき、顔が胸におしつけられた。そしてきゅうに静かになった。老母のきれぎれのすすり泣きがきこえるばかりだった。

バザーロフ老人はほうっと深い息をしながら、ますます目を細めた。

「おい、もういいよ、いいよ、アリーシャ！　およし」と老人は、旅行馬車のそばに立ったままのアルカージイと目が合うと、老母にいった。そのあいだ駁者台の農夫はわざわざ顔をそむけて見ない振りをしていた。

「それはもういいよ！　たのむから、およしなさい」

「ああ、ワシーリイ・イワーノウィチ」と老母は涙声でいった。「もういつの昔からこのわたしのだいじな、かわいいエニューシェンカを見なかったことやら……」そして、腕を首に巻いたまま、涙にぬれてくしゃくしゃになったうれしそうな顔を、バザーロフの胸からはなすと、いかにも幸福そうな、どことなくこっけいな目でしげしげと息子の顔を見て、また顔を胸にうずめた。

「そりゃしかたがないさ。うん、それが世の中なんだ」とワシーリイ・イワーノウィチはいった。「さあ、もういい、部屋へはいろう。ほら、エヴゲーニイのお客さんも来てなさることだ。ごめんなさい」とアルカージイのほうをむいて、こうつけくわえると、老人は軽く足をすりあわせた。「おわかりでしょうが、女というやつは涙もろくて、それに、母親の心にしてみれば……」

ところが、そういう老人も唇《くちびる》と眉《まゆ》がひくひくして、顎がふるえていた……だが彼は自分をおさえ、むりに平気を装おうとしているようすが、ありありと見えた。アルカージイは頭をさげた。

「さあ、はいりましょう。お母さん、さあ」といって、バザーロフはいまにもへたへたとくずれそうな老母をかかえるようにして家のなかへ入れた。彼は母をゆったりした肘《ひじ》掛《か》け椅子《いす》へかけさせると、もう一度いそいで父と抱きあってから、父にアルカージイを紹介した。

「ほんとによく来てくだすった」とワシーリィ・イワーノウィチはいった。「ただ、たいしておかまいできんのが心ぐるしいが、なにしろここは万事が簡素で、野営ふうですのでな。アリーナ・ウラーシェヴナ、気を静めておくれ、な。そんな気の弱いことでどうします？　お客さまが困ってなさるじゃないか」

「よくいらっしゃいました」と老母は、涙声でいった。「まだお名まえも存じあげませんので……」

「アルカージイ・ニコラーイチさん、とおっしゃるんだよ」とワシーリィ・イワーノウィチはもったいぶって、小声でいいそえた。

「このばかな母親をお許しくださいまし」老母は鼻をかんで、頭を右へ、左へまげながら、右の目、それから左の目の涙をていねいにぬぐった。「お許しくださいまし。わたしだいじなこ……この……子の帰りを待てないで、死んでしまうんじゃないかしら、なんて考えていたものですから」

「ところが、そら、待ちおおせたじゃないか、婆《ばあ》さん」とワシーリイ・イワーノウィチがいいそえた。「タニューシャ」と彼は、ドアのかげからびくびくしながらのぞいていた、真っ赤な更紗《さらさ》の服をきた十三歳ほどのはだしの少女にいった。「奥さんに水をもってきてあげなさい――盆にのせてな。わかったな？　ところで、あなたがたを」と彼は何となく昔風のおどけた態度でつけくわえた。「退役老兵の書斎へ案内させてもらおうかな」

「せめてもう一度だけでも抱かせておくれ、エニューシェチカ」とアリーナ・ウラーシェヴナはうめくようにいった。バザーロフは母のほうへ身をかがめた。「ああ、ほんとに立派になってくれたねえ！」

「うん、立派であるなしはともかく」とワシーリイ・イワーノウィチはいった。「男になりおったよ、いわゆるオムフェ*にな。ところで、アリーナ・ウラーシェヴナ、母親の心は満腹させたろうから、今度はだいじなお客さんがたの満腹のほうを心配してくれるだろうな。おまえも知ってるように、お伽噺《とぎばなし》で鶯《うぐいす》を飼うわけにはいかんからな」

老母は肘掛け椅子から腰をあげた。

「はいはい、すぐに食事の支度をさせます。自分で台所へとんでいって、サモワールを沸かさせますよ、すっかり支度します、すっかり。だって三年も会わないで、食事の世話をしなかったんだもの。そりゃつらかったよ」

「まあ、気をつけてくれや、急いで、まずいものをこさえんようにな。じゃ、お客さんがた、ひとつ案内させてもらいましょうか。ほら、チモフェーイチが挨拶《あいさつ》に来たよ、エヴゲーニイ。あいつも、さぞ喜んでることだろう。老番犬めが。どうだ？　うれしいだろう、老番犬？　じゃ行きましょうか」

そういって、ワシーリイ・イワーノウィチはちびた上靴《うわぐつ》をばたばたひきずりながら、いそいそとさきに立った。

彼の家は六つの小さな部屋からできていた。その一つで、二人の友が案内された部屋が、書斎と呼ばれていた。脚の頑丈《がんじょう》な卓《テーブル》が二つの窓のあいだを完全に占領し、その上に昔からの埃《ほこり》で、まるで燻《いぶ》したような黒い色に変わった書類がつんであった。壁にはトルコ銃や、編み革鞭《かわむち》や、サーベルや、二枚の地図や、なにかの解剖図や、フーフエラント（訳注　一七六二〜一八三六。ドイツの医学者で、『長命術』の著者）の肖像画や、黒い木枠《きわく》にはめた毛の飾り文字や、額にはいった賞状などが雑然とかかっていた。あちこちにへこみやほころびのある皮張りのソファが、カレリヤ地方の白樺でつくった二つの大きな戸棚《とだな》のあいだにおいてあった。床には本や、箱や、鳥の剝製《はくせい》や、壺や、ガラス瓶《びん》などが乱雑にひしめきあっていた。片隅にこわれた電気器具がおいてあった。

「さっきもおことわりしたようにな」とワシーリイ・イワーノウィチはいいだした。「ここの暮らしぶりは、いわば、野営みたいなもので……」

「よしなさいよ、なにをあやまってるんです？」とバザーロフはさえぎった。「お父さんが大金持ちでもないし、ここが宮殿じゃないことくらいは、キルサーノフはよく知ってますよ。どこに泊まってもらいましょうか、それが問題ですよ」

「心配ないよ。エヴゲーニイ。離れに立派な部屋がある。あそこなら気持ちよく住んでもらえるだろう」

「へえ、離れなんかできたんですか？」

「できましたとも、あの風呂場《ふろば》のあったところですよ」とチモフェーイチが横合いからいった。

「つまり、風呂場のわきなんだよ」とワシーリイ・イワーノウィチはあわてていいそえた。

「いまは夏だから……そうだ、さっそく向うへ行って、かたづけるようにいっておこう、チモフェーイチ、おまえはいまのうちに荷物をはこびこんでくれ。おまえには、エヴゲーニイ、むろんこの書斎をあけわたすよ。それぞれがSuum cuique.《スーム・クイークェ》（訳注　自分のものをもたにゃいかん）」

「どうだい！　おもしろい爺《じい》さんだろう、人のいいこと無類だよ」ワシーリイ・イワーノウィチが出てゆくとすぐに、バザーロフはいった。「変わっていることは、きみの親父《おやじ》とおなじだが、ただ種類がちがうんだな。とにかくよくしゃべるよ」

「お母さんも、いいひとらしいな」とアルカージイはいった。

「うん、ずるさがないんだよ。さあ、どんなご馳走《ちそう》をつくってくれるかな、楽しみだよ」

「今日お帰りとは思いがけなかったので、牛肉を仕込んでおかなかったんですよ」と、そこへバザーロフのトランクをはこんできたチモフェーイチが、いった。

「牛肉がなくたってどうってことないさ。ないものには、けちをつけられぬ。貧乏は罪悪じゃないからな」

「きみの親父さんは農民を何人もってるの？」とアルカージイがふいにきいた。

「領地は親父のじゃないんだ、おふくろの名儀になってるんだよ。農民は、たしか、十五人だと思ったが」

「全部で二十二人ですよ」とチモフェーイチは不満そうにいった。

上靴をひきずる音がきこえて、またワシーリイ・イワーノウィチがはいってきた。

「もう二、三分したら部屋の支度ができますぞ」と彼は得意そうに大声でいった。「アルカージイ……ニコラーイチ？　たしか、そうおっしゃいましたな？　これがあんたの用をしますから」と彼はいっしょにはいってきた坊主頭《ぼうずあたま》の少年を指さしながら、つけくわえた。少年は肘のぬけた青い上着をきて、足に合わぬお下がりの靴をはいていた。「フェージカという名です。倅《せがれ》がいかんというけど、またくりかえしますが、どうかご辛抱ください。でも、この小僧、煙草のつめ方はうまいですよ。煙草はおやりでしょうな？」

「吸いますけど、おもにシガーです」とアルカージイは答えた。

「そりゃじつに賢明ですな。わしもシガーにしたいと思いますが、なにしろこんな田舎ではとても手にはいりませんでな」

「ぐちはもうたくさんですよ」とまたバザーロフがさえぎった。「それよりそこの長椅子にすわって、よく顔を見させてくださいよ」

ワシーリイ・イワーノウィチはにやにや笑って、長椅子にすわった。彼は息子にひじょうによく似ていた。ただ顔がすこしせまく、口がいくぶん大きく、それに動作も、息子はどことなく茫洋《ぼうよう》としておちつきはらっているのに、彼はたえずごそごそ動き、まるで上着の腋《わき》の下が窮屈なように肩をゆすり、目をしばたたくやら、咳《せき》ばらいするやら、指を動かすやら、いっときもじっとしていなかった。

「ぐちをならべる！」とワシーリイ・イワーノウィチは息子の言葉をくりかえした。「おい、エヴゲーニイ、勘ちがいしちゃこまるな、わしはこんな田舎に暮らしておりましてなどと、お客さんの同情をひこうなどとは思っとらんぞ。わしは、その反対だ。思索する人間には田舎も都会もないと思っとる。すくなくともわしは、できるだけ、いわば苔《こけ》をはやすまい、時勢におくれまいと、つとめとるつもりだ」

ワシーリイ・イワーノウィチは、さっきアルカージイの部屋へ走っていったとき、気がついてあわててポケットへねじこんできた、新しい黄色い絹のハンカチをとり出して、それをひらひらさせながら、つづけた。

「わしは、たとえば、かなり痛い犠牲をはらって、農民たちを年貢《ねんぐ》制にしてやり、土地を半分くれてやったのだが、そんなことをいまさらいおうとは思わん。わしはそれを自分の義務と思ったのだ。正しい分別がそれをわしに命じたのだよ。ほかの地主どもはやそんなこと考えもすまいがな。でもそんなことはどうでもいい。わしがいうのは科学のことだよ。教育のことだよ」

「なるほど、それでですね――ここで一八五五年発行の『健康の友』を見ましたよ」とバザーロフはいった。

「あれは古い友人が送ってくれるんだよ」とワシーリイ・イワーノヴィチはあわてていった。「ところで、わしは、たとえば、骨相学というものも知っとります」彼はむしろアルカージイのほうをむきながら、戸棚の上においてある石膏《せっこう》の頭の模型を指さして、こうつけくわえた。石膏の頭は四つの部分にわられて、それぞれに番号がふってあった。「わしはシェンライン（訳注　シャインライン・J・ルカス。一七九三～一八六四。ドイツの医学者、理想主義者）もどうにか知っとるし、ラーデマッハー（訳注　J・ゴットフリート・ラーデマッハー。一七七二～一八四九。ドイツの医学者。パラケルススの後継者）を読みました」

「この県ではまだラーデマッハーが信じられてるんですか？」とバザーロフがきいた。

ワシーリイ・イワーノヴィチは咳ばらいをした。

「県内では……そりゃむろん、どうしたってわしらがあんたがたに追いつけんことは、あんたがたのほうがよく知っとる。だって、あんたがたはわしらと交替しに来たのだからな。わしらの時代にもホフマンの体液病理説*とか、ブラウンの活力説*とかいうものが、ひどくこっけいに思われたものだが、これだって一時は天下をさわがしたんだよ。あんたがたの時代にだれか新しい者があらわれてラーデマッハーと交替したとみえて、あんたがたはそれを崇拝してるが、二十年もたてば、なあに、それも笑われるようになるのさ」

「父さんの気休めにいっておくけど」とバザーロフはいった。「ぼくらはいま、だいたい医学なんてものは問題にしてないし、それにだれも崇拝なんかしやしないよ」

「そりゃまたどうしたことだ？　おまえは医者になるつもりじゃなかったのか？」

「なりますよ。でもこれはべつに矛盾しませんよ」

ワシーリイ・イワーノウィチはまだすこし熱い灰ののこっているパイプを中指でついた。

「さあな、まあそうかもしれん——議論はよそう。だって、わしは何者だね？　ただの退役軍医、それだけのこと《ヴォラトゥ》じゃないか。いまはこのとおり、農学者になってしまった。わしはあんたのお祖父《じい》さんの旅団に勤務しておりましてな」と彼はまたアルカージイのほうを向いた。「そうよなあ、わしも若いころはずいぶんいろんなものを見てきましたよ。いろんな仲間ともつきあったし、ずいぶんえらい人にも会いましたよ！　わしが、いまあんたの前にいるこのわしが、ウィトゲンシュテイン公爵《こうしゃく》（訳注　一七六八〜一八四二。ロシアの陸軍元帥）やジュコフスキイ（訳注　一七八三〜一八五二。ロシアの前期浪漫派の代表的詩人）の脈をとったのですぞ！　十四日事件の、南方会*の、あの人たち、おわかりでしょうな」ここでワシーリイ・イワーノウィチは意味ありげに唇をひきむすんだ。「ぜんぶ顔見知りでしたよ。ところが、わしの専門は――脇役《わきやく》でしてな、ピンセットでもいじってりゃ、それでいいので！　しかしあんたのお祖父さんはじつに立派な人でしたよ。ほんとうの軍人でした」

「正直にいいなさいよ。ひでえ木偶《でく》だったんでしょう」とバザーロフは欠伸《あくび》まじりにいった。

「これ、エヴゲーニイ、なんといういい方だ！　いいかげんになさい……もちろん、キルサーノフ将軍はけっしてそんな……」

「もうやめなさいよ。そんな話」とバザーロフはさえぎった。「ぼくは帰ってくる途中、白樺林を見てうれしかったなあ。よく伸びましたね」

ワシーリイ・イワーノウィチは元気づいた。

「まあ見てくれ、庭がすてきになったぞ！　どの苗木もわしが自分で植えたんだ。果樹もあるし、苺《いちご》も、いろんな薬草もあるよ。ええ、あんたがたがどんなに頭をひねってみたところでだ、やはりパラケルスス（訳注　一四九三〜一五四一。スイスの医学者で化学者）のいったのは至言だよ、in herbis, verbis, et lapidibus《イン・ヘルビース・ウェルビース・エト・ラピディブス》（訳注　草と木と、石の中に）……わしは、おまえも知ってるように、臨床をやめてしまったが、週に二日ほどは昔とった杵柄《きねづか》をやらかさにゃならんのだよ。

相談に来られると――むげに追いかえすこともできんでな。よく、気の毒な連中が助けを求めに来るんだよ。それにここには医者が一人もおらんのだ。近所に一人、医者のまねごとをしてるのがいるが、それがおまえ、退役の少佐だ。その人は医学を習ったのかな？　と近所の連中にきいてみると、返事がふるってるじゃないか、いや、習ってはいない、どちらかといえば、博愛主義のためにやってなさるので、ときたよ……ははは、博愛主義のためだとよ！　ええ！　どうだい！　ははは！　ははは！」

「フェージカ！　パイプをつめてくれ！」とバザーロフはおこったようにいった。

「もう一人医者がいてな、病人のところへ行ったんだ」とワシーリイ・イワーノウィチはなんとなくなげやりぎみの調子でつづけた。「すると病人はもうad patres《アド・パトレース》（訳注　先祖のそばへ行ってしまった）。門番が、もう用はないから、と医者を家のなかへ入れてくれない。医者はそんなこととは思わなかったので、どぎまぎして『どうでした。旦那《だんな》は死ぬまえにしゃっくりをなさいましたか？』ときいた。『ええ、なさいました』――『そうですか、何度もなさいましたか？』――『ええ、何度も』――『なるほど、そうですか――それはけっこうでした』そういってもどっていったそうだ。ははは！」

老人はひとりで笑いだした。アルカージイは顔に微笑をつくった。バザーロフは伸びをしただけだった。話はこんな調子で一時間ほどつづいた。そのあいだにアルカージイは自分の部屋をのぞいてみた。浴室前の脱衣場を改造したものだったが、ひじょうに清潔で、居ごこちがよかった。やっと、タニューシャがはいってきて、食事の支度ができたことを告げた。

ワシーリイ・イワーノウィチがまっさきに立ちあがった。

「さあ、まいりましょう！　つまらん話でうんざりなさったでしょう。ひとつご勘弁ください。そのかわりきっと婆さんがわしよりもあんたがたを満足させてくれますよ」

食事は大急ぎでまにあわせたにしては、なかなか立派で、しかも豊富だった。ただ難をいえば酒がちょっと、俗にいう、いかれていた。チモフェーイチが町で知り合いの商人から買いこんだほとんど黒っぽいようなシェリー酒で、金気《かなけ》とも、松脂《まつやに》ともつかぬ臭《にお》いがした。それに蠅《はえ》も気になった。いつもは給仕の小僧が大きな緑の枝で追っぱらうのだが、今日は若い世代の側からの非難を恐れて、ワシーリイ・イワーノウィチが小僧を使いに出してしまったのである。アリーナ・ウラーシェヴナはちゃんと身づくろいまでして、絹のリボンのついた高い室内帽をかぶり、花模様のある空色のショールを肩にかけていた。彼女はだいじなエニューシャを見たとたんに、また涙顔になったが、今度は爺さんにたしなめられるまでにはいかなかった。ショールをよごしてはと、急いで自分で涙をふいたからだ。食べたのは若い二人だけだった。主人夫婦はもうとっくに食事をすましていた。フェージカははきなれぬ靴をしきりにもてあましながら給仕をし、勇ましい顔をした片眼の女がそれを手伝った。この女はアンフィスーシカという名まえで、家政婦と、鳥の飼育と、洗濯《せんたく》係の役をしていた。ワシーリイ・イワーノウィチは食事のあいだじゅう室内を歩きまわって、いかにも幸福そうなうっとりしたようすで、ナポレオンの政策やイタリア問題の紛糾にたいする自分の憂慮をせつせつと訴えた。アリーナ・ウラーシェヴナはアルカージイなど目にはいらぬようすで、ご馳走をすすめもしなかった。ふっくらした桜桃《さくらんぼ》色の唇と、両頰《りょうほお》と眉の上にある黒子《ほくろ》のために、いかにもおだやかそうに見えるまるい顔を、拳《こぶし》でささえたまま、彼女は息子から目をはなさないで、溜息《ためいき》ばかりついていた。どのくらいいてくれるのか、きいてみたくてたまらなかったが、きくのが恐ろしかった。〈二日だけなんていわれたらどうしよう〉こう思うと、胸が凍る思いだった。焼肉がすむと、ワシーリイ・イワーノウィチはちょっと姿を消したかと思うと、栓《せん》をぬいたシャンパンの小瓶をもってもどってきた。

「そら」と彼は叫んだ。「田舎には住んでいるが、おめでたいときにうかれる種はありますぞ！」彼は三つの大きな杯と小さなグラスにシャンパンをついで「たいせつなお客さんたち」の健康を祝してといいながら、軍隊式にひと息にのみほした。そしてアリーナ・ウラーシェヴナにもグラスを一滴のこさずあけさせた。食後のジャムが出る番になったとき、アルカージイは、甘いものが苦手だったが、しかし口あけの四種類のジャムをいちおう味わってみるのが義務だと思った。ましてバザーロフがそっけなくことわって、シガーに火をつけてしまったから、なおさらことわれなかった。つづいてクリーム入りの茶と、バターと、味つけパンが食卓に出された。それがおわるとワシーリイ・イワーノウィチは、美しい夕暮れを鑑賞するために、一同を庭へ案内した。ベンチのそばを通りしなに、彼はアルカージイにささやいた。

「わしはここで陽《ひ》の沈むのを見ながら、瞑想《めいそう》にふけるのが好きでしてな。それが世捨て人にはいかにも似あっとりますよ。それからあのすこしさきに、ホラティウス（注訳 前六五～前八。自然を愛したローマの詩人）の愛した木をすこし植えましたよ」

「そりゃなんの木です？」ききとがめて、バザーロフがきいた。

「きまってるじゃないか……アカシアだよ」

バザーロフは欠伸をはじめた。

「どうやら、旅人たちは夢神《モルペウス》に抱かれる時間がきたらしいな」とワシーリイ・イワーノウィチがいった。

「つまり寝る時間ですね」とバザーロフが受けた。「そのとおりですよ。たしかに、休む時間だ」

母にお休みをいいながら、彼はその額に接吻《せっぷん》した。母は彼を抱きしめて、背にまわした手で、そっと彼に三度十字を切ってやった。ワシーリイ・イワーノウィチはアルカージイを部屋まで送っていって、「わしも若い幸福な時分に味わいましたが、甘い安らかな夢を結んでください」とお休みの挨拶をのべた。じっさい、アルカージイは浴室の前の部屋で気持ちよく眠ることができた。室内は薄荷《はっか》の匂《にお》いがしたし、ペーチカのかげで二匹の蟋蟀《こおろぎ》が眠気を誘うようにかわるがわる鳴きかわしていた。ワシーリイ・イワーノウィチはアルカージイの部屋を出ると自分の書斎へ行って、ソファに横になっている息子の足もとに腰かけて、息子とひとしきり話しこもうとしたが、バザーロフは眠いからといって、すぐに追いかえしてしまった。そのくせ彼は朝まで寝つかれなかった。彼は目を大きく開いて、いまいましそうに闇《やみ》をにらんでいた。子供のころの思い出は彼をとらえる力がなかったし、それに彼はこのあいだの苦い印象からまだぬけきれずにいた。アリーナ・ウラーシェヴナはまず心ゆくまでお祈りをしてから、アンフィスーシカを相手にきりのないおしゃべりを楽しんでいた。アンフィスーシカは足に根がはえたみたいに、女主人の前につっ立って、一つしかない目をじっと相手にそそいだまま、神秘めいたひそひそ声で、エヴゲーニイ・ワシーリイチのことで気づいたことや思ったことをこまごまとしゃべっていた。老母は喜びと、酒と、煙草《たばこ》の煙とで頭がぼうっとなっていた。良人《おっと》はなにかしゃべりかけたが、あきれて手を振った。

アリーナ・ウラーシェヴナはロシアの古い時代の典型的な地主夫人だった。彼女は二百年ほどまえの古いモスクワ公国時代に生まれるべきだったのである。彼女はひどく信心ぶかい、感じやすい性質で、あらゆる前兆や、占いや、呪術《じゅじゅつ》や、夢などを信じていた。また巫子《みこ》や、家霊や、森の精や、不吉なめぐりあいや、祟《たた》りや、民間の薬草や、木曜日の塩*や、まもなく訪れるという世のおわりなどを信じた。また復活祭の終夜祈禱《きとう》式に蠟燭《ろうそく》の火が消えないと、蕎麦《そば》がよく実るとか、人の目に見られると茸《きのこ》がもうはえないとか、悪魔は水のあるところに住みたがるとか、ユダヤ人の胸には血のように真っ赤な痣《あざ》があるなどということも信じていた。鼠《ねずみ》や、蛇《へび》や、蛙《かえる》や、雀《すずめ》や、蛭《ひる》や、雷や、冷水や、透き間風や、馬や、羊や、赤毛の人や、黒い猫《ねこ》などをこわがり、蟋蟀と犬を魔性の生き物と考えていた。子牛の肉も、鳩《はと》も、海老《えび》も、チーズも、アスパラガスも、菊芋《きくいも》も、兎《うさぎ》も、そして切り口が洗礼者ヨハネの首を思いださせるからと、*西瓜《すいか》も食べなかった。牡蠣《かき》ときくと、ぞっと身ぶるいがした。食べることは好きだったが――精進はきびしく守った。一日に十時間ねむったが――ワシーリイ・イワーノウィチが頭痛を病むと、一睡もしないで看病した。『アレクシス、あるいは森の家』（訳注　フランスの作家デュクレー＝デュミニルのセンチメンタルな教訓小説）のほかは一冊の本も読まなかったし、手紙は一年に一度、多いときで二度しか書かなかった。ところが家事のことや、果物を干したり煮たりすることはよく知っていた、とはいっても、自分で手を出すことはほとんどなく、いったいにからだを動かすのがあまり好きでなかった。アリーナ・ウラーシェヴナは無類のお人よしで、しかも身についたかしこさがあり、けっしてばかではなかった。彼女は世の中には指図をするようにできている地主と、それに従うように生まれついている農民がいるのだ、と思いこんでいた。――だからぺこぺこ卑屈にされても、いやな顔をしなかった。ただ、下の者にはやさしく親切にしてやり、どんな物乞《ものご》いにもかならず恵んでやったし、けっしてだれをもとがめたことがなかった。もっともかげで悪口をいうことはあった。若いころはひじょうにかわいらしくて、ピアノもひいたし、フランス語もすこしはしゃべれたが、いやいや嫁がせられた良人と長年の放浪生活を送っているあいだに、すっかり太って、音楽もフランス語も忘れてしまった。彼女は息子を愛していたが、同時にいいようのないほど恐れていた。領地の管理はワシーリイ・イワーノウィチにまかせてしまって――もういっさい口出ししなかった。そして、爺さんがさしせまった改革のことや自分の計画などを説明しだすと、彼女はおどろいて、ハンカチを振ってはらいのけるような仕草をしながら、恐ろしさのあまり、眉《まゆ》をいよいよ高くつり上げるのだった。彼女は苦労性で、たえずなにか大きな不幸がくるような気がして、なにか悲しいことを思いだすと、すぐに涙ぐむのだった……このような女はいまはもういない。それを喜んでいいのかどうか――それは神のみぞ知るである!

21

アルカージイは寝台から起きあがって、窓をあけた――すると、まっさきに目についたのは、ワシーリイ・イワーノウィチの姿だった。中央アジアふうのだぶだぶの部屋着に手ふきをバンドがわりにして、老人は、せっせと野菜畑を耕していた。彼は若い客に気がつくと、鋤《すき》にもたれて、大声でいった。

「やあ、おはよう! よく眠れましたかな?」

「ええ、ぐっすり眠りました」とアルカージイは答えた。

「わしは、このとおり、古代ローマのキンキンナートゥス*みたいに、おそまきの蕪《かぶ》の畝《うね》つくりですよ。こういう時代になりましたよ――まあ、ありがたいことです！――各人が自分の手で自分の食べるものをつくらにゃならん、他人をあてにしちゃいかん、自分で労働せにゃならんというわけですよ。ジャン・ジャック・ルソー*が正しいってことになりましたな。三十分早かったら、あんたは、わしのまったくちがう一面を見られたところでしたよ。ある農婦が腹のつっぱりを訴えてきましてな――これは彼らのいうことで、わしらの用語では――赤痢ですがな、わしは……その、わかりやすくいえば……モルヒネをさしてやりましたよ、それからもう一人は、歯をぬいてやりました。これには麻酔をすすめたんだが……どうしてもききいれませんでな。これはみな gratis《グラーティース》（訳注 無料で）やってるんですよ――アナマチョール（訳注 しろうと療法）ってやつですわ。しかし、こんなことは平気ですよ、わしはもともと平民で、homo novus《ホモー・ノウス》（訳注 新しい人間）ですからな――うちの婆《ばあ》さんみたいに、古い家柄《いえがら》の出じゃないから……ときに、どうです、こちらの木陰にいらして、朝食まえに朝のさわやかな空気を吸いませんか？」

アルカージイはそちらへ出ていった。

「あらためて、よく来てくれましたな！」とワシーリイ・イワーノウィチは頭をつつんでいる脂《あぶら》でよごれたトルコ帽に、軍隊式に手をあてながらいった。「あんたがぜいたくに、みちたりた生活になれていることは、わしは知っとりますが、この世の偉人たちは、あばら家の屋根の下でわずかな時をすごすことをいといませんでしたぞ」

「とんでもない」とアルカージイはいいかえした。「ぼくがこの世のどんな偉人なんです！　それに、ぜいたくにもなれていませんよ」

「まあ、まあ」とワシーリイ・イワーノウィチはいんぎんな気どった顔をつくりながら、相手をおさえた。

「わしはいまでこそお蔵へ入れられてしまいましたが、これでもずいぶん世の波にもまれてきました――飛び方を見て鳥がわかりますよ。わしは独学の心理学者で、それに観相学者でしてな。この、わしの天分といいますか、これがなかったら、わしはとっくに破滅して、こんなちっぽけな人間は、跡形もなく消えていたことでしょうな。お世辞ぬきにいいますが、わしはあんたと倅《せがれ》の友情をみて、心底から感激しました。わしはさっきあいつに会いましたがな、あいつめ、例によって、これはおそらくあんたもご存じでしょうが、朝早くはね起きて、そこらじゅう歩きまわりに出かけましたよ。こんなことをうかがってなんですが、――うちのエヴゲーニイとはもう長いおつきあいですかな？」

「今年の冬からです」

「そうですか。では、もう一つうかがわせていただきますが、――ひとつ腰をおろそうじゃありませんか？――父として、腹をわっておうかがいしますが、あんたはうちのエヴゲーニイをどう思いますかな？」

「あなたのご子息は――ぼくがこれまで会ったもっともすぐれた人物の一人です」とアルカージイは元気よく答えた。

ワシーリイ・イワーノウィチの両眼はふいに大きく見ひらかれて、頬がかすかに染まった。鋤が手からすべりおちた。

「なるほど、あんたはそう思いますか」と彼はいいかけた……

「ぼくは確信します」とアルカージイはさえぎるようにいった。「偉大な未来が彼を待っています。彼はあなたの名まえに名誉をあたえるでしょう。ぼくははじめて会ったときからそれを確信しました」

「それは……それはどんなふうでした？」とワシーリイ・イワーノウィチはやっといった。感激の微笑が彼の幅ひろい唇《くちびる》をおしひろげて、もうそれは唇から消えなかった。

「ぼくたちがどんなふうに会ったかを、知りたいのですか？」

「ええ……まあざっと……」

アルカージイはオジンツォーワとマズルカを踊ったあの夜よりも、もっと熱をこめて、もっと夢中になって、バザーロフのことを語りはじめた。

ワシーリイ・イワーノウィチは、鼻をかんだり、ハンカチを両手でまるめたり、咳《せき》をしたり、髪をかきなでたりしながら、きいていたが——とうとう、がまんができなくなって、アルカージイのほうへからだを折りまげて、その肩先に唇をおしあてた。

「あんたはわしをすっかり幸福にしてくれました」と彼は相好《そうごう》をくずしたままでいった。「あんたに打ち明けますが、わしは……倅を尊敬しとるんです。婆さんのことはいいますまい、ありゃしかたがありません——母親ですものなあ！　だがわしは、あれの前で自分の気持ちをいえんのですよ。あれはそういうことがきらいですのでな。あれはだいたい感情をあらわすのがきらいなんですよ。だから多くの人が、気性がきつすぎるといって非難したり、傲慢《ごうまん》だとか、無情だとかいったりしますが、あれのような人間はふつうの物差しではかっちゃいかんのですよ。そうじゃありませんかな？　そうそう、たとえばですよ、だれかをあれの立場においたら、それこそ親からせびれるだけせびるでしょうな。ところがあれは、まさかと思うかもしれませんが、小さいときからよけいな金は一コペイカもとらなかったんですよ、ほんとです！」

「彼は欲のない、正直な男です」とアルカージイはみとめた。

「たしかに欲のない男ですよ。わしはな、アルカージイ・ニコラーイチさん、あれを熱愛してるばかりか、誇りに思っとるんですよ。わしの野心といえば、いずれあれの伝記にただこう書きこんでもらうことです。『彼の父は平凡な軍医であったが、つとに彼の才を見ぬき、その教育のためになにものも惜しまなかった……』とな」老人の声がとぎれた。

アルカージイは老人の手をにぎりしめた。

「どうでしょう」としばらくの無言ののちに、ワシーリイ・イワーノウィチはきいた。「あんたの予言しておられる名声を、あれが得るのは、医学の分野じゃないのですな?」

「もちろんです、医学の面じゃありません。もっともその方面でも一流にはなるでしょうが……」

「では、どんな方面です、アルカージイ・ニコラーイチさん?」

「それはいまはいえませんが、とにかく彼は有名になりますよ」

「有名になる!」と老人はくりかえして、物思いに沈んだ。

「アリーナ・ウラーシェヴナさまがお茶にいらっしゃるようにと申しておりました」と、アンフィスーシカが熟れた苺《いちご》を盛った大きな皿をもって、そばを通りしなに、こう声をかけた。

ワシーリイ・イワーノウィチはびくっとした。

「苺にかけるる冷たいクリームはあるかい？」

「ございます」

「そうか、冷たいのだぞ、いいな！　アルカージイ・ニコラーイチさん、遠慮なさらんと、たくさん召しあがってくださいよ。いったいどうしたのかな、エヴゲーニイは、えらくおそいが？」

「ここだよ」とアルカージイの部屋からバザーロフの声がきこえた。

ワシーリイ・イワーノウィチはあわててふりむいた。

「ははあ、友だちのようすを見ようと思ったんだな。おい、おそかったよ、amice《アミーケ》（訳注　わが親友）、わしたちはもうすっかり長話をしてしまったぞ。もうお茶に行かにゃ、母さんが呼んでいる。ちょうどいい、おまえとちょっと話したいんだが」

「なにを？」

「ここの農夫が一人、胆嚢炎《たんのうえん》にかかってな……」

「つまり黄疸《おうだん》ですね？」

「そうだ。慢性のひどくしつこいやつなんだ。矢車菊と弟切草《おとぎりそう》をせんじてやったり、人参《にんじん》を食わせたり、ソーダをやったりしてるんだが、こんなのは姑息薬《こそくやく》で、なにかもっと根本的な治療をしてやらんことには。おまえは医学を笑ってるが、それはそれとして、わしになにか適切な助言をしてくれるだろうな。でも、この話はまたにしよう。まあ、お茶に行こうじゃないか」

ワシーリイ・イワーノウィチは元気よくベンチから立ちあがって、『悪魔のロベール』（訳注　ジャコモ・マイアーベーアのオペラ）の一節をうたいだした。

掟《おきて》、掟、掟をわれに定めん

喜びに、喜びに生きんため！

「えらい元気だな！」と、バザーロフは窓からはなれながらいった。

真昼時になった。太陽はいちめんにひろがった白っぽい雲のうすい幕をすかして照りつけた。すべてが静まりかえっていた。村のほうで雄鶏《おんどり》が鳴きかわすばかりで、それがかえって聞く者に、眠気と倦怠《けんたい》の不思議な感じを誘うのだった。さらにどこかの高い木の枝で、大鷹《おおたか》の雛《ひな》が哀れみを請うような声でひっきりなしにピーピー鳴いていた。アルカージイとバザーロフは、かわいてかさかさ鳴るが、まだ青みののこっている、匂いの強い乾草《ほしくさ》をひとかかえずつ敷いて、あまり大きくない乾草の堆《やま》のかげに寝そべっていた。

「あの箱柳を見てると」とバザーロフが話しだした。「子供のころを思いだすなあ。あの箱柳は煉瓦《れんが》小舎《ごや》の跡の穴の縁《ふち》にはえてるんで、ぼくは当時あの穴と箱柳が特別の魔よけの力があると思いこんでいたものだ。あのそばで遊んでると、けっして退屈しなかった。そのころは子供だから退屈しないんだ、ということがわからなかった。いまはもう大人だ、魔よけの力も効果がないよ」

「ここで何年くらいすごしたの？」アルカージイはきいた。

「五年ほどだ。それから旅だ。うちは放浪生活だった。おもに町から町を歩きまわったよ」

「でも、この家はもう古いんだろう？」

「古いよ。お祖父《じい》さんが建てたんだ、母の父がさ」

「なんだったの、きみのお祖父さんて？」

「わかりゃしないよ。二等少佐だったそうだ。スヴォーロフ元帥《げんすい》の司令部にいたそうで、しょっちゅうアルプス越えの話ばかりしてたよ。嘘《うそ》にきまってるさ」

「それでか、客間にスヴォーロフ元帥の肖像がかかってたっけ。しかしぼくはこういう家が好きだな、古くて、暖かくて、一種独特の匂いがあって」

「燈明《とうみょう》の油と、壁土の匂いだよ」とバザーロフは欠伸《あくび》まじりにいった。「この暖かい家に蠅《はえ》の多いこと……ふん！」

「ねえ」とアルカージイはややあっていった。「きみは子供のころきびしくされなかった？」

「ごらんのとおりの、親父《おやじ》とおふくろだよ。きびしいほうじゃないね」

「両親を愛してる、エヴゲーニイ？」

「愛してるさ、アルカージイ」

「あのひとたちはきみをすごく愛してるよ！」

　バザーロフはしばらくだまっていた。

「わかるかい。ぼくがなにを考えてるか？」やがて、両手を頭の下にあてがいながら、バザーロフはいった。

「さあ。なんだい？」

「親父とおふくろは幸福だなあ！　って考えていたのさ。親父は六十にもなってせかせかと世話をやいて、姑息薬がどうのこうのといって、病人を治してやったり、農民たちに寛大なところをみせたりしている――なんのことはない、楽しんでるんだよ。おふくろもしあわせだよ。一日がいろんな仕事や、おどろきやら、溜息《ためいき》やらでびっしりつまっていて、われにかえるひまもないいんだ。ところがぼくは……」

「きみは？」

「こう思うんだ。ぼくはいまこうして乾草の堆《やま》の下に寝そべっている……ぼくが占めているこのせまい場所は、ぼくのいない、そしてぼくに用のない、他の空間に比べたら、なんというちっぽけなものだ。さらに時間の、ぼくの生きることのできる一部は、ぼくがいなかった、そしていないであろう永遠に比べたら、無にひとしい……そしてこの一原子のなかで、この数学的一点のなかで、血が循環し、脳髄がはたらき、やはりなにかを望んでいる……なんという醜さだ！　なんというばかげたことだ！」

「ちょっといわしてもらうが、きみのいってることは、人間一般にあてはまるんじゃないか……」

「そのとおりだ」バザーロフは間《ま》をおかずにいった。「ぼくがいいたかったのは、彼らは、つまり親父とおふくろだが、忙しくて、自分の無価値を気に病むひまがない。その臭《にお》いも、わからんのだ……ところがぼくは……ぼくは退屈と憎悪《ぞうお》しか感じないのだ」

「憎悪？　なぜ憎悪を？」

「なぜ？　なぜとは？　いったいきみは忘れたのか？」

「ぼくはなんでもおぼえてるよ。でもやはりぼくは、きみに憎悪する権利なんてみとめないな。きみは不幸だ。それはみとめる、が……」

「おい！　アルカージイ・ニコラーイチ、きみはどうやら、恋愛というものを、近ごろの若い連中とおなじように理解してるらしいな。トウ、トウ、トウ、と雌鶏《めんどり》を呼んでおきながら、雌鶏が近よってきはじめると、雲を霞《かすみ》と逃げだす！　ぼくはそんな連中とはちがうよ。でもこんな話はよそう、手をかしてやれないことを、とやかくいうのは恥だよ」彼は顔をそむけた。「えへっ！　蟻《あり》のやつ死にかけた蠅をひっぱってるぜ。ひけっ、そら、ひっぱれ！　蠅の抵抗なんか、かまうな、おまえは動物だから、同情心なんかみとめぬ権利をもってるんだ。それを利用しろ。ぼくらみたいに、自己破壊した人間とちがうんだ！」

「そりゃきみのいうことじゃないだろう、エヴゲーニイ！　きみがいつ自己を破壊したんだ？」

バザーロフはちょっと頭をあげた。

「ぼくはそれだけが誇りだ。自分で自分を破壊したことがないし、女になど破壊されてたまるか。アーメン！　これでおわりだ！　もうこれ以上口にしないぞ」

二人の友はしばらく無言のまま横になっていた。

「うん」とバザーロフがいいだした。「人間ておかしな存在だなあ。ここで親父たちが営んでいるような生活を、わきのほうから遠くはなれてながめると、これ以上のいい生活がないように思える。たらふく食べて、飲んで、もっとも正しい、もっとも賢明な方法で暮らしている、と思いこんでるんだ。ところがそうじゃない。ふさぎの虫という強敵がいる。人びととつきあいたくなる。憎まれ口をたたくのでもかまわない、とにかく人びとといっしょにいたくなるんだ」

「一瞬一瞬が意義があるように、生活は組織されるべきなんだよ」とアルカージイはしんみりといった。

「あたりまえさ！　意義のあることは、たとえまちがっていても、快いものだ。が、意義のないことも妥協はできる……ところがつまらぬごたごた……これがかなわんのだよ」

「ごたごたなんて人間にとって存在しないよ、そんなもの認めようとさえしなければね」

「ふむ……それはきみ裏返しの、、、、一般論だよ」

「なんだって？　きみはなにをそんな名称で呼ぶんだね？」

「つまりこうさ。たとえば、啓蒙《けいもう》は有益であるという。これは一般論だ。ところが、啓蒙は有害であるといえば、これが裏返しの一般論だよ。ちょっとしゃれているようだが、本質的にはおなじことさ」

「じゃ真理はどこにあるんだ。どっち側にあるんだ？」

「どこに？　ぼくは山彦《やまびこ》みたいにききかえすね、どこに？」

「きみは今日メランコリックな気分になってるよ、エヴゲーニイ」

「ほんとかい？　太陽に焼かれすぎたせいかな、それに苺もあんなに食べちゃよくない」

「そんなときはちょっと昼寝することだ」とアルカージイはいった。

「かもしれん。ただきみ見ないでくれな。だれでも眠ってるときは、ばかみたいな顔をしてるものだ」

「だって、きみはどう思われようと、平気じゃないのかい？」

「さあ、きみにどう説明したらいいかな。ほんとうの人間はそんなことに気をつかうべきじゃないのだ。人びとがその人のことをとやかく考えずに、ただ服従するか、憎悪するかしなければならぬ人間、それがほんとうの人間なんだよ」

「おかしいな！　ぼくはだれも憎まんよ」と、アルカージイはちょっと考えて、いった。

「ところがぼくは多いね、憎いやつが。きみは気がやさしく、どっちつかずだ、憎めるはずがないさ……きみはびくびくしていて、まるで自負心がない……」

「じゃきみは」とアルカージイはさえぎった。「自負心があるのかい？　自分を高く評価してるのかい？」

　バザーロフはしばらくだまっていた。

「ぼくに屈しないような人間に出会ったら」と彼は一語一語くぎりながらいった。「ぼくは自分についての意見を変えるよ。憎むんだ！　そう、たとえばだ、今日、村の長老のフィリップの家の前を通ったとき、きみはいったろう。――なんてきれいな家だ、白くて、農民が一人のこらずこんな家に住むようになれば、ロシアは完成されるんだ、ぼくらはみんなそうなるように助けてやらねばならんのだ、と、きみはいった……ところがぼくはそのどん底の農民、フィリップとかシドールとかが憎くてならんのだ。やつらのためにどれほど骨をおったところで、ありがとうひとついいやしない……それに、やつらにありがとうをいわれてもしようがないさ！　ふん、やつらが白い家に住むようになったら、ぼくのからだから山牛蒡《やまごぼう》がはえるだろうさ。そして、それからどうなるんだい？」

「もうたくさんだよ。エヴゲーニイ……今日のきみの話をきいてると、原理《プランシープ》がないといってきみを非難した人びとに、いやでも同意したくなるよ」

「きみはまるできみの伯父さんみたいなことをいうじゃないか。原理《プランシープ》などというものはどだいないんだ――きみはこんなことがまだわからなかったのか！　あるのは感覚だよ。すべてが感覚に支配されるんだ」

「どうして？」

「どうしてもこうしてもないさ。たとえばぼくだが、ぼくが否定的方向を維持してるのは——感覚のためだよ。ぼくには否定が楽しい、ぼくの頭脳はそんなふうにできてるんだ——それだけのことさ！　なぜぼくは化学が好きか？　なぜきみは林檎《りんご》が好きか？　これもやはり感覚のためだよ。みんなおんなじわけさ。人間てやつはそれより深くへはぜったいに達しないんだよ。だれもこんなことをきみにいいやしないさ。ぼくだってつぎにはもういわんだろうよ」

「じゃなんだい？　誠実も——感覚かい？」

「もちろんさ！」

「エヴゲーニイ！」とアルカージイは悲しそうな声でいいはじめた。

「あ？　なんだい？　趣味に合わんのかい？」とバザーロフはさえぎった。「だめだよ、きみも、すべてをなぎたおそうと決心したら——自分の足もはらわなきゃ！……でも、よそうや、すこしきみと哲学しすぎたよ。『自然は眠りの静けさを吹きおくる』と、プーシキンがいった」

「彼は一度もそんなことはいわなかったね」とアルカージイはいった。

「なに、いってなきゃそれでいいさ。詩人としてはこういうことができたろうし、いって当然だ。ついでだが、彼はたしか、軍隊に勤務してたな」

「プーシキンが軍人であったことは一度もないね！」

「おかしいね。だって彼の詩はいたるところに、戦え！　戦え！　ロシアの名誉のために！　とあるじゃないか」

「きみはなんて途方もないことを考えだすんだ！　そこまでいけば、きみ、もう中傷じゃないか」

「中傷？　えらいことになったじゃないか！　えっ、そんな言葉でぼくをおどかそうってのか！　どんな中傷をあびせかけたところで、その本人はその二十倍もわるいことをしてるんだよ」

「もう寝ようや！」とアルカージイはむかむかしながらいった。

「そう来なくちゃ」とバザーロフは答えた。

しかし、どちらも眠られなかった。ほとんど敵愾心《てきがいしん》とでもいえるような感情が二人の青年をとらえていた。五分もすると二人は目をあけて、たがいに相手を見やった。

「ごらん」とふいにアルカージイがいった。「楓《かえで》の枯れ葉が枝をはなれて、地面へ落ちてゆく。まるで蝶《ちょう》が舞ってるみたいだ。おかしいじゃないか？　もっとも悲しい死と──もっとも楽しい生が、そっくりだなんて」

「おいおい、アルカージイ・ニコラーイチ！」とバザーロフは叫んだ。「これだけはお願いだ。歯のうくようなことはいわんでくれ」

「ぼくはいいたいことをいってるんだよ。……そこまでいけば、きみ、もう専制主義じゃないか。ぼくの頭にある考えがうかんだ。それをどうして口に出しちゃいかんのだ？」

「じゃ、きくが、なぜぼくも自分の考えをいっちゃいかんのだい？　ぼくは、歯のうくようなことをいうのは──みっともない、と思うんだよ」

「じゃ、なにがみっともなくないんだ？　悪口かい？」

「おいおい、きみは、どうやら、伯父さんのあとを行くつもりらしいな。きみのその言葉をきいたら、あのばか、さぞ喜ぶだろうさ！」

「きみは、パーヴェル・ペトローウィチを、なんといった？」

「ばか、といったよ、それが当然だからな」

「それは、しかし、ひどいじゃないか！」とアルカージイは叫んだ。

「あは！　肉親の感情が動きだしたな」とバザーロフは平然といった。「ぼくの考察では、こいつは人間の心のなかにがっちりとくいついている。すべてを思いきろう、あらゆる偏見を捨てよう、と決意した人でも、たとえば、他人のハンカチを盗んだ弟を、泥棒《どろぼう》とみとめることは——とうてい忍びないんだ。それにじっさい、わたしの弟が、わたしのだよ——才人でないなんて……そんなことがありえようか、ってわけさ」

「ぼくのなかに動きだしたのはふつうの正義感だよ。肉親の感情ではけっしてないね」とアルカージイはむっとしていいかえした。「しかし、きみはこの感情がわからないんだから、きみにはこの感覚がないわけで、そうなると彼を批判する可能性もないわけだ」

「いいかえれば、アルカージイ・キルサーノフはぼくなどの理解できぬはるかに高いところにいる、というわけだ。ぼくはおとなしく頭をさげるよ。そしてだまるよ」

「もうたくさんだよ、エヴゲーニイ。これじゃ、けっきょく、口論になってしまうじゃないか」

「いいとも、アルカージイ！　いちど思いきり口論してみようじゃないか——頭がぼうっとなって、へとへとになるまで」

「でも、こんなことしてたら、しまいには……」

「つかみ合いかい？」バザーロフがさえぎった。「いいじゃないか！　この乾草の上で、世間と人の目から遠くはなれた、牧歌的な背景のなかで——かまうものか。だが、きみじゃぼくをどうにもできんな。ぼくはいきなりきみの喉頭《のどくび》をひっつかんで……」

バザーロフは長いごつごつした指をひろげた……アルカージイはむきなおって、ふざけ半分に、身がまえた……ところが友の顔があまりにも無気味に思われ、ゆがんだうす笑いと、ぎらぎら光る目にほんとうの憎悪が燃えているような気がして、おもわずたじろいだ……

「あ！　こんなところにもぐってたのか！」その瞬間に、ワシーリイ・イワーノウィチの声がひびいた。そして、手織りの麻の上着をきて、これも手製の麦藁《むぎわら》帽子を頭にのせた老軍医が二人の青年の前にあらわれた。

「ずいぶんさがしたぞ……しかしいい場所を選んで、いいことをしおるわ。『大地』に寝ころんで『天』をながめるか……ええ、これはまたおおいに意味のあることだよ！」

「ぼくが天を見るのは、くさめが出かかったときだけだな」とおもしろくもなさそうにつぶやくと、バザーロフはアルカージイのほうをむいて、小声でつけくわえた。「邪魔がはいって、残念だな」

「もういいよ」とアルカージイはささやいて、そっと友の手をにぎった。「だが、どんな友情だってこういう衝突には長くもたんよ」

「わしは、あんたがた若い者たちを見ていると」二人のひそやかなやりとりにかまわずに、ワシーリイ・イワーノウィチは頭を振りながら、握りにトルコ人の姿をきざんだ、うまくねじった手製の杖《つえ》に両手をついて、いった。「いくら見ても、見あきんよ。あんたがたはどれほどの力、花ざかりの若さ、能力、才能があふれていることか！　まったく……カストルとポルックス（訳注　ゼウスとレダのあいだに生まれた双生児）だよ！」

「おやおや、神話になったぞ！」とバザーロフはいった。「なるほど、若い時分はかなりのラテン語学者だったらしい！　たしか父さんは、作文で銀メダルをもらったんだったね、え？」

「ディオスクーロイ（訳注　カストルとポルックスの別名）だ、ディオスクーロイだよ！」とワシーリイ・イワーノウィチはくりかえした。

「もういいですよ、お父さん、そんなに甘やかさなくても」

「こんなときだ、一度ぐらいいいさ」と老人はつぶやいた。「だが、わしがあんたがたをさがしていたのは、あんたがたにお世辞をいうためなんかじゃないよ。それはな、第一に、まもなく食事だということを知らせるため。第二に、エヴゲーニイ、おまえにことわっておきたいことがあってな……おまえは利口な男で、人間というものを知っている。女も知っている。だから許してやってほしいのだが……母さんはおまえが帰って来たので祈禱会《きとう》をおこないたいといいだしたんだよ。勘ちがいしちゃこまるよ。わしはその祈禱に出てくれとおまえを呼びに来たんじゃない。もうおわってしまったよ。ただアレクセイ神父が……」

「神父？」

「うん、坊さんだよ。その坊さんが家で……食事をすることになったんだよ……わしはこんなこととは思わなかったし、べつにすすめもしなかったが……どういうものかこういうことになってしまった……わしの気持ちがわからなかったんだな……それに、アリーナ・ウラーシェヴナも……それにあの神父は村ではひじょうに立派な、ものわかりのいい人間だ」

「まさか、ぼくの分を食べてしまうわけじゃないでしょう？」とバザーロフはいった。

ワシーリイ・イワーノウィチは笑いだした。

「おまえは、なにをいいだすやら！」

「それ以上はぼくはなにも要求しませんよ。ぼくはだれと食べるのも平気です」

ワシーリイ・イワーノウィチは帽子をかぶりなおした。

「わしはそう信じてたよ」と老人はいった。「おまえはいっさいの偏見を超越してるとな。わしもな、もうこんな年寄りで、六十二年生きてきたが、やはり、そんなものはもっとらんぞ（ワシーリイ・イワーノウィチは、自分が祈禱を望んだとは、さすがにいえなかった……彼の信心ぶかさは妻以上だったのである）。で、アレクセイ神父はえらくおまえと近づきになりたがってな。まあごらん、おまえもきっと好きになるよ。神父はトランプをやることをべつにいやがりもせんし、それに……これはここだけの話だがな……パイプまでふかすんだよ」

「というと、なんです？　食後トランプ卓《づくえ》をかこんで、ぼくが神父をやっつけるってわけですか」

「へっへっへ、どうかな！　わからんぞ」

「なんです？　じゃ父さんもひとつ昔を思いだしますか？」とバザーロフはとくに意味ありげにいった。

ワシーリイ・イワーノウィチの青銅色の頰《ほお》がかすかに赤くなった。

「そういうことはいわんものだ。エヴゲーニイ……昔のことは、すぎたことだ。でも、わしはこの方の前で白状してもかまわんが、若い時分にその情熱をもっていたことは――たしかだよ。ただしその償いはたっぷりさせられたがな！　しかし、暑いなあ。ここへかけさせてもらっていいかね。邪魔じゃないかな？」

「ちっとも」とアルカージイは答えた。

ワシーリイ・イワーノウィチは、どっこいしょと乾草の堆《やま》の上に腰をおろした。「このあんたがたの寝床を見てると」と老人はいいだした。「わしの軍隊生活を思いだすよ、野営生活をな。包帯所も、やはりこんな乾草堆《やま》のそばだった。でも、それなどまだいいほうだ」彼は、ほっと溜息をついた。「ずいぶんいろんなことがあったよ。うん、こんなこともあったっけ。よろしかったら、ひとつベッサラビア（訳注　ウクライナ西境に接する地域。一八一二年までトルコ領、南部はルーマニア領、七八年以来ロシア領）であった恐ろしいペスト騒ぎの話をおきかせしようかな」

「それで、ウラジーミル勲章（訳注　ロシア陸軍の勲章の一つ）をもらったって、あれかい？」とバザーロフがいった。「知ってるよ、知ってるよ……でも、父さんはどうしてあの勲章をつけないんです？」

「だからいったじゃないか、わしは偏見はもっとらんと」とワシーリイ・イワーノウィチは不満そうにつぶやいて（彼は昨夜軍服から赤い略綬《りゃくじゅ》をはずさせたばかりだった）、ペストのエピソードを語りだした。「おや、あれは眠ったようですな」とふいに彼はバザーロフのほうを目でさしながら、人がよさそうに目くばせして、アルカージイにささやいた。「エヴゲーニイ！　起きなさい！」と彼は声を大きくしてつけくわえた。「食事に行こう……」

アレクセイ神父は、濃い髪をたんねんにとかし、うす紫の式服に刺繍《ししゅう》のある帯をしめた、かっぷくのいい立派な男で、ひどく如才のない、頭のよくまわる人間だった。彼は、二人が彼の祝福など受けようとしないことを、会わないさきから察していたらしく、自分のほうから急いでアルカージイとバザーロフの手をにぎった。そして終始いかにも自然な態度をたもっていた。そして自分のぼろも出さなかったし、他人を傷つけるようなこともいわなかった。しかし彼は、話のついでに神学校のラテン語を笑って、自分の上役の僧正を弁護した。葡萄酒《ぶどうしゅ》を二杯のんで、三杯めは遠慮した。アルカージイからシガーをもらったが、家へみやげにしますからといって、火はつけなかった。ただひとつあまり感じがよくなかったのは、顔の蠅《はえ》をとろうとして、たえずそろそろと注意ぶかく手を動かし、しかもときどきピシャリと蠅をつぶしたことだけだった。彼は満足の表情をほどよくあらわしながら緑色のトランプ卓《づくえ》について、けっきょくはバザーロフに紙幣で二ルーブリ五十コペイカ勝った。アリーナ・ウラーシェヴナの家では銀貨の計算がわからなかった*……彼女はやはり息子のそばにすわって（彼女はトランプはやらなかった）、やはり拳《こぶし》で頬をささえて、なにか新しい食べ物を出すように指図するときのほかは、席を立たなかった。彼女はバザーロフにやさしくするのがこわかったし、またバザーロフも彼女を元気づけて、やさしくさせるようなことをしなかった。くわえて、ワシーリイ・イワーノウィチまでが息子にあまり「うるさく」しないようにと彼女に注意して、「若い者はそういうことはあまり好かんからな」と念をおしていた（その日のご馳走《ちそう》がどんなであったかは、あらためていうまでもない。チモフェーイチは特別のチェルカッス牛（訳注　ウクライナのチェルカッス地方特産の牛）の肉をさがしに夜明けとともにとび出し、長老は長老で、ひげ（訳注　カワメンタイ）や鱸《すずき》や海老《えび》などの鮮魚類を買いに、反対方向へ馬をとばした。茸《きのこ》だけで銅貨で四十二コペイカもとられたのだった）。だが、ひたとバザーロフにすえられたアリーナ・ウラーシェヴナの目には、信服とやさしい愛情だけがあらわれていたのではなかった。そこには好奇心とあやぶみとまじりあった悲嘆もあったし、ひかえめな無言の叱責《しっせき》もこめられていた。

しかし、バザーロフはトランプに夢中で、母の目にどんな表情があらわれているか分析などをしているひまはなかった。彼はたまにしか母のほうをむかなかったし、むいてもちょっと口をきくだけだった。いちど彼は《つき》をよくするために母の手を請《こ》うた。彼女は息子のごつごつした大きな手のひらに自分のやわらかい手をそっとかさねた。

「どう」としばらくして、彼女はきいた。「ききめがあったかい？」

「かえってわるくなったよ」と彼はぞんざいなうす笑いをうかべて答えた。

「すこし冒険がすぎるようですな」とアレクセイ神父は気の毒そうにいって、美しい顎鬚《あごひげ》をなでた。

「ナポレオンの戦法ですよ。ナポレオンの」と、ワシーリイ・イワーノウィチは受けて、エースからいった。

「それが彼をセント・ヘレナ島*まで追いやったのですよ」アレクセイ神父はこういって、そのエースを切り札で切った。

「すぐりのジュースはほしくないかい、エニューシェチカ?」とアリーナ・ウラーシエヴナはきいた。

バザーロフは肩をすくめただけだった。

「だめだ」と彼はつぎの日、アルカージイにいった。「明日ここを発《た》つよ。退屈でくさくさする。研究をしたいが、ここではできない。またきみの村へ行くよ。きみの家に実験道具を残してきたからな。あそこならすくなくとも閉じこもれる。ここで親父《おやじ》のやつ、『わしの書斎をおまえに提供するよ——だれにも邪魔されずにすむからな』などと念をおしておきながら、本人が一歩もぼくからはなれやしない。それに鍵《かぎ》をかけてはいれないようにするのも、すこし酷だしな。おふくろにしたってそうだ。壁のかげで溜息《ためいき》をついてるのが、きこえるんだが、おふくろの前に出ると——なんにも話すことがないんだ」

「お母さんはひどくがっかりするだろうな」とアルカージイがいった。「それに、お父さんも」

「またもどってくるさ」

「いつ？」

「まあペテルブルグへ発つときだな」

「ぼくはきみのお母さんがかわいそうでならんよ」

「そりゃなぜだい？　おい、苺《いちご》をたくさんご馳走されたからとちがうか？」

アルカージイは目を伏せた。

「きみは自分のお母さんのことを知らないんだよ、エヴゲーニイ。きみのお母さんは立派な婦人であるばかりか、じつに利口な人だよ。ほんとうだ。今朝ぼくは三十分ほど話したんだが、じつに分別があるし、おもしろいよ」

「きっと、またぼくの話ばかりしたんだろうな」

「そればかりでもなかった」

「あるいは、きみははたから見るから、かえってよく見えるのかもしれん。女が三十分も話ができるとすれば、立派なものだ。だが、やはりぼくは発つよ」

「きみ、それをいいだすのは容易じゃないぞ。二人ともぼくらがまだ二週間はいるだろうというふうに見てるよ」

「容易じゃないさ。今日はよせばいいのに親父をからかっちゃったんだ。親父はこのあいだある作男に笞刑《ちけい》をいいわたしたんだが——それは当然すぎるほどなんだ。おい、おい、そんなおっかない目でぼくを見ないでくれよ——親父のしたことがいいことだというのは、そいつが盗《ぬす》っ人《と》で、途方もないのんだくれだからさ。ただ親父は、それがぼくに俗にいう聞きこみをされようとは、夢にも思わなかったんだな。親父のやつのうろたえた顔ったらなかったよ。それが今度はその倍も嘆かせることになるんだ……なあに、かまうものか！　じきに直るさ」

バザーロフは、「かまうものか！」といいはしたが——打ち明ける決意をするまでには、もう一日かかった。とうとう、書斎でもう別れるまぎわになってから、彼はわざとつくり欠伸《あくび》をしながらいった。

「そうそう……あぶなくお父さんにいい忘れるところだったよ……明日うちの馬をフエドートのところまで替え馬に出すようにいってくれませんか」

ワシーリイ・イワーノウィチはびっくりした。

「じゃ、キルサーノフさんがお帰りになるのかい？」

「そうです。ぼくもいっしょに行きます」

ワシーリイ・イワーノウィチは、その場に腰をぬかした。

「おまえも行くって？」

「うん……用があるんだよ。どうか、馬の手配をいいつけてください」

「いいとも……」老人はこわばった舌でいった。「替え馬をな……いいとも……ただ……ただ……どうして急に？」

「彼のところへちょっと行ってこなくちゃならんのです。そのあとでまたもどってきますから」

「そうか！　ちょっとのあいだな……いいとも」

ワシーリイ・イワーノウィチは、ハンカチをとり出して、ほとんど床板《ゆかいた》につきそうにかがみこんで、鼻をかんだ。

「いいとも、馬は……いっとくよ。わしは、おまえがここに……もうしばらくいてくれると、思ったよ。三日か……これは……これは、三年のあとじゃ少なすぎるぞ。少なすぎるぞ、エヴゲーニイ！」

「だからいってるじゃありませんか、すぐもどるって。行かなくちゃならん用があるんですよ」

「用があるか……しかたがないさ。義務を果たすのが、さきだ……じゃ馬を支度するんだな？　いいとも。わしも、むろんアリーナも、思いがけなかったよ。あれはさっき近所へ花をもらいに行ったよ。おまえの部屋をかざろうと思ってな（ワシーリイ・イワーノウィチは、毎朝まだ暗いうちに、素足に上靴《うわぐつ》をつっかけて、チモフェーイチと相談し、くしゃくしゃの紙幣をふるえる指で一枚一枚かぞえながら、とくに食料と、気がついたかぎりでは、若い二人にひどく気に入られたらしい赤葡萄酒は忘れずに、いろんな買物をたのんだものだったが、そのことはもう口に出さなかった）。要は――自由だよ。これがわしの主義だ……束縛はいかん……束縛は……」

彼はふいに口をつぐんで、ドアのほうへ歩きだした。

「すぐまた会えますよ、父さん、ほんとですよ」

しかしワシーリイ・イワーノウィチはふりかえりもせずに、ただ片手を振っただけで、出ていった。寝間へもどると、妻はもう寝床にはいっていた。彼は妻を起こさないように、ひそひそ声で祈りをつぶやきはじめた。だが、妻は目をさました。

「あなたですの、ワシーリイ・イワーノウィチ？」と彼女はきいた。

「わしだよ、母さん」

「エニューシャのところから？　ねえ、わたし心配なのよ。あの子はソファでゆっくり眠れるかしら？　あなたの行軍用のマットと新しい枕《まくら》をもって行ってやるように、アンフィスーシカにはいっておきましたけど、わたしたちの羽根蒲団《はねぶとん》をやればいいんだけど、でも、あの子はやわらかい蒲団がきらいでしょ」

「いいんだよ。母さん、心配しなくとも。あれは喜んでたよ。主よ、罪ふかきわれらをあわれみたまえ」彼は小声で祈りをつづけた。ワシーリイ・イワーノウィチは老妻がかわいそうだった。どんな悲しみが待ちうけているかを、寝るまえに彼女にいう気にはなれなかった。

バザーロフとアルカージイは翌日出発した。朝から家じゅうが沈みきっていた。アンフィスーシカは皿をとり落とした。フェージカでさえけげんな顔をして、けっきょくは靴をぬいでしまった。ワシーリイ・イワーノウィチはいつになく忙しそうにしていた。彼はいかにも元気そうに、大声でしゃべったり、足音をことさらにたてたりしていたが、顔がすっかりやつれて、目はたえず息子をさけるようにしていた。アリーナ・ウラーシェヴナはそっと泣いていた。もし良人《おっと》が朝はやくまるまる二時間もなぐさめてくれなかったら、彼女はすっかり取り乱して、とても自分をおさえきれなかったにちがいない。バザーロフがひと月以内にはぜったいにもどるという約束を何度となくかわしたのち、しがみついてはなさぬ手をやっと振りきって、旅行馬車に乗りこんだとき、馬が動きだし、鈴が鳴りはじめ、そして車輪がゴトリとまわりだしたとき——そしてもうなにも見えなくなり、土埃《つちぼこり》が沈み、チモフェーイチがすっかり背をまるめて、よろめきながら、自分の小部屋へふらふらもどっていったとき、そして老夫婦が、これも急にちぢこまってしぼんでしまったような家のなかに、二人だけさびしくとりのこされたとき——ついさっきまで玄関に立って元気にハンカチを振っていたワシーリイ・イワーノウィチは、ぐったりと椅子《いす》に腰をおろして、ふかぶかと、頭をたれた。「すてて行った。わしらをすてて行った」と、彼はつぶやいた。「すてて行ってしまった。わしらといっしょにいるのが、退屈になったんだ。一人ぼっちだ、この指のように、一人ぼっちになってしまった！」と彼は何度かくりかえしつぶやいた。そしてそのたびに人差し指をたてた手を前につきだした。するとアリーナ・ウラーシエヴナがそばへ寄って、その白い頭を彼の白い頭におしつけるようにして、いった。「しかたがありませんよ。ワーシャ！　子供は——切りはなされたパンみたいなものですもの。あの子は、鷹《たか》とおなじですよ。来たくなれば——飛んでくるし、いやになれば——飛びさってしまう。ところがわたしとあなたは、木の洞《うろ》にはえた茸《きのこ》みたいに、ならんですわったきり、どこへ行こうともしない。わたしだけはいつまでも変わらずにあなたのそばにいますよ。あなたもわたしのそばにいてくださるわね」

ワシーリイ・イワーノウィチは、顔から両手をはなして、自分の妻を、生涯《しょうがい》の友を、若いころにもなかったほど、かたくかたく抱きしめた。彼女は悲しみに沈んでいる彼をなぐさめてくれたのである。

22

二人の友はまれに二言三言、無意味な言葉をかわすだけで、だまりこくったままフェドートの宿まで着いた。バザーロフはなんとなく自分が不満だった。アルカージイはバザーロフの態度に不満だった。それに彼は若い人だけが知っている、あの理由のない憂愁を心に感じていた。馭者《ぎょしゃ》は馬をつけかえると、馭者台にのぼって、きいた。

「右かね、左かね?」

アルカージイはびくっとした。右は町をへて家へ通じる道だったし、左はオジンツォーワの屋敷へ行く道だった。

彼はちらとバザーロフを見た。

「エヴゲーニイ」と彼はきいた。「左にするか?」

バザーロフはそっぽをむいた。

「そんなばかな！」

「ばかなことは、わかってるよ」とアルカージイは答えた。「でも、なにがわるいんだ？　おたがいになにも初めてじゃあるまいし！」

　バザーロフは帽子をぐいと深くおろした。

「好きなようにしたまえ」と、ついに彼はおれた。

「左だ！」とアルカージイは叫んだ。

　旅行馬車はニコーリスコエ村を目ざして走りだした。だが、ばかな、ことを決意すると、二人はいままでよりもいっそう口がしぶくなって、おこったような顔になった。

　オジンツォーワの家の玄関で、迎えに出てきた家令を見ただけで、二人はふと思いついた気まぐれに誘われてとった行動が、無思慮にすぎたことに気がついた。明らかに、二人の来訪は意外だったらしい。二人はかなり長いこと、いかにもまのぬけた顔をして、客間に待たされた。やっとオジンツォーワが出てきた。彼女はいつもと変わらずに愛想よく迎えたが、早くもどってきたことにおどろいていた。そしてその動作や言葉の緩慢な調子から判断されるかぎりでは、この来訪をあまり喜んでいないようすだった。二人は、途中でちょっと立ち寄っただけで、四時間ほどで町へ出発することを、あわてて説明した。彼女は軽いおどろきをあらわしただけで、お父上にくれぐれもよろしく伝えてくれるようにとアルカージイにたのみ、さっそく例の伯母を迎えにやった。公爵令嬢《こうしゃく》はひどいねぼけ顔で出てきたので、皺《しわ》だらけのしなびた顔がますます意地わるく見えた。カーチャはからだのぐあいがわるく、自分の部屋から出てこなかった。アルカージイはふいに、自分がすくなくともアンナ・セルゲーエヴナに会いたいと同程度にカーチャにも会いたい気持ちがあったことを、感じた。あれやこれやの無意味な雑談のうちに四時間がすぎた。アンナ・セルゲーエヴナはきいているときも、話しているときも、笑顔を見せなかった。いよいよ別れるときになってはじめて、このまえの親密さがかすかに心のなかに動いたようだった。

「わたし今日、気がめいってますの」と彼女はいった。「でも、こんなこと気になさらないで、またいらしてくださいね。これは、もうすこしたったら、お二人にお話ししますわ」

バザーロフも、アルカージイも、無言の会釈《えしゃく》でそれに答えて、旅行馬車にのりこむと、もうどこにも寄らずに、まっすぐにマリーノ村の家へむかった。そしてあくる日の夕暮れ、ぶじに家に着いた。そのあいだじゅう二人はオジンツォーワの名前すら口にしなかった。とくにバザーロフはほとんど口を開かずに、思いつめたようなけわしい表情をして、道路をそれたわきのほうへじっと目をやったままだった。

マリーノ村ではみな大喜びで二人を迎えた。あまり長いあいだ息子がもどらないので、ニコライ・ペトローウィチはそろそろ心配になりかけていたところだった。フェーニチカが目を輝かして駆けこんできて、《若旦那方《わかだんな》》の到着を告げたとき、彼はわっと喚声をあげて、ソファの上でおどりあがった。パーヴェル・ペトローウィチまでがいくらかの快い興奮をおぼえて、鷹揚《おうよう》な微笑をうかべながら、もどってきた放浪者たちの手をにぎりしめた。さっそく世間話や質問がはじまった。おもにアルカージイが話した。夜ふけまでつづいた夕食の席では、とくにそうであった。ニコライ・ペトローウィチはモスクワからとり寄せたばかりの黒ビールを何本かぬかせて、自分も頬が真っ赤になるほど飲んだ。そしてのべつ子供っぽいとも、神経質ともつかぬ、妙な笑い声をたてっぱなしだった。みんなのはしゃいだ気分が召使たちにもひろまった。ドゥニャーシャは尻《しり》に火がついたようにパタパタ走りまわって、ひっきりなしにドアをバタンバタンさせた。ピョートルは夜の二時すぎになっても、まだギターでコサックワルツをひくといってきかなかった。じっと動かぬ夜気のなかに、訴えるような快い音色《ねいろ》が流れた、が、はじめの短い装飾部分をのぞいて、この教養ある下男の演奏は音にならなかった。自然が、他のあらゆる才能とおなじように、音楽的才能をも、彼に与えてくれなかったのである。

ところで、マリーノ村の生活はあまりはかばかしくなくて、かわいそうにニコライ・ペトローウィチは苦しい立場に追いこまれていた。農場の心配が日ましに大きくなった。それは喜びのない、無意味な気苦労だった。作男たちとのごたごたは、たえられぬほどになった。賃金の清算や値上げを要求する者もあるし、前借りをふみたおして逃亡する者もあるという始末だった。馬は病気をするし、馬具はまたたくまにぼろぼろになってしまった。仕事はぞんざいになった。モスクワからとりよせた打穀機は重くて役にたたなかった。もう一台は一ぺん使ったきりでこわれてしまった。家畜小舎《ごや》は半分火事で焼けおちた。これは目の見えない召使の老婆《ろうば》が自分の雌牛に燻《いぶ》しをかける（訳注　乳の出をよくするといわれている迷信）ために、風の吹く日に燃えさしをもって行ったためだった……もっとも、その老婆にいわせると、こうした災難がおこったのはみんな、旦那が、きいたこともないようなチーズやバターなどをつくろうという考えをおこしたからだというのである。管理人は急にずぼらになって、おまけにぶくぶく太りだした。ロシア人というものは食う物に不自由しなくなると、みな太りだすものだ。彼は遠くからニコライ・ペトローウィチを見かけると、精励ぶりを見てもらうために、そばを駆けぬけた子豚に木片《きぎれ》を投げつけたり、裸虫のような子供たちをしかりつけたりしたが、たいていはごろごろ寝てばかりいた。年貢《ねんぐ》制にされた農民たちは期限に金をおさめないで、森の木を盗んだ。ほとんど毎晩のように番人が、《農場》の牧場《まきば》で農民たちの馬をとらえた。そして力ずくで馬をとりあげることがしょっちゅうだった。ニコライ・ペトローウィチは牧場荒らしに賠償金を定めたが、たいていは馬が一日か二日、農場の飼料をただ食いして、持ち主のところへ逃げかえってしまうのがおちだった。あげくの果てに、農民たちが仲間喧嘩《げんか》をやりだした。女房たちが一つ家に住むのがいやだといいだして、兄弟が財産の分割を要求した。突然つかみ合いの喧嘩がもちあがり、まわりじゅうがまるで号令をかけられたみたいに、わっと立ちあがって、農場事務所の入り口におしかけた。酒に酔って、傷だらけの顔のまま、旦那の前につめよって、裁きと制裁を要求することがしょっちゅうだった。ワアワアという騒ぎや、ほえるような泣き声や、男どものどなり声にまじりあった女どもの悲鳴がおこった。どうせ正しい解決にもってゆくことはできないと知りながらも、ニコライ・ペトローウィチは双方のいい分をきいて、自分も声がかれるまでどならなければならなかった。収《と》穫《いれ》のときには人手が足りなかった。近所の小地主がいかにも親切ぶった顔をして、一町歩二ルーブリで刈り手を世話すると約束して、もっとも恥知らずなやり方でだました。自分のところの女どもまで途方もない値段をふっかけてくるし、そうこうしているうちに麦の穂がはじけてしまうし、いっぽうでは草刈りが間にあわないし、そこへ後見会議院*が早急に利息を支払え、滞納は許さぬときびしい督促をかけてくる。「もう力がつきたよ！」とニコライ・ペトローウィチがやけになって叫んだことが、一度や二度でなかった。「自分で喧嘩するわけにもいかんし、巡査を呼びにやるのは――主義が許さん。しかし罰でおどさなければ、なにひとつできやしないのだ！」「Du calme, du calme.《デュ・カルム　デュ・カルム》（訳注　まあ、おちつきなさい、おちつきなさい）」と、パーヴェル・ペトローウィチはなだめるが、そういう自分もうなるだけで、むずかしい顔をして、口髭《くちひげ》をなでるばかりだった。

バザーロフはこうした《騒ぎ》からはなれていた。それに客であるから、他人の問題に口を出すのもぐあいがわるかった。彼はマリーノ村に着いた翌日から、さっそく蛙《かえる》や滴虫類（訳注　微生物で珪藻土の主成分をなす）や、化学成分などの研究にとりかかって、一日じゅうそれにかかりきっていた。アルカージイは反対に、実際にはなにもしないまでも、すくなくとも父を助けようとする素振りぐらいは見せることを、息子の義務と考えていた。彼は辛抱強く父のぐちをきいてやり、一度などはある助言を与えたほどだった。それも、なにもそれを実行してもらいたいためというのではなく、ただ自分も協力しているのだということを見せたいだけだった。農場経営がべつにいやではなかった。むしろ彼は喜んで農場技師としての活動を空想したほどだったが、そのころ彼の頭には別な考えが芽ばえかけていたのである。アルカージイは、われながらあきれたほど、たえずニコーリスコエ村のことばかり考えていた。もしだれかが、バザーロフと一つ屋根の下に、それも自分の生家に暮らしながら、やはり退屈することもあるんだね、などと彼にいったら、以前の彼だったらただ肩をすくめるだけだったろう。ところがいまの彼はたしかに退屈していた。そして外へばかり心をひかれていた。彼はくたくたになるまで歩きまわってみたが、なんの救いにもならなかった。ある日父と話しているうちに、彼は昔オジンツォーワの母が彼の亡《な》き母に送ったかなり興味ある手紙が、何通か父のもとに保存されてあることを知った。そこで彼はうるさくねだって、とうとうその手紙をわたすことを父に承諾させた。ニコライ・ペトローウィチはしかたなしに二十ばかりの箱や長持をひっかきまわしてその手紙をさがしだした。これらのすっかり変色してしまった手紙を手に入れると、アルカージイはまるですすむべき目的が見つかったように、おちついた気持ちになったらしかった。「これは、もうすこしたったら、お二人にお話ししますわ、とあのひとがいいそえたっけ」と彼は何度もつぶやいた。「行こう、行こう、かまうものか！」ところが、このあいだの訪問、冷たいあつかい、ばつのわるさを思いだすと、おじけづいてしまうのだった。若さの《運まかせ》と、自分の幸福をさぐりたいひそかな熱望と、だれの助けもかりずにひとりで自分の力をためしたいというねがいが——ついに勝ちを制した。マリーノ村へもどってからまだ十日もたたないうちに、日曜学校の機構を研究するという口実で、彼は町へ馬車を走らせ、そこからニコーリスコエ村へむかっていた。まるで若い士官が戦場へ駆けつけるように、彼はたえず馭者をせきたてた。恐ろしい気持ちもあったし、楽しくもあり、いらだちで息もつまりそうだった。〈要は——なにも考えぬことだ〉と彼は何度も自分にいいきかせた。いいぐあいに威勢のいい馭者があたった。居酒屋があると馬をとめて、「一杯ひっかけるかね？」とか、「どうだね、一杯やらかしちゃ？」と声をかけたが——そのかわり一杯をはずむと、もう容赦なく馬に鞭《むち》をくれた。そら、もう橋桁《はしげた》が蹄《ひづめ》と車輪の下でカラカラ鳴り、刈りこまれた樅《もみ》の並木がせまってきた……薔薇《ばら》色の女の衣装が濃い緑のなかにちらちら見えた。わかわかしい顔がパラソルの軽やかな房のかげからのぞいた……彼はそれがカーチャだと気づいた。彼女も彼に気づいた。アルカージイは馭者に、はやる馬をとめさせ、馬車からとびおりると、カーチャのほうへ駆けよった。「まあ、あなたでしたの？」と彼女はいって、さっと顔を赤らめた。「お姉さまのところへまいりましょう。そこの、庭におりますわ。きっと喜びますわよ」

カーチャはアルカージイを庭へ案内した。彼女と会ったことがとくに彼には幸福な前兆のように思われた。彼はまるで自分の妹に会ったように喜んだ。なにもかも実にうまくはこんだ。家令とか、報告とか、わずらわしいことがなくてすんだ。小径《こみち》を曲がると、アンナ・セルゲーエヴナの姿が見えた。彼女はこちらへ背をむけて立っていた。足音をきいて、彼女はゆっくりふりむいた。

アルカージイはまたどぎまぎしかけたが、彼女の最初の言葉に、すぐおちつきをとりもどした。

「あら、いらっしゃい、脱走兵さん！」と彼女はいつものおだやかなやさしい声でいうと、太陽と風に目を細めて、にこにこ笑いながら、彼のほうへ寄ってきた。「どこでお会いしたの、カーチャ？」

「ぼく、アンナ・セルゲーエヴナさん」と彼はいった。「あなたに、まったく思いがけないものをもって来たんです」

「あなたはご自分をもってらした。それがいちばんいいものよ」

23

バザーロフは、あざけるような哀れみの色をうかべてアルカージイを見おくり、この旅行のほんとうの目的についてはぜったいにだまされぬことを、相手にさとらせると、完全に自室に閉じこもってしまった。彼は仕事の熱情にとりつかれていた。彼はパーヴェル・ペトローウィチともう口論をしなかった。ましてあちらが彼の前では、ことさらに貴族的な態度をとり、自分の意見を言葉でよりもむしろ音声で表現したから、なおさら議論にはならなかった。一度だけパーヴェル・ペトローウィチが、当時流行のバルト海沿岸のドイツ人地主の権利についての問題をもち出して、ニヒリストと一戦まじえようとしかけたことがあったが、ふいに自分のほうから中止して、冷たくとりすましていった。

「だが、わたしたちはたがいに理解しあうことができません。すくなくともわたしは残念ながらあなたを理解できませんからな」

「もちろんです！」とバザーロフは叫んだ。「人間はなんでも理解できるものです――エーテルがどんなふうにふるえるかとか、太陽の面でなにがおこっているかなどということまで。ところが、どうしてほかの人が自分とちがう鼻のかみ方ができるか、そういうことになると理解ができなくなるのです」

「なんです、そりゃ皮肉ですか？」パーヴェル・ペトローウィチは不審そうにこういすてると、向うへ行ってしまった。

それでも、彼はときどきバザーロフの許可を得て実験をのぞかせてもらった。一度などは、ぜいたくな薬用石鹸《せっけん》でみがきたてて、たっぷり香水をふりかけた顔を顕微鏡に近づけて、透明の滴虫類が緑色の小さな水藓《みずごけ》のようなものをのみこみ、喉《のど》のなかにあるひどく早く動く小さな刷毛《はけ》みたいなもので、またたくまにかみつぶしてしまうのをのぞいたこともあった。その兄よりもはるかに足しげくバザーロフの部屋をたずねたのは、ニコライ・ペトローウィチだった。彼は経営のごたごたに時間をうばわれなかったら、彼のいう《勉強》のために、毎日でも入りびたりたい気持ちだった。彼は若い自然科学者を邪魔しなかった。どこか片隅《かたすみ》にすわって、じっと注意ぶかく見まもっているだけで、ごくまれに思いきって慎重な質問をするだけだった。昼食や夕食のときも、彼はつとめて話題を物理学か、地質学か、化学にもってゆくようにした。ほかのどんな問題も、政治はむろんのこと、経営の話でも、衝突ではないまでも、おたがいに気まずい思いをするようになる恐れがあったからである。ニコライ・ペトローウィチは、バザーロフにたいする兄の憎悪《ぞうお》がすこしもやわらいでいないことを察していた。さまざまなことがあったなかで、ほんのつまらない出来事が、彼のこの推察を裏書きした。コレラが周辺のあちこちに出はじめて、マリーノ村からも二人の農民がひきぬかれた。ある夜パーヴェル・ペトローウィチがかなりはげしい発作をおこし、朝まで苦しみとおしたが、バザーロフを呼びにやらなかった。そして翌朝顔を合わせたとき、「どうして起こしてくれなかったのです？」というバザーロフの問いに、まだ顔色はまっさおだが、もうたんねんに髪をとかし、髯《ひげ》をそった顔で、「だってあなたは、ご自分でおっしゃったじゃありませんか、医学は、信じないって」と答えたのだった。こんなふうにして日がすぎていった。バザーロフは気むずかしい顔をして、根気よく仕事をつづけていた……しかしそのようななかでも、ニコライ・ペトローウィチの家のなかに、彼が心を許したというのではないが、好んで話しあった人間が一人いた……それはフェーニチカだった。

彼はたいてい朝はやく、庭園か裏庭で彼女に出あった。彼女の部屋へは寄ったことがなかったし、彼女も彼の部屋の戸口に近づいたのは、ミーチャに湯を使わしていいかどうかと、聞きに行った一度だけだった。彼女は彼を信頼しきっていて、べつにこわがらなかっただけでなく、彼といると、主人のニコライ・ペトローウィチといるときよりも、伸びやかな、なれなれしい態度をとることができた。どうしてこういうことになったのか、口でいうことはむずかしいが、あるいは、貴族的なもの、つまり人の心をひきつけ、そしておびえさせる、貴族的な上品さがバザーロフにないことを、無意識に感じとったせいであろうか。彼女の目から見れば、彼はすばらしい医者であり、気のおけない人間であった。彼女は彼がいてもすこしも気がねなく、赤ん坊の世話をやいたし、一度など、急にめまいがして、頭が痛んだとき――彼に匙《さじ》で薬をのませてもらったほどだった。ニコライ・ペトローウィチがいると、彼女はなんとなくバザーロフをさけるようにした。これはずるさからではなく、一つの礼儀の気持ちからであった。パーヴェル・ペトローウィチを彼女はまえよりもいっそう恐れるようになった。彼はいつとなく彼女を監視するようになり、まるで地中からわいたようにふいに彼女の背後にあらわれて、背広のポケットに両手をつっこんで、じっと動かぬするどい顔をしてつっ立っていることがあった。「ほんとにぞうっとするわよ」とフェーニチカはドゥニャーシャにこぼした。ところがドゥニャーシャは、それにほっと溜息《ためいき》をかえしただけで、別な《無情な》男のことを考えていた。バザーロフは自分ではつゆ知らずに、彼女の心の苛酷な暴君になっていたのである。

フェーニチカはバザーロフが好きになった。バザーロフも彼女に好感をもった。バザーロフは、彼女と話をしていると顔まで変わって、明るい、善良そうな表情になり、いつものぞんざいさに、どことなくこっけいな思いやりがまじりあった。フェーニチカは日ましに美しくなった。若い女の生活には、夏の薔薇のように、とつぜん花を開いて、美しく咲きにおう一時期があるものだが、フェーニチカにもその時期が来たのである。なにもかもが、おりからの七月の暑さまでが、その開花を助けた。彼女は軽やかな白い衣装をつけて、自分でもひときわ白く、身軽になったような気がした。日焼けも彼女につきまとわず、どうにも防ぎようのない暑さも、彼女の頬《ほお》と耳をほんのりと染めただけで、全身に静かなけだるさをそそぎかけ、きれいな目に眠そうな甘い疲れをうつした。彼女はほとんど仕事ができず、両手がじきに膝《ひざ》の上にすべりおちた。歩くのもやっとで、たえず溜息をついては、おもわず微笑みたくなるような、たよりないようすでこぼしてばかりいた。

「おまえ、もっと水をあびたらいいのに」ニコライ・ペトローウィチはいった。

彼はまだ水のかれきっていない池の一つを、すっかり仕切って、大きな水浴場をつくっていた。

「ああ、ニコライ・ペトローウィチさま！　だって池に行きつくまでに――死んでしまいますし、家へもどってくるまでに――また死んでしまいますよ。庭に日陰がないんですもの」

「ほんとだ。日陰がないな」とニコライ・ペトローウィチは答えて、眉《まゆ》をこすった。

ある朝、七時まえに、バザーロフは散歩からもどってくると、もうとうに花は散ってしまったが、緑の葉が濃く茂っているリラの園亭《あずまや》に、フェーニチカの姿を見かけた。

彼女はいつものように白いプラトークで頭をつつんで、ベンチに腰をかけていた。そのそばにまだ朝露にぬれたままの赤い薔薇や白い薔薇の大きな束がおいてあった。彼は、お早うと声をかけた。

「あら！　エヴゲーニイ・ワシーリイチさん！」といって、彼女はプラトークのはしをちょいともたげて、彼を見た。腕が肘《ひじ》のへんまであらわになった。

「ここでなにをしてたんです？」とバザーロフはならんで腰をかけながら、いった。

「花束をつくってるの？」

「ええ、朝の食卓にと思って。ニコライ・ペトローウィチさまはこれが大好きですので」

「でも食事までは、まだだいぶ間《ま》があるでしょう。ほう、ずいぶん摘みましたね！」

「みんないま摘みましたのよ。暑くなりますと、出るのがおっくうですから。いまのうちだけですわ、息がつけるのは。この暑さで、すっかり弱ってしまいました。わたし心配ですわ、病気になりはしないかしら？」

「おやおや、そりゃたいへんだ！　どれ、脈をみせてごらん」バザーロフは彼女の手をとって、なだらかに脈を打っている血管をさぐったが、べつに脈をかぞえようともしなかった。「百年は生きられますよ」と、彼は手をはなしながら、いった。

「まあ、いやだわ！」と彼女は大きな声を出した。

「どうして？　じゃ、長生きしたくないの？」

「だって、百年なんて！　うちに八十五になるおばあさんがいましたけど――そりゃもうたいへんな苦しみようでしたわ！　真っ黒になって、耳がきこえなくて、背が曲がって、咳《せき》ばかりして。苦しみだけ。あんな生活ってあるかしら！」

「じゃ、若いほうがいいんだね？」

「きまってるじゃありませんか！」

「ほう、いったいどこがいいんだろうね？　教えてくれない？」

「どこがって？　ほらわたしはいま、若いでしょ、なんでも自分でできるわ――歩いて行くことも、来ることも、もってくることも、だれにもたのまなくてもいい……これよりいいことがあって？」

「でも、ぼくにはおなじだな、若くても、年寄りになっても」

「まあ、なんてことを――おなじだなんて？　嘘《うそ》よ、そんなことあるはずがないわ」

「だったら、あなた、自分で考えてごらん、フェドーシャ・ニコラーエヴナさん、ぼくの若さがぼくになんの役にたつか？　ぼくはひとり暮らしで素寒貧《すかんぴん》で……」

「それはあなたの気持ち次第ですわ」

「それがぼくのせいじゃないんだよ！　せめてだれかぼくをかわいそうに思ってくれる人があればなあ！」

フェーニチカは横合いからバザーロフの顔をちらと見たが、なにもいわなかった。

「それどんな本ですの？」と彼女はしばらくして、きいた。

「これ、ですか？　学術書です。いい本ですよ」

「あなたいつも勉強していらっしゃいますの？　それで退屈じゃありません？　もう勉強なんかしなくても、なんでもご存じでしょうに」

「いや、なんでもとはいきませんよ。あなたもすこし読んでごらん」

「でも、わたしなんか、なにもわかりませんわ。その本、ロシア語ですの？」と、両手でずっしりと重い本を受けとりながら、フェーニチカはきいた。「なんて厚いんでしょう！」

「ロシア語ですよ」

「おなじことだわ、どうせなにもわからないんですもの」

「いや、あなたにわかってくれというのじゃありませんよ。ぼくはあなたが本を読むときの顔が見たいんです。あなたは、本を読むとき、鼻の先っぽのところがひどくかわいらしく動いて……」

フェーニチカは、ぱらっと開いて、そこに出てきた『クレオソートについて』という論文を小声で読みかけたが、プッと吹きだして、本をほうりだしてしまった……本はベンチから地面へすべりおちた。

「あなたが笑うときの顔も、ぼくは好きですよ」とバザーロフはいった。

「もうたくさん！」

「あなたがしゃべるときの声も、好きです。小川がサラサラ流れるみたいで」

フェーニチカはそっぽをむいた。

「へんな方！」と彼女は花をよりわけながらいった。「わたしからなんか、なにかきくことがありまして？　あなたは利口な貴婦人の方がたと、いつも話をしてらっしゃるんですもの」

「おやおや、フェドーシャ・ニコラーエヴナさん！　ぼくは正直にいいますが、この世のどんな利口な婦人も、あなたのそのかわいい肘だけの値打ちもありませんよ」

「あら、またなにをいいだすやら！」とささやいて、両手を組んで肘をかくした。

バザーロフは地面から本を拾いあげた。

「これは医者の本ですよ。あなたはどうしてほうりだしたんです？」

「医者の？」とフェーニチカは鸚鵡《おうむ》がえしにいって、彼のほうをふりむいた。『まあ、どうでしょう？　あなたわたしにあの水薬をくださったでしょ、おぼえてらっしゃる？　あれ以来、ミーチャの寝つきのよくなったことったら！　ほんとに、なんとお礼を申しあげてよいやら。あなたはほんとにいい方ですわ、ほんとよ」

「ほんとうなら、医者にはお礼をするものですよ」とバザーロフはにやにや笑いながらいった。「医者ってやつは、ご存じでしょうけど、欲ばりですからな」

フェーニチカはバザーロフの顔に目をあげた。その目は彼女の顔の上の部分におちている白っぽい反射のために、ひときわ黒く光って見えた。彼がふざけているのか、本気なのか——彼女にははかりかねた。

「あなたさえさしつかえなかったら、わたしどもは喜んで……ニコライ・ペトローウィチさまにうかがってみなければ……」

「おや、あなたはぼくがお金をほしがってると思うんですか？」とバザーロフはさえぎった。「とんでもない。ぼくがあなたからもらいたいのは、お金じゃありませんよ」

「じゃ、なんですの？」とフェーニチカはいった。

「なんでしょう？」とバザーロフは彼女の言葉をくりかえした。「あててください」

「わたしだめ、あてるのが下手で！」

「じゃ、ぼくがいいましょう。ぼくがほしいのは……その薔薇一輪です」

フェーニチカはまた笑いだして、両手までポンと打ちあわせた。バザーロフの望みがたまらなくこっけいに思われたのだった。彼女は笑いながら、同時に女心をやさしくくすぐられたうれしさを感じていた。バザーロフはじっと彼女を見つめた。

「どうぞ、どうぞ」彼女はやっと笑いをおさえて、こういうと、ベンチの上へかがみこんで、薔薇をよりわけはじめた。「どんなのにしましょう。赤いの、それとも白いの？」

「赤いの、あまり大きくない」

彼女はさっと姿勢を正した。

「はい、これをあげましょう」と彼女はいった。が、すぐに手をひっこめて、唇《くちびる》をかみ、園亭の入り口のほうをちらと見やって、じっと耳をすました。

「どうしたんです？」とバザーロフはたずねた。「ニコライ・ペトローウィチさんですか？」

「いいえ……あのひとは畑へ出かけましたわ……それに、あのひとはこわくありませんけど……いまパーヴェル・ペトローウィチさまが……そこを通ったような……」

「えっ？」

「あの方がそこを通ったような気がしたんです。耳のせいでしたわ……だれもいませんもの。さあ、どうぞ」

　フェーニチカはバザーロフに薔薇を一輪わたした。

「どうしてあなたは、パーヴェル・ペトローウィチさんをこわがるのです？」

「しじゅうわたしをおびえさせてばかりいるんですもの。お話はなさらないんですけど、へんな目でじっと見つめて。あなたも、あの方がきらいでしたわね。おぼえてるでしょ、まえには議論ばかりなさって。わたし、なんの話かわかりませんけど、あなたがあの方をふりまわしていなさるのはわかりましたわ、さんざんに……」

　フェーニチカは両手をまわして、バザーロフがパーヴェル・ペトローウィチをふりまわしているさまを見せた。彼女はそう思いこんでいた。

　バザーロフは苦笑した。

「もしぼくが負けそうになったら」と彼はきいた。「あなたはぼくの味方をしてくれますか？」

「どこにわたしが、あなたの味方ができて？　いいえだめよ、あなたにはとてもかないませんもの」

「と思いますか？　ところがぼくは、その気になれば、指一本でぼくをたおせる手が一つあることを知ってるんですよ」

「それはどんな手ですの？」

「あなたはほんとうに知らないのですか？　嗅《か》いでごらんなさい、あなたにいただいたこの薔薇、いい匂《にお》いですよ」

フェーニチカは首を伸ばして、花に顔を近づけた……プラトークが頭から肩へずりおちた。ふんわりと豊かな、黒いつやつやした、わずかにみだれた髪があらわれた。

「そのままでちょっと、ぼくもいっしょに嗅ぎたいから」といって、バザーロフは上から顔をかさねるようにすると、彼女のすこし開かれた唇に強く唇をおしつけた。

彼女はぎくっとして、両手で彼の胸をおしのけようとしたが、その手にあまり力がこもっていなかったので、バザーロフはあらためて唇をおしつけ、はげしい接吻《せっぷん》をつづけることができた。

かわいた咳ばらいがリラの茂みのかげできこえた。フェーニチカは一瞬ベンチの向うはしへとびすさった。パーヴェル・ペトローウィチがあらわれた。彼は軽く会釈《えしゃく》して、妙に意地わるいけだるそうなようすで、「ここにおいででしたか」というと、そのまま遠ざかって行った。フェーニチカはすぐに薔薇を拾いあつめて、園亭から出ていった。

「あなたがわるいのよ、エヴゲーニイ・ワシーリイチさん」と去りしなに彼女はささやいた。そのささやきには、いつわりでない叱責《しっせき》がこもっていた。

バザーロフは先日のもう一つの場面を思いだし、恥ずかしくもなり、いまいましくもなった。だが彼はすぐに頭をさっと振って、《色事師仲間への正式加入》を自ら皮肉たっぷりに祝福すると、自分の部屋のほうへ歩きだした。

パーヴェル・ペトローウィチは庭を出ると、ゆっくりと歩をはこびながら、森まで来た。彼はそこにかなり長いことじっとしていた。そして朝食にもどってくると、ニコライ・ペトローウィチが心配そうに、どこかわるいのではないか、ときいた。それほど彼の顔は暗く沈んでいた。

「おまえも知ってるだろうが、ときどき黄疸《おうだん》に苦しめられるんだよ」とパーヴェル・ペトローウィチは静かに答えた。

24

それから二時間ほどのち、パーヴェル・ペトローウィチはバザーロフの部屋のドアをノックした。

「あなたの研究のお邪魔をすることを、おわびしなければなりません」彼は窓ぎわの椅子《いす》に腰をおろすと、象牙《ぞうげ》の握りのついた美しいステッキに両手をつきながら（彼はいつもはステッキをもって歩かなかった）、こうきりだした。「が、わたしはあなたのお時間を五分だけ……それ以上とは申しません……わたしに割いてくださるようおねがいせざるをえないのです」

「どうぞ、何時間でもお好きなように」とバザーロフは答えた。パーヴェル・ペトローウィチが敷居をまたいだとたんに、彼の顔をある影がさっと走りぬけたのだった。

「五分間でじゅうぶんです。じつは一つの問題についてあなたのご意見をうかがいにあがったのです」

「問題といいますと？　なんでしょう？」

「では、おききください。あなたが弟の家にお出でになられた当初、わたしがまだあなたと話しあう満足を自分に拒否しなかったころ、わたしは、多くの対象についてのあなたの考察をうかがう機会をもちました。が、わたしの記憶しているかぎりでは、わたしたち二人のあいだでも、あるいはみなと同席のときでも、話が決闘ということに、一般に決闘ということに、ふれたことはなかったと思います。それでおうかがいしたいのですが、この問題についてあなたはどのようなご意見をおもちでしょう？」

バザーロフはパーヴェル・ペトローウィチを迎えようと思って席を立ちかけたが、

そのままテーブルのはしに腰をあてて、腕を組んだ。

「これがぼくの意見です」と彼はいった。「理論的見地からは、決闘は――不合理です。が、実際的見地からすると――それは別問題です」

「つまり、わたしの理解にあやまりがないとすれば、決闘にたいして、あなたの理論的見解がどうであろうと、実際には、決闘を申しこむことなく、おのれを辱《はずか》しめることは許せぬ、という意味ですね？」

「まったくそのとおりです」

「実に結構です。それをあなたにお聞きして、わたしは実に痛快です。そのお言葉でわたしは抜けだすことができました……不明の……」

「不決断、といいたいのでしょう」

「どちらでもおなじことです。わたしは、いうことが理解されればいいのです。わたしは……神学校の鼠《ねずみ》じゃありません。あなたの言葉はわたしをある憂鬱《ゆううつ》な必要から解放してくれました。わたしはあなたと決闘を決意したのです」

バザーロフは目をぱちくりさせた。

「ぼくと？」

「そう、あなたとです」

「でも、なんのために？　わかりませんな」

「わたしはその理由を説明できます」とパーヴェル・ペトローウィチはいった。「が、それはいわないほうがいいでしょう。あなたは、わたしの好みからいうと、ここではよけいな人間です。わたしはあなたが我慢なりません、あなたを軽蔑《けいべつ》します、ですから、もしこれが不満でしたら……」

パーヴェル・ペトローウィチの目は、ぎらぎら光りだした……バザーロフの目も燃えあがった。

「なるほど、いいでしょう」と彼はいった。「それ以上の説明は無用です。自分の騎士道精神を、ぼくに試したいというばかげた空想にとらわれたんですな。ぼくはあなたのくだらん喜びを拒絶できるが、もうめんどくさい！」

「心から感謝します」とパーヴェル・ペトローウィチは答えた。「これであなたがわたしの挑戦《ちょうせん》を受けてくださるものと考えていいわけですな。強制的手段に訴えるなどというばかげた手間がはぶけたわけですね」

「つまり、端的にいえば、そのステッキにですな？」とバザーロフは冷ややかにいった。「まったくそのとおりです。あなたはぼくを侮辱する必要は毫《ごう》もありません。それはぜったいに安全とはいいかねますからな。あなたは紳士のままで結構です……ぼくも紳士としてあなたの挑戦を受けましょう」

「結構です」とパーヴェル・ペトローウィチはいって、ステッキを隅《すみ》に立てかけた。「では、決闘の条件について簡単に話しあいましょう。だがそのまえに、ひとつうかがっておきたいのですが、わたしの挑戦の口実となるような、小さな口論をおこなうという形式をとることを、必要とはお考えになりませんか？」

「いいえ、形式ぬきのほうがいいですな」

「わたしもそう思います。またわたしたちの衝突の真の原因に立ち入ることも、適当でないと思います。わたしたちはたがいにがまんがならんのですから、それ以上なにが必要でしょう？」

「なにが必要でしょう？」とバザーロフは皮肉にくりかえした。

「決闘の条件そのものについては、おたがいに介添人はいないのですから、――といって、いったいどこで見つけましょうかな？」

「ほんと、どこで見つけましょう？」

「そこでわたしは、つぎのことをあなたに提案いたします。決闘は明日の早朝、六時としましょう、場所は森の向う。武器はピストルとする。間隔は十歩……」

「十歩ですか？　なるほど、その距離をおいてたがいに憎みあうわけですな」

「八歩でもかまいません」とパーヴェル・ペトローウィチはいった。

「かまいませんよ、べつに！」

「二度発射する。万一にそなえて、自分の死が自分以外のだれの責任でもないことをしたためた手紙を、各人がポケットに入れておく」

「それはどうも賛成しかねますね」とバザーロフはいった。「なんかフランスの小説くさくて、すこし芝居じみてますよ」

「かもしれませんが、しかし、殺人の嫌疑《けんぎ》をかけられるのも、愉快なものじゃないことはみとめるでしょう」

「それはみとめます。しかし、この憂鬱な非難をさける方法はあります。介添人はいないでしょうが、証人はたのめます」

「だれでしょう、教えていただけませんか？」

「ピョートルですよ」

「どこのピョートルです？」

「あなたの弟さんの下男ですよ。あれは現代の教養の高い水準に立っている男ですから、このような場合に必要ないっさいの作法を守って、自分の役目を果たすでしょうよ」

「それは冗談でしょうな、まさか本気でそのようなことを」

「いいえ、ぼくの提案をよくお考えいただけたら、これがいかに健全な良識にあふれ、率直なものであるかがおわかりのはずです。袋のなかの錐《きり》はかくせるものではありません。ピョートルはぼくがしかるべき方法で説きふせ、決闘の場所へつれてゆきましょう」

「どこまで冗談を」とパーヴェル・ペトローウィチは椅子から立ちあがりながら、いった。「しかし、せっかく親切にいってくださるのだから、わたしはそれに異議をとなえる資格がありません……それでは、これですっかりきまったわけですな……ついでですが、あなたピストルはおもちですか？」

「あるわけがないでしょう、パーヴェル・ペトローウィチさん！　ぼくは軍人じゃありませんよ」

「それではわたしのを提供しましょう。念のために申しあげておきますが、わたしもピストルを手にしなくなってから、もう五年になります」

「それはありがたい知らせですな」

パーヴェル・ペトローウィチは、ステッキを手にもった……

「ではこれで、あなたにお礼をのべ、あなたを研究におもどしすればいいわけですな。

失礼します

「では明朝を楽しみに待ちましょう」と客を送りだしながら、バザーロフはいった。

パーヴェル・ペトローウィチは出ていった。バザーロフはドアの前にしばらく立っていたが、ふいに叫んだ。「あいつめ、畜生！　まんまとやりおった、しかもなんて愚劣なんだ！　とんだ喜劇をやらかしたものさ！　仕込まれた犬が後足で踊るようなものだ。しかし、ことわることもできなかった。そしたらやつめ、いきなりおれをぶんなぐったろうからな、そうなったら……（バザーロフはこう思うとさっと顔色が変わった。自尊心が猛然とふるいたったのである）……子《こ》猫《ねこ》みたいに、やつを締め殺さざるをえなかったろう」彼は顕微鏡のそばへもどったが、心がさわいで、観察に必要な冷静さが消えてしまった。〈やつは今日おれたちを見たんだ〉と彼は考えた。〈だが、はたして弟のためだけで、こんな決意をしたのだろうか？　それに、どれほど重大だというのだ、接吻ぐらい？　ここにはなにかがある。さては！　あいつ自分で惚《ほ》れてるんじゃないのか？　きっと、惚れてるんだ。それにきまってる。こいつはややこしいことになったぞ、畜生！……いまいましい！〉彼はけっきょくこう結論した。〈どこから見ても、いまいましい。第一に、額を銃口につきださにゃならんし、助かったところでここを去らにゃならん。そしたらアルカージイは……あのお人よしのニコラ

イ・ペトローウィチはなんというだろう。いまいましい、じつにいまいましい〉
一日が、どういうものか、ことさらにのろのろとものうげにすぎた。フェーニチカはまるでこの世にいないかのようであった。まるで穴にひそんだ小鼠のように、ひっそり自室に閉じこもっていた。ニコライ・ペトローウィチは心配そうなようすをしていた。彼がとくに期待をかけていた小麦に、黒穂病《くろぼびょう》があらわれたと知らされたのである。パーヴェル・ペトローウィチはその氷のように冷たいとりすました顔でみんなを、プロコーフィチをさえ、ぞっとさせた。バザーロフは父に手紙を書きかけたが、やぶって、卓《テーブル》の下へ捨てた。〈死んだら、うわさが伝わるだろう〉と彼は思った。〈だが、おれは死なんぞ。死ぬものか、まだまだ長く世の中をうろついてやるぞ〉彼はピョートルに明朝未明にだいじな用があるから部屋へ来るようにいった。ピョートルは、きっとペテルブルグへつれていってくれるにちがいない、とわくわくした。バザーロフはおそくベッドに横になった。そして一晩じゅうわけのわからぬ夢に悩まされた……オジンツォーワが目の前をぐるぐるまわっているかと思うと、それがいつのまにか彼の母になっていて、そのあとを黒いひげをはやした子猫が追っかけている。その子猫がよくよく見るとフェーニチカだった。パーヴェル・ペトローウィチが大きな森になった。そしてその森とどうしても戦わなければならないのだ。——ピョートルが四時に彼を起こした。彼はすぐに服をきて、いっしょに外へ出た。

美しい、さわやかな朝だった。小さな色のまだらな雲が、うすれかけた瑠璃《るり》色の空に子羊の群れのようにうかんでいた。こまかい朝露が木の葉や草にいちめんに散りしき、蜘蛛《くも》の巣が銀色に光っていた。しめった黒い土にまだ朝焼けの赤いあとがのこっているようであった。空から雲雀《ひばり》の歌ごえが降っていた。バザーロフは森まで来ると、森のへりの木陰に腰をおろした。そしてはじめて、なにをしてもらいたいかをピョートルに打ち明けた。教養ある下男は死ぬほどびっくりした。が、バザーロフは、ただ遠くのほうに立って見ているだけであとは何もしなくていいし、なんの責任も問われないことを、はっきり約束して、彼の気を静めた。「しかしだな」とバザーロフはつけくわえた。「よく考えるんだよ、どんな重大な役目に、おまえが直面しているか！」ピョートルは両手をひろげて、力なくうなだれ、まっさおになって白樺《しらかば》の木にもたれかかった。

マリーノ村からの道は森を巻いて走っていた。その道の上に、昨日からまだ車輪にも人の足にもふれられぬ土埃《つちぼこり》がふわっと沈んでいた。バザーロフはひとりでに道のほうへ目をやり、草をちぎってかんでいたが、腹のなかではひそかに〈なんという愚劣なことだ！〉とたえずくりかえしていた。朝の寒さが二度ほど彼をぞくっとふるわせた……ピョートルはぐったりした目でバザーロフを見やったが、バザーロフはにやりと笑っただけだった。彼はおじけづいてはいなかった。

道に馬の蹄《ひづめ》の音がきこえた……森のかげから一人の農夫の姿が見えてきた。彼は馬を二頭つないで追ってきた。そしてバザーロフのそばを通りしなに、帽子もとらずにけげんそうな顔をむけた。これは明らかにピョートルを狼狽《ろうばい》させた。よくない前兆ととったのである。〈この農夫もはやく起きたんだな〉バザーロフはふと思った。〈でも、すくなくとも仕事のためだ。ところがおれたちは?〉

「どうやら、来たようですよ」とふいにピョートルがささやいた。

バザーロフは顔をあげた。パーヴェル・ペトローウィチが見えた。軽いチェックの上着に雪のように真っ白なズボンという軽装で、彼は道を急いで来た。小脇《こわき》に緑色の羅紗《らしゃ》につつんだ箱をかかえていた。

「やあ、ごめんなさい。お待たせしたようですな」と彼はまずバザーロフに、つづいてピョートルに会釈しながら、いった。彼はこの瞬間、介添人のような者としてピョートルに敬意を感じたのだった。「わたしは従僕を起こしたくなかったので」

「どういたしまして」バザーロフは答えた。「ぼくらもたったいま来たばかりです」

「そうですか！　それはよかった！」パーヴェル・ペトローウィチはあたりを見まわ

した。「だれもいない、だれにも邪魔されん……じゃ、はじめましょうか？」

「はじめましょう」

「べつに新しい説明は、要求なさいませんな？」

「しません」

「あなたはご自分で装塡《そうてん》なさいますか？」と、パーヴェル・ペトローウィチは、箱からピストルをとり出しながら、きいた。

「いいえ、あなたが装塡してください。ぼくは距離をはかりましょう。ぼくの足のほうが長いですから」とバザーロフは苦笑しながらつけくわえた。「一、二、三、……」

「エヴゲーニイ・ワシーリイチさん」と、ピョートルはこわばった舌でやっといった（彼は熱病にかかったように、がたがたふるえていた）。「あなたになんといわれても、ぼくはあっちへ行きます」

「四……五……行きたまえ、きみ行っていいよ。木のかげにかくれて、耳をふさいでいてもかまわんが、目だけはつぶるなよ。どっちがたおれても、すぐ走ってきて起こすんだ。六……七……八……」バザーロフは足をとめた。「いいですか？」と彼はパーヴェル・ペトローウィチをふりむいて、いった。「それとももう二歩のばしましょうか？」

「どちらでも」とパーヴェル・ペトローヴィチは二発目をこめながら、いった。

「じゃ、もう二歩のばしましょう」バザーロフは靴《くつ》の先で地面に線をひいた。「これが境界です。ところで、境界から何歩はなれることにします？　これもだいじな問題ですよ。昨日はふれませんでしたけど」

「十歩がいいと思います」とバザーロフにピストルを二挺《ちょう》わたしながら、パーヴェル・ペトローヴィチは答えた。「どうぞ選んでください」

「選びましょう。ところで、パーヴェル・ペトローヴィチさん、この決闘がこっけいなまでに異常なものであることを、おみとめになるでしょうな。まあごらんなさい、あの介添人の顔を」

「あなたはまだ冗談をいいたいらしいですな」とパーヴェル・ペトローヴィチは答えた。「わたしはこの決闘の奇妙なことは否定しませんが、しかし、わたしは真剣に戦うつもりであると申しあげることを義務と心得ます。A bon entendeur, salut !《ア・ボン・アンタンドゥール・サリュ》（訳注　耳あらば、きこえんです！）」

「おお！　ぼくは、二人がたがいに殺しあう決意をしたことは、すこしもうたがいませんよ。だが、どうして笑っちゃいけないのです。どうして utile《ウーティレ》（訳注　有益なこと）を dulci《ドゥルキー》（訳注　愉快なこと）と結びあわせちゃいけないのです？　あなたがフランス語でおっしゃるから、ぼくはラテン語でいいます」

「わたしは真剣に戦います」とくりかえして、パーヴェル・ペトローウィチは自分の位置へむかって歩きだした。バザーロフも、境界から十歩はかって、立ちどまった。

「用意はいいですか？」とパーヴェル・ペトローウィチはたずねた。

「完了です」

「では、進んでいいです」

バザーロフは、静かに前へ進みだした。パーヴェル・ペトローウィチは左手をポケットにつっこみ、徐々に銃口をあげながら、バザーロフのほうへ歩きだした……〈やつはまっすぐにおれの鼻柱をねらってるな〉とバザーロフは思った。〈あの真剣な目の細め方はどうだ、畜生め！　それにしてもあまりいい感じじゃないな。よし、やつの時計の鎖をねらってやろう……〉なにかがバザーロフのすぐ耳もとをするどくかすめた、と同時に銃声がひびきわたった。〈きこえた、とするとなんでもなかったんだな〉という考えがちらと彼の頭にうかんだ。彼はもう一歩まえへ出て、ねらいもせずに、引き金をひいた。

パーヴェル・ペトローウィチはわずかにからだをふるわせて、片手で腿《もも》をおさえた。一筋の血の流れが真っ白なズボンを伝った。

バザーロフはピストルを投げすてて、敵のそばへ駆けよった。

「けがしましたか？」と彼はいった。

「あなたはわたしを境界線まで呼びよせる権利があったのです」とパーヴェル・ペトローウィチはいった。「でも、そんなことはどうでもいい。約束によって、わたしたちはもう一発ずつ撃つ権利があります」

「いや失礼ですが、それはこのつぎまでとっておきましょう」と答えて、バザーロフは顔色の青ざめはじめたパーヴェル・ペトローウィチを抱きかかえた。「もうぼくは決闘者じゃない、医者です。なにはさておき、あなたの傷を見る義務があります。ピョートル！　ここへ来い、ピョートル！　どこへかくれたんだ？」

「ほんのかすり傷です……わたしはだれの助けもいりません」とパーヴェル・ペトローウィチはあえぎあえぎいった。「それに……もう一度……どうしても……」彼は口《くち》髭《ひげ》をひねろうとしたが、手がだらりとたれ、目がひきつって、気絶してしまった。

「こりゃおどろいた！　気絶とは！　どうしたことだ！」とバザーロフは思わず叫ぶと、パーヴェル・ペトローウィチを草の上に寝かせた。「どれ、傷を見てみよう！」彼はハンカチを出して、血をふきとり、傷のまわりをさわってみた……「骨はだいじょうぶだ」と彼は歯のあいだからおしだすようにつぶやいた。「弾丸《たま》は深くぬけてはいない、一本の筋肉、vastus externus《ワーストゥス・エクステルヌス》（訳注 大腿筋の表面）をかすめただけだ。三週間もしたらダンスを踊れるくらいの軽傷だ！……それが、失神とは！　やれやれ！　こうした神経質な連中にはかなわんよ！　どうだ、この皮膚のうすいこと」

「死んでしまったんですか？」と彼のうしろでピョートルのおろおろ声がささやいた。

　バザーロフがふりむいた。

「おい、急いで水をもってきてくれ。なあに、ぼくたちよりも長生きするさ」

　だが、この改良された下男はその言葉の意味がわからなかったらしく、その場を動こうとしなかった。パーヴェル・ペトローウィチは目を開いた。「臨終だ！」とピョートルはささやいて、十字を切りだした。

「あなたのおっしゃるとおりだ……なんというばか面《づら》だろう！」と傷ついた紳士は、むりに笑顔をつくりながらいった。

「水をもってこいったら、わからんのか！」とバザーロフはどなった。

「いりません……ちょっと vertige《ヴェルティージュ》（訳注 めまい）がしただけです……ちょっと手をかしてください、すわります……そう、これでいいです……こんなかすり傷、ちょっとなにかで押えておくだけでけっこうですよ、家まで歩いて行きますから、でなかったら馬車を迎えによこさせてもかまいません。決闘は、あなたさえよければ、これでおしまいにしましょう。あなたの態度は立派でした……今日は、ですよ、いいですね」

「すぎたことなんか思いだすことはありませんよ」とバザーロフはいいかえした。「今後のことについても、頭を悩ますにはおよびません、ぼくは、すぐに退散するつもりですから。さあ、足をしばってあげましょう。傷は――危険はありませんが、やはり血はとめたほうがいいです。そのまえにまずこの死人を正気づかせなくちゃ」

バザーロフはピョートルの襟《えり》をつかんでゆすぶり、馬車を呼びにやらせた。

「いいか、弟をびっくりさせるんじゃないぞ」とパーヴェル・ペトローウィチはいった。「まちがっても、あれにいうんじゃないぞ」

ピョートルはすっとんでいった。馬車が来るあいだ、二人の敵は地面にすわって、だまりこくっていた。パーヴェル・ペトローウィチはバザーロフを見ないようにしていた。和解する気には、やはりなれなかった。彼は自分の傲慢《ごうまん》な態度と失敗を、恥じていた。自分のくわだてたこと全体が恥ずかしかった。しかしそれにはこれ以上の好ましい結果がありえなかったことも感じていた。〈これでどうしたってもうここにはいられまい。それだけでもありがたい〉と彼は自分をなぐさめた。重くるしい、ばつのわるい沈黙がしばらくつづいた。二人とも気まずかった。それぞれ相手に気持ちを見ぬかれていることを意識していた。親友同士ならこの意識は楽しいものだが、敵同士で、しかも打ち明けて話しあうことも、別れることもできない場合、じつにいやなものである。

「包帯がきつすぎたんじゃありませんか？」

「いいえ、ちょうどいいです」パーヴェル・ペトローウィチは答えた。そしてしばらくして、つけくわえた。「弟はだましきれまい、政治の話がもとでばかなまねをした、といわにゃならんでしょうな」

「おおいに結構です」とバザーロフはいった。「ぼくが英国心酔者どもを片っぱしから罵倒《ばとう》したとでもいってくだすってかまいません」

「それもいいでしょう。どうです、あの男は、いまわたしたちのことをどう思っているでしょうな？」とパーヴェル・ペトローウィチは一人の農夫を指さしていった。それはさっき二頭つないだ馬を追って、バザーロフのそばを通っていった農夫で、おなじ道をもどってきたが、《旦那《だんな》》たちを見て、下によって、帽子をとった。

「わかるもんですか！」とバザーロフは答えた。「なにも考えていないというのが、いちばん近いでしょうな。ロシアの農民というのは——もっとも不可解な未知の人間なんですよ。これについては、かつてラドクリッフ夫人（訳注　一七六四〜一八二三。英国の女流作家。怪奇幻想物語を得意とした）が、いろいろと書きましたがね。だれがわかります？　自分で自分がわかっていなないんですから」

「なるほど！　あなたはそういう意見でしたか！」と、パーヴェル・ペトローウィチはいいかけて、ふいに叫んだ。「見たまえ、ばかなピョートルのしでかしたことを！弟がとんでくるじゃありませんか！」

バザーロフはふりむいた。そして馬車にすわっているニコライ・ペトローウィチのまっさおな顔を見た。彼はまだ馬がとまらぬうちにとびおりると、兄のそばへ駆けよった。

「これはどういうことです？」と彼は興奮した声でいった。「エヴゲーニイ・ワシーリイチさん、なんてことを、いったいどうしたんです？」

「なんでもないよ」とパーヴェル・ペトローウィチは答えた。「おまえはわけもなく驚かされたんだ。わたしはバザーロフ氏とちょっとばかなまねをして、そのためにちょっと報いを受けただけだよ」

「しかし、いったいなにが原因で、こんなとんでもないことを？」

「なんと説明したらいいかな？　バザーロフ氏がロバート・ピール卿《きょう》を礼を失する言葉で評されたんでね。ところで、さっそくことわっておくが、この事件で悪いのはわたし一人で、バザーロフ氏はじつに立派な態度をとられた。わたしが挑戦《ちょうせん》したんだよ」

「おや、血が出てるじゃありませんか、たいへんだ！」

「なんだおまえ、わたしの血管には水が流れていると思っていたのかい？　だが、わたしにはこの出血がかえってよかったんだよ。そうじゃありませんかな、ドクトル？　どれ、馬車にのるから手をかしてくれ、メランコリックになっちゃいかん。明日は元気になるよ。そう、これでいい、結構。おい、やってくれ、馭者《ぎょしゃ》」

ニコライ・ペトローウィチは馬車のあとから歩きだした。バザーロフはあとに残ろうとした……

「あなたに兄の世話をたのまねばなりません」とニコライ・ペトローウィチはいった。

「町から医者を呼んでくるまでは」

バザーロフはだまって頭をさげた。

一時間後に、パーヴェル・ペトローウィチはもう手ぎわよく足に包帯をしてもらって、寝台の上に寝ていた。家じゅうがひっくりかえるような騒ぎだった。フェーニチカは気分がわるくなった。ニコライ・ペトローウィチは人に気づかれぬように両手をかたくにぎりあわせていたが、パーヴェル・ペトローウィチはにこにこ笑って、とくにバザーロフを相手に、冗談ばかりとばしていた。彼はうすい麻のシャツの上に、しやれた朝の部屋着をかさね、トルコ帽をかぶっていた。彼は窓掛けをおろさせないで、食事を節制しなければならないことをこぼしては、みんなを笑わせた。

しかし、夜になると熱が出て、頭が痛みだした。町から医者が着いた（ニコライ・ペトローウィチは兄のとめるのをおしきって医者を呼んだのだった。それにバザーロフもそれを望んでいた。彼は黄色い、とげとげしい顔をして、終日、自分の部屋に閉じこもったきりで、何かあると病室へ駆けつけるが、ほんの短いあいだしか病人のそばにいなかった。二度ほど彼はフェーニチカを見かけたが、彼女はぎょっとして逃げさった）。新しい医者は冷たい飲物をすすめたが、しかし、べつに危険は予見されないと、バザーロフの診断とおなじことをいった。ニコライ・ペトローウィチが、兄が不注意でけがしまして、というと、医者は「ふむ！」と答えただけだったが、すぐに銀貨二十五ルーブリをにぎらされると、「なるほど！　まあ、よくあることですよ、ほんとに」といった。

家じゅうのだれも寝なかったし、服もぬがなかった。ニコライ・ペトローウィチはたえず爪先立《つまさきだ》ちで兄の部屋へはいってきては、また爪先立ちで出ていった。病人は意識がもうろうとしていて、かすかに、ああ、といったり、フランス語でcouchez-vous《クシェ・ヴ》（訳注　お休み）といったり、――水をたのんだりした。ニコライ・ペトローウイチは一度フェーニチカにレモン水をもって行かせた。パーヴェル・ペトローウィチはじっとフェーニチカを見つめたまま、レモン水をのこさずのみほした。明け方ちかくなって熱がすこし高くなり、すこしうわ言をいいだした。はじめはなにをいっているのかはっきりしなかったが、そのうちにふいに目をあけて、寝台のそばで心配そうにのぞきこんでいる弟に気づくと、はっきりといった。

「なあ、ニコライ、フェーニチカにはネリーと似たところがあるじゃないか?」

「どこのネリーだね、パーシャ?」

「おや、おまえわからんのか? R公爵《こうしゃく》夫人だよ……とくに顔の上半分が。C'est《セ・》 de la même famille《ドゥ・ラ・メーム・ファミーユ》.（訳注 タイプがおなじだよ）」

ニコライ・ペトローウィチはなんとも返事をしなかったが、腹のなかでは、人間のなかには古い愛情がいつまでも生きているものだと、ひそかにおどろいた。

〈妙なときに出てきたものだ!〉と彼は考えた。

「ああ、おれはあのつまらん女をどれほど愛していたろう!」と、せつなそうに両手を頭の下にあてがいながら、パーヴェル・ペトローウィチはうめいた。「そこらの破《は》廉恥《れんち》なやつに手をふれられるのが、おれはたまらんのだ……」と、彼はすこししてから、つぶやくようにいった。

ニコライ・ペトローウィチはほっと溜息《ためいき》をついただけだった。この言葉がだれをさしているのか、彼はうたがってみようともしなかった。

バザーロフは翌朝八時ごろニコライ・ペトローウィチの部屋をたずねた。彼はもう荷物をまとめて、蛙《かえる》や昆虫《こんちゅう》や鳥などはすっかりはなしてやったあとだった。

「お別れにいらしたのですね？」とニコライ・ペトローウィチは彼を迎えながら、いった。

「そのとおりです」

「わたしはあなたの気持ちがわかりますし、けっしてひきとめはしません。兄は気の毒ですが、むろん兄が悪いのです。そのために兄は罰を受けました。あなたをのっぴきならぬ立場に追いこんだのだと、兄は自分でいってました。あなたはこの決闘をさけることができなかったのだと、わたしは信じてます。この決闘は……あなたがたの見解がいつも対立していたことで、ある程度の説明はつきます（ニコライ・ペトローウィチは言葉につまった）。兄は――旧時代の人間で、激しやすく、強情です……この程度でおわったことを、ありがたいと思ってます。わたしはうわさになるのを防ぐために、あらゆる必要な手段をとりました……」

「万一事件になった場合のために、ぼくのアドレスを残しておきます」と、バザーロフは無造作にいった。

「まあ、事件にはならんでしょう。エヴゲーニイ・ワシーリイチさん……せっかくわたしの家に滞在していただいて、こんな……こんな結果におわったことが、わたしは残念でなりません。そのうえなお心ぐるしいのは、アルカージイの留守ちゅうに……」

「ぼくは、きっと、彼に会うでしょう」とバザーロフはいいかえした。彼はおよそ《弁解》とか《釈明》をされると、いつもやりきれない気持ちになるのだった。「もし会えなかったら、ぼくからの挨拶《あいさつ》と遺憾の意を伝えてください」

「わたしからも……」と、ニコライ・ペトローウィチは会釈《えしゃく》をしながら答えた。しかしバザーロフはその言葉をおしまいまできかないで、出ていった。

バザーロフの出立をきくと、パーヴェル・ペトローウィチはむりに彼に来てもらって、その手をにぎりしめた。しかしバザーロフはそこでも氷のような冷たい態度を変えなかった。パーヴェル・ペトローウィチが寛大なところをみせたがっていることが、彼にはわかっていたのである。フェーニチカとは別れの言葉をかわす機会がなく、ただ窓ごしに目を見かわしただけだった。その顔が悲しみに閉ざされているように思われた。「あのままだめになってしまうかもしれぬ！」と彼はひそかにつぶやいた……

「なあに、なんとかきりぬけるだろう！」そのかわりピョートルはすっかり感傷的になってしまって、バザーロフの肩口に顔をおしつけて泣きじゃくり、「きみの目はぬれたところにくっついているのかい？」とひやかされて、やっと泣きやむ始末だった。ドゥニャーシャは心の動揺を人に見られないために、森のなかへ逃げこまなければならなかった。こうした悲しみの張本人は、馬車にのって、シガーに火をつけた。そして四露里ほど行った曲がり角で、新しい地主館《じぬしやかた》を中心に一列にならんだキルサーノフ家の屋敷が最後に彼の目にうつったとき、彼はペッと唾《つば》をはいただけだった。そして「しようのない坊やどもだ」とつぶやくと、レーンコートにふかぶかとくるまった。

パーヴェル・ペトローウィチはまもなくよくなった。しかし、病床《とこ》からは約一週間はなれられなかった。彼は彼自身のいう捕虜生活はかなり辛抱づよくがまんしたが、ただ化粧にだけはひどくやかましくなって、のべつオーデコロンをふりかけさせた。ニコライ・ペトローウィチは雑誌を読んでやり、フェーニチカはいままでどおりにつくして、スープや、レモン水や、半熟卵や、茶などをはこんでやった。だが、彼女は彼の部屋にはいっていくたびに、いつもひそかな恐怖にとらわれるのだった。パーヴェル・ペトローウィチの思いがけぬ行為は家じゅうの者をびっくりさせたが、それがだれよりもはげしかったのはフェーニチカだった。ただ一人プロコーフィチだけはおちついたもので、昔はよく旦那がたが決闘をやったものだと、したり顔で講釈した。

「それも立派な旦那がたのあいだだけのことで、あんなかたり野郎が生意気なことをぬかしたくらいでは、馬小舎《うまごや》へしょっぴいてって、こっぴどくぶちのめすぐらいのものだったよ」

良心はほとんどフェーニチカを責めなかったが、決闘のほんとうの原因を考えると、彼女はときどき心が痛んだ。それにパーヴェル・ペトローウィチがなんともいえぬ妙な目で彼女を見た……あまりに奇妙な目で、背をむけているときでも、その目が感じられるほどだった。彼女は休むまのない心の不安のためにすこしやつれたが、そうなればなったで、ますますきれいになった。

あるとき──それは朝のことだった──パーヴェル・ペトローウィチは気分がいいので、ベッドをはなれてソファへうつった。ニコライ・ペトローウィチは、兄の容態をきいたうえで、打穀場へ出かけた。フェーニチカはお茶をはこんできて、それをテーブルの上におくと、出てゆこうとした。パーヴェル・ペトローウィチはそれをとめた。

「どこへそんなに急ぐんだね、フェドーシャ・ニコラーエヴナ?」と彼はいった。

「なにか、仕事でもあるのかね?」

「いいえ……はい……あの、お茶をつがなければなりませんので」

「そんなことはあなたがしなくても、ドゥニャーシャがしますよ。ちょっとここへかけて、病人の相手をしなさい。ついでに、あなたとすこし話したいことがある」

フェーニチカはだまって肘《ひじ》掛け椅子《いす》のはしに腰をおろした。

「さて」といって、パーヴェル・ペトローウィチは口髭をひねった。「わたしは、まえまえからあなたにきこうと思っていたのだが、あなたはわたしを、こわがってるようだね？」

「わたしがですか？」

「そう、あなたがです。まるで心にやましいところがあるみたいに、あなたはけっしてわたしの顔をまともに見ようとしない」

フェーニチカは顔を赤らめたが、それでもちらとパーヴェル・ペトローウィチに目をやった。彼がどことなくへんに思われて、胸がしだいにどきどきしてきた。

「たしかに、やましいところはありませんね？」と彼はかさねてきいた。

「どうしてやましいところがありますの？」と彼女はささやくようにいった。

「理由はいろいろあります！　しかし、あなたが罪を感じるとすれば、それはだれにたいしてです？　わたしにですか？　そんなばかなことはない。この家のだれかほかの人ですか？　これもありえないことだ。それなら弟にですか？　でも、あなたは弟を愛してるんでしょう？」

「愛してますわ」

「心のかぎり、魂のかぎりですか？」

「わたしはニコライ・ペトローウィチさまを心のありったけで愛してますわ」

「ほんとですね？　わたしの目をごらんなさい、フェーニチカ（彼ははじめてこう彼女を呼んだ……）。いいね――嘘《うそ》をつくのは大きな罪だよ！」

「わたし嘘はいいませんわ、パーヴェル・ペトローウィチさま。わたしニコライ・ペトローウィチさまを愛していけないのなら――それなら、死んでしまったはうがましですわ！」

「じゃ、だれにも弟を見かえないね？」

「わたしが、あのひとを、いったいだれに見かえることができましょう？」

「そりゃたくさんいますよ！　そう、たとえば、そら、あの、ここを発《た》っていった男」

フェーニチカは立ちあがった。

「まあなんてことを！　パーヴェル・ペトローウィチさま、どうしてあなたはわたしを苦しめるんです？　わたしがあなたに何をしたというのです？　どうしてそんなことがいえるんです……」

「フェーニチカ」と、パーヴェル・ペトローウィチは悲しそうな声でいった。「だって、わたしは見たんだよ……」

「なにを見たんです？」

「あそこの……園亭《あずまや》で」

フェーニチカは耳朶《みみたぶ》から髪の毛まで、真っ赤になった。

「でも、あの場合、わたしになんの罪があるのです？」と彼女はやっといった。

パーヴェル・ペトローウィチは腰をうかした。

「あなたは、罪がないんだね？　ないんだね？　すこしも？」

「わたし、この世でニコライ・ペトローウィチさま一人だけを愛しておりますわ、そして死ぬまで愛しつづけますわ！」涙がもうはげしく喉《のど》までつきあげてきたのに、自分でも思いがけぬ力で、フェーニチカはこういいきった。「あなたに見られたことについては、わたしに罪はない、なかったと、最後の審判の席ではっきりいいますわ。ああ、こんなことで、わたしの恩人のニコライ・ペトローウィチさまに対する愛を……うたがわれるくらいなら、いますぐ死んでしまったほうがましです……」

しかしここで、声が彼女にそむいた。と同時に、彼女は、パーヴェル・ペトローウィチにいきなりかたく手をにぎられたのを感じた。……彼女は彼を見た、とたんにはっとして、そこへ立ちすくんでしまった。彼は顔がまえよりもいっそう青ざめて、目がぎらぎら光っていた。そしてなによりもおどろいたのは、大きな一粒の涙が彼の頬《ほお》をゆっくり伝ったことであった。

「フェーニチカ！」と、彼は一種異様なささやき声でいった。「弟を愛してくれ、愛してやってくれ！　あれは心のやさしい、善良な人間だ！　この世のどんな男のためにも、弟を裏切らないでくれ、だれの言葉にも耳をかたむけないでくれ！　愛して、愛されぬことほど、恐ろしいものはないことを、よく考えてくれ！　いつまでも、かわいそうなニコライを見すてないでくれ！」

フェーニチカの目はかわいた。そして恐ろしさもすぎてしまった。それほど彼女の驚きは大きかった。ところがそのうえさらに驚いたことには、パーヴェル・ペトローウィチが、あの誇り高いパーヴェル・ペトローウィチが、彼女の手を自分の唇《くちびる》におしあてて、接吻《せっぷん》するでもなく、ただときおりはげしく息をはずませながら、じっと彼女の前に頭をさげていたのである……

〈ああ、どうしよう！〉と彼女は思った。〈また失神するんじゃないかしら？……〉

ところがこの瞬間、死滅した生命が彼の内部でよみがえりかけていたのだった。

階段にせわしい足音がきこえた……彼はフェーニチカをつきのけて、頭を枕《まくら》にうずめた。ドアが開いて——楽しそうな、さわやかな、桜色の顔をしたニコライ・ペトローウィチがはいってきた。ミーチャが、父親とおなじようにさわやかな桜色の顔をして、シャツ一枚で父親の胸に抱かれて、むき出しの小さな足《あんよ》で作業外套の大きなボタンをけりながら、ぴょんぴょんはねていた。

フェーニチカはいきなりニコライ・ペトローウィチにとびつくと、両手で彼もミーチャもいっしょに抱きしめ、彼の肩に顔をおしつけた。ニコライ・ペトローウィチはびっくりした。内気でひかえめなフェーニチカは、他人の前で一度も彼に甘えたことがなかったのである。

「どうしたんだね？」と彼はつぶやくと、ちらと兄を見て、ミーチャを彼女にわたした。「気分でもわるいんじゃない？」と彼はパーヴェル・ペトローウィチのほうへ寄りながら、きいた。

パーヴェル・ペトローウィチは麻《バチスト》のハンカチに顔をうずめた。

「いや……ただ……なんともない……どころか、ずっといいんだよ」

「はやくソファへうつりすぎたんだよ。おまえどこへ？」とニコライ・ペトローウィチはフェーニチカをふりむいて、いった。だが彼女はすばやく廊下へ出て、パタンとドアをしめてしまった。「せっかくうちの暴れん坊を兄さんに見せてやろうと思ってつれてきたのに。坊主はとっても伯父さんのとこへ来たがってたんだよ。しようがないな、つれてってしまって！　しかし、兄さん、どうしたんだ！　ここでなにかあったんじゃないのかい？」

「ニコライ！」とパーヴェル・ペトローウィチはあらたまっていった。

ニコライ・ペトローウィチはぎくっとした。彼は自分でもなぜかわからなかったが、なんとなく気づまりになった。

「ニコライ」とパーヴェル・ペトローウィチはくりかえした。「わしの頼みを果たすと約束してくれ」

「どんな頼みです？　いってください」

「これはひじょうに重大な頼みだ。わしの考えでは、これにおまえの生活の幸福のすべてがかかっていると思う。わしは今からおまえにいおうとすることについて、このあいだからずうっと考えてきた……ニコライ、おまえの義務を果たしてくれ。誠実で品位ある人間としての義務を果たし、罪への誘惑をやめてくれ。立派な人間であるおまえがしめしている、わるい手本を捨ててくれ！」

「なにをいいたいんだ。パーヴェル？」

「フェーニチカと結婚してくれ……あれはおまえを愛してるよ。あれは——おまえの息子の母親だよ」

ニコライ・ペトローウィチははっと一歩さがって、両手を打ちあわせた。

「あんたがそれをいうのか、パーヴェル？　このような結婚のもっとも強硬な反対者だと、わたしがいつも考えていた兄さん、あんたがそれをいってくれるのか！　でも、兄さんにはわかっていると思ったんだが、わたしは兄さんを尊敬しているからこそ、いま兄さんが正当にわたしの義務といってくれたことを実行しなかったんだ！」

「この場合、わしを尊敬したのは、無意味だったな」とパーヴェル・ペトローウィチは力なく笑いながら、いいかえした。「わしはこのごろ、バザーロフがわしの貴族主義を攻撃したが、あれは正しかったという気がしだしたんだよ。いやいいんだよ、ニコライ、もうわれわれは世の中のことを考えて頭を痛めたりするのは、よそうよ。わしらは古いおとなしい人間だよ。いろんなわずらわしいことは、わきのほうへおしやる時期が来たんだよ。たしかに、おまえのいうように、われわれの義務を実行しようではないか。そしたら、またおまけとして、幸福がもらえるかもしれないよ」

ニコライ・ペトローウィチはいきなりとびついて、兄を抱きしめた。

「兄さんはついにわたしの目を開いてくれた！」と彼は叫んだ。「わたしは、兄さんが世の中でもっとも善良で聡明《そうめい》な人間だと、いつも思っていたが、そのとおりだった！　だが、そればかりじゃない、いまこそわかったが、兄さん、あんたはじつに道理のわかった、心の広い人間だよ」

「静かに、静かに」とパーヴェル・ペトローウィチはさえぎった。「そう道理のわかった兄さんの痛い足を突つかんでくれよ、なにしろ五十ちかくにもなって、少尉補《しょういほ》みたいに、決闘をやらかしたんだからな、じゃ、この問題はきまった。つまりフェーニチカはわたしの……belle-sœur《ベル・スール》（訳注 義妹）になるわけだな？」

「ありがとう！　パーヴェル！　でも、アルカージイがなんというだろう？」

「アルカージイ？　大喜びをするさ、きまってるじゃないか！　結婚はあれの主義にはないが、そのかわり平等の感情があれの気持ちを喜ばせるだろうよ。それに実際、au dix-neuvième siècle《オー・ディズ・ヌヴィエム・シエクル》（訳注 十九世紀）の世襲階級がなんだろう？」

「ああ、パーヴェル、パーヴェル！　わたしにもういちど接吻させてくれ。だいじょうぶだよ、そっとするから」

兄弟は抱きあった。

「おまえどう思う。いますぐおまえの決意を彼女《あれ》に知らせないでいいかな？」とパーヴェル・ペトローウィチはきいた。

「どうして急ぐんだい？」とニコライ・ペトローウィチはやりかえした。「さては、あんたがたのあいだにはもう話があったんだな？」

「話が、わたしたちのあいだに？　Quelle idée《ケリデ》！（訳注　こりゃおどろいた！）」

「まあ、いい。まず元気になってくれ。これはべつに逃げてゆかんよ。とにかくいろいろと、よく考えてみて……」

「でも、おまえ決心したんだろう？」

「むろん、決心したよ、兄さんに心からお礼をいうよ。じゃ、わたしは向うに行こう。兄さんを休ませなきゃ。興奮は毒だから……でも、あとでまた話しあおう。じゃ、お休み。早くよくなってくださいよ！」

〈どうしてあれはあんなにおれに感謝するのだろう？〉一人になるとパーヴェル・ペトローウィチは考えた。〈まるで自分ではどうにもならなかったことみたいに！　だがおれは、あれが結婚したらすぐに、どこか遠くへ、ドレスデン（訳注　ドイツの都市。エルベ河にまたがり、芸術、学術の中心地）かフローレンス（訳注　イタリア中部の都市フィレンツェ。英語名フローレンス。イタリア・ルネッサンスの中心地で花の都として知られる）へでも行って、静かに暮らそう〉

　パーヴェル・ペトローウィチはオーデコロンで額をしめして、目を閉じた。明るい昼の光を受けて、美しいやせた顔が白い枕の上にのっていた。まるで死人の顔のように……そう、彼はもう死人だったのである。

25

ニコーリスコエ村の庭園の高い秦皮《とねりこ》の木陰に、芝生を盛りあげてつくった自然のベンチに、カーチャとアルカージイが腰かけていた。そのそばの地面にフィフィが寝そべって、猟師仲間で《兎《うさぎ》の寝姿》とよばれる優雅な曲線を、その長いからだで描いていた。アルカージイも、カーチャもだまりこくっていた。彼は半開きの本を手にもち、彼女は籠《かご》のなかからのこった白パンの屑《くず》を拾っては、小さな雀《すずめ》の家族に投げてやった。雀どもは、この鳥の特徴で臆病《おくびょう》なくせにずうずうしく、ちょんちょんと飛んできて、彼女の足もとでパン屑を拾っていた。そよ風が、さやさやと秦皮の葉を鳴らして、うすい金色の光の玉を、黒い小径《こみち》にも、黄色いフィフィの背にも、静かに前後にゆすっていた。やわらかな陰がアルカージイとカーチャにふりそそいでいた。時おり彼女の髪に明るい縞《しま》が燃えたつだけだった。二人はだまっていたが、そのだまっていることに、ならんですわっていることに、信頼しきった親しさがあらわれていた。二人のどちらも横にすわっている相手のことを考えてもいないふうにみえたが、心のなかではひそかに喜んでいた。二人の顔も、わたしたちが最後に見たときから変わっていた。アルカージイは落ちつきをましたようだし、カーチャはいきいきとして、大胆になったように思われた。

「秦皮をロシア語でヤーセン（訳注　明るいという意味）と呼ぶのは、ひじょうにいい名だと思いません？」とアルカージイはいった。「これほど軽やかに、明るく空中に透けて見える木は、ほかにありませんよ」

カーチャは上を見あげて、「そうね」といった。アルカージイはふと思った。〈おれがきざなことをいってもこの娘《こ》はいやな顔をしないぞ〉

「あたしはハイネ（訳注　一七九七～一八五六。ゲーテとならび称されるドイツの抒情詩人）を好きませんわ」と、アルカージイがもっている本を目でしめしながら、カーチャはいった。「彼が笑っているときも、泣いているときも。ただ、物思いに沈んで、暗い顔をしているときのハイネは好きですの」

「だがぼくは、彼が笑っているときがいいな」とアルカージイはいった。

「それはあなたにまだ風刺的傾向の古い跡がのこっているからだわ……（〈古い跡が！〉とアルカージイは考えた。〈バザーロフがきいたらなんというだろう！〉）待ってらっしゃい、あたしたちがあなたをつくり変えてあげますから」

「だれがぼくをつくり変えるんです？　あなたですか？」

「だれがですって？　姉さんよ。それからポルフィーリイ・プラトーヌイチ、あのひととはもう議論なさらないでしょう。それから伯母さま、一昨日教会へつれてってくださいましたわね」

「ことわれなかったんですよ！　ところで、アンナ・セルゲーエヴナさんですが、あのかた自身が、あなたもおぼえてるでしょうけど、いろいろとエヴゲーニイに共鳴してましたよ」

「姉さんはあのころ、あのかたにまどわされていたのよ、あなたとおなじに」

「ぼくとおなじに！　それじゃあなたは気がついたのですね。ぼくがもう彼の影響からぬけだしたのを？」

カーチャはだまっていた。

「ぼくは知ってますよ」と、アルカージイはつづけた。「彼はあなたにどうしても気に入られなかった」

「わたしあのかたを批判できませんわ」

「ねえ、カテリーナ・セルゲーエヴナさん、そういう答えはいつきかされても、ぼくは信じませんよ……ぼくたちが批判できないような人間なんて、いませんもの。それは単なるいいのがれというものですよ」

「そう、じゃいいますわ、あのかたは……わたしが好かないというのじゃないわ、ただわたし、そんな感じがするの。あのかたもわたしに無縁の人だし、わたしもあのかたには無縁の人だって……それにあなただってそうよ」

「それはなぜです？」

「どういったらいいかしら……あのかたは猛獣だわ、わたしたちは家畜」

「ぼくも家畜ですか？」

カーチャはうなずいた。

アルカージイは耳のうしろをごしごしかいた。

「ねえ、カテリーナ・セルゲーエヴナさん、それはあんまりひどすぎますよ」

「あら、じゃあなたは、猛獣になりたいとおっしゃるの？」

「猛獣はいやだが、強い、エネルギッシュな人間になりたいですよ」

「それは望んで得られるものじゃないわ……あのあなたのお友だちもそれを望んではいません。が、あのひとにはそれがあるんです」

「ふむ！　じゃあなたは、彼がアンナ・セルゲーエヴナさんに大きな影響をあたえた、と思ってるんですね？」

「そうよ。でも姉さんを長く支配することは、だれにもできませんわ」とカーチャは小声でいいたした。

「どうしてそう思います？」

「姉さんはひどく高慢……あら、わたし言葉をまちがえましたわ……独立、ということを、ひじょうに大切にする人ですもの」

「それを大切にしない人があるでしょうか？」とアルカージイはきいた。が同時に頭のなかに、〈それがなんになるのだ？〉という考えがひらめいた。〈それがなんになるのかしら？〉というおなじ考えがカーチャにもひらめいた。しげしげと親しく会っている若い人びとには、たえずおなじ考えが同時にうかぶものである。

　アルカージイはにやっと笑って、わずかにカーチャのほうへにじりより、ひそひそ声でささやいた。

「白状なさい。あなたはあのひとがすこしこわいんでしょう？」

「あのひとって？」

「あのひとですよ」とアルカージイは意味ありげにくりかえした。

「じゃ、あなたは？」と、こんどはカーチャがきいた。

「ぼくも。いいですか、ぼくも、といったんですよ」

カーチャは指で彼をおどした。

「わたしおどろいてるのよ」と彼女はいった。「いままでにないことよ、姉さんがこんなにあなたに好意を寄せたこと。はじめていらしたときより、何倍もよ」

「そうですか！」

「あら、気がつかなかったの？　あなたそれがうれしくないの？」

アルカージイは考えこんだ。

「ぼくはなにによってアンナ・セルゲーエヴナさんの好意をかち得ることができたんだろう？　あなたがたのお母さまの手紙をもってきてあげたからではないかしら？」

「それもありますわ。ほかの理由もあるけど、あたしいわないわ」

「それはなぜです？」

「いわない」

「ほう！　なるほど、あなたはひどく強情ですね」

「強情ですわ」

「それに観察がするどい」

カーチャは横合いからアルカージイを見た。

「かもしれないわ。あなたそれを怒ってるの？　なにを考えてらっしゃるの？」

「その観察眼がどうしてあなたにできたか、考えてるんですよ。実際に、あなたにあるから。あなたはあんなに臆病で、うたぐり深くて、みんなをさけるようにしてたのに……」

「わたしずっとひとりで暮らしてきたんですもの、自然といろいろ考えるようになるわ。でも、わたしみんなをさけるようにしてるかしら？」

　アルカージイは感謝のまなざしをカーチャになげた。

「それはすばらしいことですよ」と彼はつづけた。「でも、あなたのような境遇にある人は、いや、あなたのような身分の人はといいましょう、めったにその才能をそなえていないものです。そういう人びとには、ツァーリ*みたいに、真理がとどきにくいものですよ」

「でもわたし、お金持ちじゃないわよ」

　アルカージイは虚をつかれて、とっさにカーチャのいった意味がわからなかった。〈そういえば、財産はぜんぶお姉さんのものだ！〉という考えが彼の頭にうかんだ。この考えは彼には不快なものではなかった。

「あなたはよくそれをいいましたねえ！」と彼はつぶやいた。

「なにをですの？」

「よくいいました。あっさりと、恥ずかしがりもしないで。ついでだからいいますが、自分が貧しいということを知っていて、それを口に出す人の気持ちのなかには、なにか特別の感情、一つの虚栄心のようなものがあるにちがいない、と思うんですよ」

「わたし姉さんのおかげでそんなことはすこしも経験しませんでしたわ。わたしが自分の財産のことをいったのは、ほんの話のはずみですもの」

「そうですか。でも白状なさい。あなたの気持ちのなかには、ぼくがいまいった虚栄心がちょっぴりはあるでしょう」

「たとえば？」

「たとえば、あなたなら――こんなことをきいてごめんなさい――金持ちのところへは、お嫁に行かないでしょう？」

「そのひとをひじょうに愛してたら……いいえ、それでもやっぱり行かないと思うわ」

「ねえ！　それごらんなさい！」とアルカージイは叫んだ。そしてややあって、つけくわえた。「でも、なぜでしょう、そのひとのところへお嫁に行かないのは？」

「だって、歌にもあるでしょう、不釣合《ふつりあ》いはいけないって」

「あなたは、きっと、負けたくないんだな。それとも……」

「あら、ちがうわ！　どうしてそんなこと？　それどころか、わたし喜んで服従するわ、ただ不釣合いはつらいの。自分を大切にして、服従する、それはわたしわかるわ、それが幸福というものよ。でも隷属《れいぞく》した生活なんて……いやだわ。それより、いまのままで満足だわ」

「いまのままで満足、ですか」とアルカージイはカーチャの言葉をくりかえした。「そうですか、なるほどねえ」と彼はつづけた。「血は争えないものだ。あなたも独立心の強いことでは、お姉さんに負けませんね。ただあなたのほうが外に出さない。あなたは、きっと、ぜったいに自分の気持ちをさきにはいわないでしょう。たとえばそれがどんなに強く、正しいものであっても……」

「だって、それが礼儀じゃなくて？」とカーチャはきいた。

「あなた方はおなじように利口ですよ。あなたはお姉さんに負けないだけの気性をもっています、もしかしたらそれ以上かもしれない……」

「わたしを姉さんと比較しないで、おねがいですから」とカーチャは急いでさえぎった。「わたしにはあまりにも不利ですもの。あなたはいい忘れてるようですけど、姉さんは美人で聡明で、それに……あなただけは、アルカージイ・ニコラーイチさん、そんな言葉をいうべきじゃないわ、それもそんなまじめな顔をして」

「それはどういう意味です。あなただけは、とは？　それに、ぼくが冗談をいってると、どうして思います？」

「冗談にきまってるわ」

「そう思いますか？　じゃ、ぼくがいってることを、ぼくが信じてるとしたら、どうでしょう？　これでもまだいいたりない、とぼくが思ってるとしたら？」

「あなたのいう意味がわかりませんわ」

「ほんとうですか？　そうですか？　これでどうやら、ぼくはあなたの観察眼をあまり買いかぶりすぎていたようですね」

「なんですって？」

アルカージイはなんとも返事をしないで、顔をそむけた。カーチャは籠にすこしのこっているパン屑をさがして、雀に投げてやりはじめた。ところがその投げ方があまりに邪険だったので、雀はついばみそこねて、さっと飛びたった。

「カテリーナ・セルゲーエヴナさん！」とふいにアルカージイがいった。「あなたには、こんなことは、どうでもいいことでしょうけど、でもこれだけは承知していてください。ぼくはあなたを、お姉さんばかりか、世の中のだれとも、見かえようとは思いません」

彼はおもわず口から出てしまった自分の言葉におびえたらしく、立ちあがると、急いで立ち去った。

一方、カーチャは籠をもった両手を膝《ひざ》の上に落とし、頭をかしげて、いつまでもアルカージイの後ろ姿を見おくっていた。すこしずつ赤みが頰《ほお》へほんのりとさしてきた。が、唇《くちびる》は笑っていなかった。そして黒い目にはとまどいと、まだなんとも呼びようのない、ある別な感情があらわれていた。

「あら、一人なの？」とうしろにアンナ・セルゲーエヴナの声がきこえた。「アルカージイさんといっしょに庭へ出たようだったけど」

カーチャはゆっくり目を姉へうつした（優美な、しかも凝った服装をして、姉は道に立ちどまり、開いたパラソルの先でフィフィの耳をいたずらしていた）、そしてゆっくりいった。

「わたし一人よ」

「わかってますよ」と姉は笑いながらいった。「じゃ彼は、部屋へもどったのね？」

「ええ」

「いっしょに本を読んでたの？」

「ええ」

アンナ・セルゲーエヴナは、カーチャの顎《あご》へ手をかけて、ちょっと顔を上にむけた。

「喧嘩《けんか》したんじゃないでしょうね？」

「いいえ」とカーチャはいって、そっと姉の手をはずした。

「おや、得意そうな返事だこと！　わたし彼がここにいると思ったから、散歩に誘うつもりだったのよ。いつもわたしに頼んでたから。あんたに町から靴《くつ》がとどいたから、行って合わせてごらん、古い靴がもうすっかりちびっちゃったのを、昨日見たんでね。だいたいあんたは気がつかなさすぎるわ、そんなすてきな足をしながら！　手もきれいよ……ただちょっと大きいけど。だからその足を武器にしなくちゃ。それにしても、おしゃれをしなさすぎよ」

アンナ・セルゲーエヴナは美しい衣装をサラサラ鳴らしながら、小径を歩いていった。カーチャはベンチから立ちあがると、ハイネをかかえて、歩きだした――が、靴を合わせには行かなかった。

〈きれいな足〉太陽に焼かれたテラスの石段を、ゆっくり軽やかにのぼりながら、カーチャは考えた。〈きれいな足と、姉さんはいってくれた……いまに彼が、この足もとにひざまずくんだわ〉

ところが、すぐに恥ずかしくなって、彼女は急いで階段を駆けのぼった。

アルカージイが廊下を自分の部屋のほうへ歩いていくと、家令が追ってきて、部屋にバザーロフ氏が待っていると伝えた。

「エヴゲーニイが！」とアルカージイはほとんどおびえに近い声でつぶやいた。「もうだいぶになる？」

「たったいまお着きになりまして、アンナ・セルゲーエヴナさまには取り次がないようにとおっしゃって、まっすぐにあなたのお部屋へお通りになりました」

〈さては、家になにか不幸があったのでは？〉と考えて、アルカージイは急いで階段を駆けのぼり、一気にドアをあけた。バザーロフの顔を見ると、とたんに彼ははっとした。しかしもっと経験にとんだ目なら、おそらく、この思いがけぬ客の、相変わらず精力的ではあるが、やつれの見える姿に、心の動揺のしるしを見てとったことであろう。土埃《つちぼこり》のついたレーンコートを肩にひっかけ、縁《ふち》なし帽をかぶったまま、彼は窓敷居にかけていた。アルカージイが、そうぞうしい叫び声とともにその首にとびついたときも、彼は腰をあげなかった。

「まったく思いがけなかった！　どうした風の吹きまわしだ！」と彼は、自分も喜んでいるものと思いこみ、それを見せたいとねがうかのように、そわそわと部屋のなかを歩きまわりながら、何度もくりかえした。「家はみんな無事だろうな。みんな達者だろうな、おい？」

「みんな無事だよ。だがみんなが達者というわけじゃない」とバザーロフはいった。

「ところできみ、そううろちょろしないで、ぼくにクワス（訳注 発酵した裸麦のこね粉、あるいはパンと麦芽からつくるロシア人愛用の清涼飲料）をもってくるようにいってくれ、それからそこへすわって、ぼくのいうことをききたまえ。くどくはいわんが、かなりきつい表現でいうつもりだ」

アルカージイは急に静かになった。バザーロフはパーヴェル・ペトローウィチとの決闘の顚末《てんまつ》を語った。アルカージイはひどくおどろいて、悲しみにさえとらわれたが、それは見せてはいけないと思った。そして、ほんとに伯父の傷は危険がないのか？とだけきいて、傷は——もっとも興味あるものだ、ただし医学的な意味ではない、という返事をもらうと、むりに笑ってみせた。しかし腹の中は妙に気づまりになり、なんとなく恥ずかしい気もした。バザーロフはそれを見ぬいたらしかった。

「ねえ、きみ」と彼はいった。「これが封建諸侯といっしょに暮らすという意味だよ。自分も諸侯の仲間におちて、騎士の競技に参加するようなことになる。ところで、ぼくは親父《おやじ》たちのところへ戻るんだが」とバザーロフは話を結んだ。「途中ここへ寄ったんだよ……いっさいをきみに伝えるために、とまあこんなふうにいうだろうな、もしぼくが無益の嘘《うそ》を——愚劣とみとめないならばな。ところがそうじゃない。ぼくがここへ寄ったのは——なんのためかわかるものか。ねえ、きみ、人間はときどき自分の髪をひっつかんで、畝《うね》から大根をひっこぬくみたいに、ぽいと自分をひっこぬいてみるのもいいものだよ。ぼくはこのあいだそれをやらかしたんだ……ところがぼくは別れたものを、自分がうずまっていた畝を、もういちど見たくなったのさ」

「その言葉がぼくには無関係であってほしいな」とアルカージイは不安にかられて反撃した。「ぼくと別れるなんて考えてはいないだろうな」

バザーロフはじっと目に力をこめて、ほとんど射ぬくようにアルカージイを凝視した。

「ほう、それが悲しいというのかい？　きみはもうぼくからはなれてしまった、ような気がするよ。きみはいかにもさわやかで、清らかで……おそらく、アンナ・ヒルゲーエヴナさんとのあいだはうまくいってるんだろうな」

「なんだい、アンナ・セルゲーエヴナさんとのあいだって？」

「ふん、きみは彼女のために町からここへ来たんじゃなかったのかい？　ついでだが、日曜学校のほうはその後どうだね？　おい、きみは彼女に、惚《ほ》れてるんじゃないのか？　それとも、もう言葉をつつしまにゃいかんところまで来たのかい？」

「エヴゲーニイ、ぼくがきみに秘密なんかもったことがないことは、きみも知ってるじゃないか。ぼくは、誓って、断言できるよ。きみは誤解している」

「ふむ！　新しい言葉だ」とバザーロフは小声でいった。「だが、きみには悲しむ理由がないよ、もっともそんなことはぼくにはどうでもいいが。ロマンチストならこういうだろうよ。ぼくは二人の道が別れはじめたのを感じます、なんてさ。だがぼくはあっさりいうね、たがいに食いあきたのさ、と」

「エヴゲーニイ……」

「きみ、こんなことはべつにたいした不幸じゃないよ。世の中にはまだまだ食いあきることがあるよ！　もう別れ時だと思うな！　ここにいるあいだに、ぼくはじつにいやな気がした。まるでカルーガ県知事夫人にあてたゴーゴリの手紙*を読んだあとみたいだ。ついでだからいっておくが、ぼくは馬を解くようにいってないんだぜ」

「とんでもない、そりゃいかんよ！」

「なぜだい？」

「ぼくなんかどうでもいいよ。でも、アンナ・セルゲーエヴナさんにたいして最高に失礼じゃないか。あのひとはきっときみに会いたがるよ」

「なに、それはきみの思いちがいさ」

「いや、そうじゃない、ぜったいにぼくが正しいよ」とアルカージイはいいかえした。

「それに、なんのためにきみはとぼけるんだ？　こうなったらいうけど、きみこそ彼女のためにここへ来たんじゃないのか？」

「あるいは、そうかもしれん、だがやはり、きみはまちがってるよ」

しかし、アルカージイが正しかった。アンナ・セルゲーエヴナはバザーロフに会うことを望んで、家令を通じて招待してきた。バザーロフは彼女の部屋へ行くまえに、着替えをした。彼はすぐ出せるように、新しい服を用意して来たのである。

オジンツォーワは、彼がとつぜん愛を告白したあの部屋ではなく、客間で彼を迎えた。彼女は愛想よく指の先を彼のほうへさしのべたが、その顔は意にそむいて緊張の色をうかべていた。

「アンナ・セルゲーエヴナさん」とバザーロフは急いでいった。「まず第一に、ぼくはあなたを安心させせなければなりません。あなたの前に立っているのは、自分でもとうに目がさめ、ほかの人びとにもその愚かさを忘れてもらいたいと望んでいる、ごく平凡な男です。ぼくは永久に去ります。で、おわかりいただけると思うのですが、ぼくは弱い人間ではありませんが、しかしあなたに嫌悪の気持ちで思いだされるという考えをもって去ることは、やはり愉快ではないのです」

アンナ・セルゲーエヴナは、高い峠にやっと登りついた人間のように、ほっと深い溜息《ためいき》をついた。そして顔は微笑でいきいきとした表情となった。彼女はあらためてバザーロフに手をさしのべて、その握手にこたえた。

「昔のことをいう者は相手にするな、といいますわ」と彼女はいった。「まして、正直にいいますと、あのときわたしコケットじゃないまでも、なにかほかに悪いところがあったんですもの。それより、もとどおりのお友だちになりましょうよ。あれは夢だったのよ。そうじゃなくて？　夢なんかおぼえてる人があって？」

「だれがおぼえてるでしょう？　それに恋ってやつ……こんなものは不自然な感情ですよ」

「ほんと？　わたしそれをうかがって、ひじょうにうれしく思いますわ」

アンナ・セルゲーエヴナはこんな調子で話した。バザーロフもこんな調子だった。そして二人とも、ほんとうのことをいっていると思っていた。だが、真実が、完全な真実が、二人の言葉にあったろうか？　彼ら自身がそれを知らなかったのだから、まして作者などにわかるわけがない。しかし二人の会話は、たがいに相手を信じきっているようなぐあいに運ばれた。

そのうちにアンナ・セルゲーエヴナは、キルサーノフ家でなにをしていたのかと、バザーロフにたずねた。彼はパーヴェル・ペトローウィチとの決闘の一件をあぶなく口に出しかけたが、自分が女にかかわりあってばかりいるように思われはしないかと思って、その話をひっこめて、ずっと研究ばかりしていたと答えた。

「わたしのほうは」とアンナ・セルゲーエヴナはいった。「どうしたわけか、しばらくは気鬱症《きうつしょう》にかかってしまって、外国へ行こうかとまで思いましたのよ。ほんと！……そのうちに治って、それにあなたのお友だちの、アルカージイ・ニコラーイチさんが来てくださいましたし、またもとの軌道にもどったわけですの。自分のほんとうの役割にね」

「それはどんな役割です。お教えいただけませんか？」

「伯母の役割、監督、母親、なんでも好きなように呼んでください。ついでですけど、ねえ、わたしまえには、アルカージイ・ニコラーイチさんにたいするあなたの親密な友情が、よくのみこめませんでしたのよ。わたしはあのひとを、あまりたいしたものじゃないと思っていましたの。ところが今度よくわかりましたが、なかなかかしこい人ですのね……でもいちばんは、若いことですわ、若いんですもの……わたしたちとはちがいますわ。ねえ、エヴゲーニイ・ワシーリイチさん」

「彼は相変わらず、あなたの前でびくびくしてますか？」と、バザーロフはきいた。

「まあ、それじゃ……」とアンナ・セルゲーエヴナはいいかけたが、ちょっと考えて、こういいなおした。「このごろは、ずっとうちとけてきて、わたしともよく話しますわ。まえにはわたしを避けてましたけど。でも、わたしはあんまりお相手をたのまないの。彼はカーチャと大の仲よしよ」

バザーロフはむかむかしてきた。〈女ってやつは欺《あざむ》かずにはおれんのだ！〉と彼は考えた。

「あなたは、彼があなたを避けていたといいましたが」と彼は冷ややかなうす笑いをうかべていった。「おそらく、彼があなたに惚れきっていたことを、知らぬわけはないでしょう？」

「なんですって？　彼も？」とアンナ・セルゲーエヴナはおもわずいった。

「彼もです」とくりかえして、バザーロフはおとなしく頭をさげた。「あなたはご存じなかったんですか？　ぼくがはじめて伝えたというわけですか？」

アンナ・セルゲーエヴナは目を伏せた。

「あなたの思いちがいですわ。エヴゲーニイ・ワシーリイチさん」

「とは思いませんね。でも、これはいうべきでなかったかもしれない」〈あんたも今後は、欺こうなんてしないことだな〉と彼は腹の中でいいたした。

「どうしていうべきでなかったの？　でも、あなたはこの場合も瞬間的な印象にあまり大きな意味をあたえすぎる、と思うわ。あなたは物事を誇張する癖があるんじゃないかしら、わたしそんな気がしてきましたわ」

「まあ、この話はよしにしましょう。アンナ・セルゲーエヴナさん」

「どうしてですの？」と彼女は問いかえしたが、自分で話を別なほうへうつした。もうすっかり忘れてしまったと、彼にもいったし、自分でも思いこんではいたが、やはりバザーロフを前にすると、彼女はなにか気づまりなものがあった。彼とごくつまらない言葉をかわしたり、冗談をいいあったりしていてさえ、彼女は恐怖の軽い圧迫を感じていた。それはちょうど船にのっている人びとのような気持ちだった。かたい大地の上にいるのとおなじように、なんの不安もなく話したり、笑ったりしているように見えるが、ちょっとでも船がとまったり、なにか異常なことの徴候でもあらわれると、たちまちみんなの顔に、いつ危険がおこるかとたえず意識していたことを証明する狼狽《ろうばい》の表情があらわれるものである。

アンナ・セルゲーエヴナとバザーロフの話は長くはつづかなかった。彼女は物思いに沈みがちになり、ぼんやりした返事をするようになって、けっきょく、広間へ移ろうといいだした。広間には公爵令嬢《こうしゃく》とカーチャがいた。

「アルカージイ・ニコラーイチさんは、どこへいらしたの？」と彼女はきいた。そしてもう一時間以上姿を見せないと知ると、彼を迎えにやった。彼はなかなか見つからなかった。彼は庭の奥ふかくへもぐりこんで、腰かけて、顎《あご》をかさねた手の甲にのせたまま、じっと考えこんでいたのだった。その考えは、深く厳粛なものではあったが、悲しいものではなかった。彼はアンナ・セルゲーエヴナがバザーロフと二人きりですわっていることは知っていたが、いままでのように、嫉妬《しっと》は感じなかった。それどころか、彼の顔は静かに輝いていた。彼はなにかに驚いているようでもあり、喜んでいるようでもあり、何事かを決意しているふうでもあった。

26

亡《な》くなったオジンツォーフは新式の設備を好まなかったが、それでも《ある種の趣味のいい道楽》は許した。そしてそのあらわれとして、庭園の温室と池のあいだにロシアの煉瓦《れんが》でギリシアの柱廊風のものをつくった。この柱廊というか、ギャラリーのようなものの奥の障壁に銅像をおくへこみを六つこしらえて、オジンツォーフはわざわざ外国から銅像をとりよせた。それらの銅像はそれぞれ孤独と、沈黙と、思索と、憂鬱と、羞恥《しゅうち》と、感傷をあらわしていた。その一つで、唇に指をあてた沈黙の女神がはこびこまれて、台座にのせられることになったその日に、下男部屋の子供たちに鼻を欠かれてしまった。近所の左官が「まえよりも倍もみごとに」鼻をくっつけることをひきうけたが、オジンツォーフはひきとらせて、打穀小舎の隅《すみ》っこにほうりこませた。女神は長年のあいだそのまま放置されて、女どもに迷信じみた恐怖をおぼえさせてきた。柱廊の前面はもういつからか濃い灌木《かんぼく》の茂みにおおわれて、いちめんの緑の上に柱の頭だけが見えていた。柱廊の内部は真昼でもひんやりとしていた。アンナ・セルゲーエヴナは一度そこで蛇《へび》を見てから、もうそこへは行きたがらなかったが、カーチャはよくそこへ行って、台座の一つの下に設けられた大きな石のベンチにすわっていた。さわやかな空気と涼しい陰のなかで、本を読んだり、編物をしたり、完全な静寂の感触にひたったりするのだった。それは、自分たちの周囲や、自分たちの内部にたえずゆれうごいている広い生命の波を、ほとんど無意識に、だまってひそかに見まもっているような、なんともいえぬいい気持ちで、おそらくだれもが味わったことがあるにちがいない。

バザーロフが着いたあくる日、カーチャは、この大好きなベンチに腰かけていた。その横にならんで、またアルカージイがすわっていた。アルカージイがいっしょに柱廊へ来るようにカーチャに頼んだのだった。

朝食まではまだ一時間ほどあった。すがすがしい朝がもう暑い昼に変わろうとしていた。アルカージイの顔にはまだ昨日の表情がのこっていた。カーチャは不安そうなようすをしていた。姉が朝のお茶のあとですぐに彼女を自分の部屋へ呼んで、まずひととおりやさしいことをいったあとで――これはいつもカーチャをすこしおびえさせたものだが――、アルカージイにたいする態度をもうすこし気をつけるように注意し、伯母にも家の者にも見られたらしいから、とくに人目につかないさびしいところで二人きりでお話をするのはさけたほうがいい、とたしなめたのである。そのうえ、もう昨夜からアンナ・セルゲーエヴナは機嫌《きげん》がわるかったし、カーチャ自身もそれが自分の罪ででもあるかのように狼狽を感じていた。彼女はアルカージイの願いに負けながら、もうこれが最後、と自分にいいきかせたのだった。

「カテリーナ・セルゲーエヴナさん」と彼はうちとけた、しかしどことなくきまりわるそうなようすでいった。「ぼくは幸福にもあなたといっしょにこの家に生活するようになってから、いろんなことをあなたと話しあいましたが、一つだけ、まだぼくがふれていない、重大な……問題があるんです。昨日あなたは、ぼくがここでつくりなおされたといいましたね」彼は自分にそそがれているカーチャの問うような視線をとらえたり、さけたりしながら、こうつけくわえた。「実際、ぼくはずいぶん変わりました。これはあなたがだれよりもよくご存じのはずです。だってぼくは本心から、この変化はあなたのおかげと思ってるんですから」

「わたしが？　……わたしの？　……」とカーチャはいった。

「ぼくはもうここへ来た当時の、あの生意気な子供ではありません」とアルカージイはつづけた。「ぼくもむだに二十三にはなりません。役にたつ人間になりたい、力のすべてを真理にささげたいという気持ちはまえに変わりませんが、自分の理想を求める場所が、もうまえとはちがいます。それがずっと……近くに見えるようになったのです。いままでぼくは自分がわからないで、力以上の課題を自分に課してきたんです……ぼくの目はついこのあいだ、ある一つの感情のおかげで開かれました……ぼくの表現はあまり明瞭《めいりょう》でありませんが、あなたなら、わかってくださると思います……」

カーチャはなんとも返事をしなかった、が、アルカージイにあてていた目を伏せた。

「ぼくはこう思うんです」と彼はますます興奮した声でいいはじめた。頭上の白樺《しらかば》の葉陰で花鶏《あとり》が一羽のんびりと自分の歌をうたっていた。「つまり、すべての正直な人間は、義務として、その相手……人びとに……つまり、近しい人びとにたいして、ぜったいに秘密をもつべきではない、だからぼくは……ぼくは自分の……」

しかし、ここで雄弁がアルカージイを裏切った。彼は言葉を見失い、口ごもって、しばしの絶句をしいられた。カーチャは目を伏せたきりだった。彼女は彼がどこへ話をもってゆこうとしているのかわからないで、なにかを待ちうけているふうだった。

「あなたがびっくりなさるだろうと、ぼくは思うんです」と、アルカージイはまた力をふるいおこして、しゃべりだした。「まして、この感情がある意味で……ある意味で、いいですか――あなたに関係があるんですから。あなたは、たしか、昨日ぼくをしかりましたね。まじめさがたりないといって」とアルカージイは、まるで沼のなかへふみこんで、一歩ごとに深みへはまってゆくのを感じながら、それでもはやく向う岸へたどりつこうとして、先を急ぐ人のようなようすで、言葉をつづけた。

「この非難はまま……若い人たちに、しかもそれがあたらなくなってからまで……むけられる……あびせられるものです。だから、もしぼくにもっと自信があったら……」

（〈もうたくさんだ、助けてくれ、なんとかしてくれ！〉とアルカージイは絶望的に腹のなかで叫んだ。しかしカーチャはやはりふりむこうとしなかった）もしぼくが希望を……」

「もしわたしが、あなたのおっしゃることを信じることができたらね」と、その瞬間アンナ・セルゲーエヴナの明るい声がひびいた。

アルカージイはとっさに口をつぐんだ。カーチャはまっさおになった。柱廊をかくしていた茂みのそばを、小径《こみち》が這《は》っていた。アンナ・セルゲーエヴナはその小径づたいにバザーロフと歩いていた。カーチャとアルカージイは二人の姿は見えなかったが、一言半句、衣装のすれる音、息づかいまできくことができた。二人はさらに数歩あるいて、まるでわざとのように、柱廊のすぐ前に立ちどまった。

「ねえ、そうじゃなくって」とアンナ・セルゲーエヴナは言葉をつづけた。「わたしたちはおたがいに考えちがいをしていたのよ。わたしたちはもう青春の若さじゃありませんもの、とくにわたしは。わたしたちは世の中をわたってきて、疲れてしまったのよ。二人とも——遠慮なく申しますけど——頭がいいわ。はじめおたがいに興味をもちあった、好奇心がそそられたのよ……それから……」

「ぼくが息ぎれしちゃった」とバザーロフが受けた。

「でもね、わたしたちのはなれた原因はそれじゃなかったわ。いずれにしたって、おたがいに相手を必要としなくなった、これがいちばんの原因ですわ。わたしたちにはあまりにもたくさん……なんというかしら……似たところがありすぎたのよ。それがなかなかわからなかったんですわ。それが、アルカージイさんは……」

「あなたは彼を必要としているんですか？」とバザーロフはたずねた。

「およしなさいよ、エヴゲーニイ・ワシーリイチさん。あなたはいいましたわね、彼がわたしにおだやかじゃないって。わたしが彼に好意をもたれてることは、わたしもいつも感じていましたわ。でもね、わたしは伯母さんの役をしてるつもりなのよ、あなたにべつにかくそうとは思いませんけど、たしかにこのごろ、ときどき彼のことを考えるようになったわ。あのわかわかしい、みずみずしい感情には、なんともいえない美しさがありますもの……」

「そういう場合は魅力という言葉のほうが多くつかわれますね」とバザーロフはさえぎった。その静かな、しかしうつろな声には、はげしいいらだちが、ききとられた。

「アルカージイは昨日ぼくになにか隠してましたね、あなたのことも、妹さんのこともしゃべらなかった……これは重大な徴候ですよ」

「カーチャとはまるで兄妹《きょうだい》同士ですわ」とアンナ・セルゲーエヴナはいった。「彼のこういうところもわたし好きなのよ。もっとも、わたしとしては、二人がこんなふうに親しくなることを許してはいけないのかもしれませんけど……」

「それをいうのはあなたの……姉としての心ですか？」とバザーロフは言葉を引っぱっていった。

「むろんですわ……でも、どうしてこんなところに立ってるのかしら？　参りましょう。なんて妙な話かしら、ねえ？　わたしまったく思いがけなかったわ、あなたとこんなふうにお話をするなんて！　ねえ、わたしあなたがこわいのよ…… そのくせ信じきってるの、あなたは本質はひじょうに善良な方だからよ」

「まず、ぼくはぜんぜん善良じゃありませんね。つぎに、ぼくはあなたにとっていっさいの意義を失ってしまいましたよ、それなのにあなたは、ぼくを善良だとおっしゃる……これは死者の頭を花の冠で飾ってやるも同然です」

「エヴゲーニイ・ワシーリイチさん、わたしたちは自分を支配する力なんか……」とアンナ・セルゲーエヴナはいいかけた。そのとき風がさっと吹いて、葉をそよがし、彼女の言葉をはこびさってしまった。

「だってあなたは自由じゃありませんか」としばらくしてバザーロフがいった。

そのさきはなにも聞きとれなかった。足音が遠ざかり……あたりはしんとなった。

アルカージイはカーチャのほうをむいた。カーチャはさっきのままの姿勢ですわっていた。ただもっと深くうなだれていた。

「カテリーナ・セルゲーエヴナさん」と彼は両手をかたくにぎりあわせて、ふるえる声でいった。「ぼくはあなたを愛します。永久に、変わることなく、あなた以外の、だれも愛しません。ぼくはこれをいって、あなたの考えを聞き、あなたに結婚を申しこみたかったのです。ぼくは金持ちではありませんが、すべてをささげる覚悟だからです……あなたは返事をしてくれませんね？　ぼくを信じないのですか？　ぼくがいいかげんな気持ちでいってると、思うんですか？　でしたら、この数日のことを思いだしてください！　だってあなたは、もうまえから認めてらしたじゃありませんか、ほかのすべてのものが――ねえ、わかりますね、――すべてが、すべてが跡形もなく消えうせてしまったことを？　ぼくを見てください、ひと言いってください……ぼくは愛します……あなたを愛します……ぼくを信じてください！」

カーチャは厳粛な明るいまなざしでじっとアルカージイを見つめた。そして長い物思いののち、かすかな微笑を見せて、つぶやいた。

「ええ」

アルカージイはベンチからおどりあがった。

「ええ！　といってくれましたね。そうですね、カテリーナ・セルゲーエヴナさん！　それはどういう意味です？　ぼくがあなたを愛する、あなたがそれを信じる、ということですか……それとも……それとも……ぼくはいえない、いいきる勇気がない……」

「ええ」とカーチャはくりかえした。そして今度は彼はその意味をさとった。彼はカーチャの大きな美しい手をつかんで、歓喜にあえぎながら、その手を自分の胸におしあてた。彼は立っていられないほどで、ただ「カーチャ、カーチャ……」とくりかえすだけだった。彼女はいかにも無邪気に泣きだしてしまった、そして自分で自分の涙にそっと笑った。愛する者の目にこのような涙を見たことのない者は、地上の人間が感謝と羞恥でからだじゅうがしびれるような思いをしながら、どれほどまでに幸福になれるかを、まだ味わったことがないのである。

あくる日の朝はやく、アンナ・セルゲーエヴナはバザーロフを自分の部屋へ呼んで、むりな笑いをうかべながら折りたたまれた便箋《びんせん》をさしだした。それは彼女の妹に結婚を申しこんだアルカージイの手紙だった。

バザーロフは急いでその手紙に目を走らせた、そして一瞬、胸のなかに燃えあがった意地のわるい喜びを顔に出すまいと、やっと自分をおさえた。

「そうだったのか」と彼はいった。「あなたはつい昨日までは、彼がカテリーナ・セルゲーエヴナさんを妹のように愛していると、思ってましたね。いったい、これからどうなさるつもりです？」

「あなたはどうしたらいいと思います？」とアンナ・セルゲーエヴナはやはり笑いながらきいた。

「ぼくですか」とバザーロフも笑いながら答えた。しかし彼は全然うれしくなかったし、すこしも笑いたくなかった。これは彼女にしてもおなじことだった。「ぼくは若い人たちを祝福してやるべきだと思いますね。どう見ても似合いのカップルですよ。キルサーノフ家の財産は相当なものですし、彼は一人息子で、父親しかない、おまけに父親はやさしいから、反対したりはしないでしょう」

オジンツォーワは部屋のなかを歩きまわった。顔が赤くなったり、青くなったりした。

「そう思います？」と彼女はいった。「そうね、わたしも障害はないと思いますわ……カーチャのためにうれしいわ……アルカージイ・ニコラーイチさんのためにも。もちろん、お父さまの返事を待つことにしますわ。あのひとに自分でお父さまのところへ行ってもらいましょう。どう、わたしたちはもう年寄りだって、昨日いったことがほんとうになりましたわね……でも、どうしてわたし気がつかなかったかしら？不思議ですわ！」

アンナ・セルゲーエヴナはまた笑いだした。が、すぐに顔をそむけた。

「このごろの若い者はずるくなりましたよ」とバザーロフはいって、これも笑いだした。「さようなら」と、しばらくしてから、彼はいった。「どうかこの話をうまくまとめてやってください。ぼくも遠くから喜びをおくりましょう」

　オジンツォーワは急いで彼のほうをふりむいた。

「まあ、あなたお発《た》ちになるの？　どうしていまのようなときにのこってくださらないの？　のこって、ね……あなたとお話ししてると楽しいんですもの……まるで崖《がけ》の縁《ふち》を歩いてるみたいで、はじめはびくびくで、そのうちいつのまにか大胆になって。残ってくださいね」

「ご親切ありがとう、アンナ・セルゲーエヴナさん、それからぼくの話術の才を過分におほめいただいて、感謝します。でもぼくはもうあまりに長く、ぼくにとっては異質の世界を旋回しすぎたような気がします。飛魚はある時間は空中にとどまっておれますが、じきに水中にとびこまねばなりません。ぼくにもぼくの世界へとびこむことを許してください」

　オジンツォーワはじっとバザーロフを見つめた。にがい自嘲《じちょう》が彼の青白い顔をゆがめた。

〈この男はわたしを愛していたのだ！〉と彼女は思った。そう思うと、彼がかわいそうになって、彼女は思いをこめて彼に片手をさしのべた。

　しかし、彼も彼女の心を読んだ。

「いけない！」といって、彼は一歩しりぞいた。「ぼくは貧しい男だが、これまで施しを受けたことがありません。さようなら、どうぞお達者で」

「またお目にかかれますわね、きっと」とアンナ・セルゲーエヴナはおもわず歩みよりながら、いった。

「世の中には思いがけないことがあるものです！」とバザーロフは答えて、一礼すると、出ていった。

「じゃきみは、巣をつくる気になったんだな？」そのおなじ日、彼はうずくまってトランクの荷造りをしながら、アルカージイにいった。「それもいいさ！　いいことだよ。ただきみはぼくをだまそうとしたが、あれはよけいだったな。ぼくがきみに期待してきたのはぜんぜん別な線だったよ。それとも、ひょっとすると、これにはきみ自身めんくらったのかな？」

「ぼくもきみと別れたとき、まさかこんなことになろうとは思わなかったんだよ」とアルカージイは答えた。「だけど、どうしてきみこそごまかしをいうんだ。『いいことだ』なんて、まるできみの結婚観をぼくが知らんみたいに？」

「おいおい、きみ！」とバザーロフはいった。「なんていい方をするんだ！　ごらん、ぼくのやってることを。トランクに透き間ができたから、そこへ乾草《ほしくさ》をつめてるんだよ。われわれの人生のトランクでもおなじことだ。なんでもいいからつめて、透き間だけはないようにすることさ。怒らんでもらいたいが、きみは、たぶん、おぼえてるだろうな、ぼくがいつもカテリーナ・セルゲーエヴナについてどんな意見をもっていたか。世の中には、ただ利口そうに溜息《ためいき》をつくからというだけで、利口だといわれているような娘がいるが、きみのはしっかりしてるよ。実にしっかりしてる。きみなど軽くまるめられるさ――なに、それでいいんだよ」彼はバタンとトランクの蓋《ふた》をしめて、立ちあがった。「さて、別れるにあたってもういちど最後にいうが……べつに嘘《うそ》をついてもはじまらんさ、ぼくたちはもうこれで会うことはないだろうし、きみもそれを感じているだろうから……きみの行動は賢明だったよ。われわれのような苦しい、つらい、貧乏生活をするようには、きみはできていないんだ。きみには不遜《ふてん》も、憎悪《ぞうお》もない、あるのはわかわかしい勇気と熱情だ。しかしわれわれの仕事にはそれは役にたたぬ。きみたち貴族の子弟は上品なあきらめか、上品な熱情よりさきへ行けないんだよ。だが、それじゃだめなのさ。たとえば、きみたちは喧嘩《けんか》をしない――それでもう自分はえらいと思ってる、――ところがわれわれは喧嘩を望むんだ。それでどうだ！　われわれの埃《ほこり》がきみの目をつぶし、われわれの泥《どろ》がきみをよごすだけさ。きみは無意識に自分に見とれる、自分で自分をののしるのが楽しい。だがわれわれには、そんなものはやりきれんのだ――われわれがほしいのは別な人間だ！　われわれが叩《たた》きなおさにゃならんのは別の人間だよ！　きみはいい男だが、やっぱりふにゃふにゃした、リベラルな若旦那《わかだんな》――ぼくの親父《おやじ》のいわゆるエ・ヴォワラ・トゥ（訳注　それだけのことさ）だよ」

「きみは永久にぼくと別れるつもりか、エヴゲーニイ」とアルカージイは悲しそうにいった。「そして、ほかにぼくにいう言葉はないのかい？」

バザーロフは項《うなじ》をごしごしかいた。

「あるよ、アルカージイ。別な言葉があるよ、でもいうまい。ロマンチシズムだからな、――つまり、ほろっとさせるからさ。とにかく、早く結婚しろ、そしてしっかり巣をいとなみ、子供をたくさんつくることだ。子供たちは利口になるだろうよ、いいときに生まれるからな、おれたちとはちがうよ。おや！　もう馬の支度ができてるころだ！　もう行かにゃ！　もうみんなと別れたんだ……で、どうだ？　抱きあうか？」

アルカージイはかつての師であり、友であった男の首にとびついた。とたんに涙が目からどっとあふれた。

「若さっていいものだよ！」とバザーロフは静かにいった。「うん、ぼくはカテリーナ・セルゲーエヴナに期待するよ。きっと、いそいそときみの心を慰めてくれるだろう！　さようなら、アルカージイ！」そして彼は、もう馬車にのってしまってから、馬小舎の屋根にならんでとまっているひと番《つがい》の鴉《からす》を指さして、こうつけくわえた。「あれだよ！　あれを研究したまえ！」

「そりゃどういう意味だい？」とアルカージイはきいた。

「へえ？　きみは博物がそれほどだめだったのか、それとも忘れたのかい、鴉がもっとも礼儀ただしい、家族的な鳥だってことをさ？　きみにはいい手本だよ！……さようなら、シニョール」

馬車はゴトゴト音をたてて、走りだした。

バザーロフがいったのはほんとうだった。その晩カーチャと話をしているとき、アルカージイは自分の師のことをきれいに忘れていた。彼はもう彼女に服従しはじめていた。そしてカーチャはそれを感じたが、べつにおどろきもしなかった。彼は明日、マリーノ村のニコライ・ペトローウィチのところへ行くことになっていた。アンナ・セルゲーエヴナは若い二人に窮屈な思いをさせないように気をつかって、ただ人前をつくろうためにあまり長く二人きりにしておかないようにしていた。彼女は広い気持ちでとりなして伯母を二人から遠ざけるようにしていた。この公爵《こうしゃく》令嬢はさしせまった結婚の知らせをきくと涙を流して激怒したのだった。はじめアンナ・セルゲーエヴナは、二人の幸福な姿が自分にもいくらかせつなく感じられはしないか、と案じたが、まるで反対になった。それは彼女の心を重くするどころか、かえってうきたたせて、しまいに感動させてしまった。アンナ・セルゲーエヴナにはそれがうれしくもあり、悲しくもあった。〈バザーロフがいったとおりだわ〉と彼女は考えた。〈好奇心、好奇心だけなのだわ。それは平安を愛する気持ちと、エゴイズムと……〉

「あなたたち……」と彼女は大きな声でいった。「どう思う、愛って不自然な感情かしら？」

しかしカーチャも、アルカージイも、その意味が全然わからなかった。二人は彼女をさけるようにした。偶然に耳にした会話が、二人の頭を去らなかったのである。しかし、アンナ・セルゲーエヴナはまもなく彼らを安心させた。そしてそれは彼女にはむずかしいことではなかった。彼女自身の心が落ちついたからである。

27

バザーロフ老夫婦にとって、息子の突然の帰郷は、ほとんど期待してなかっただけに、喜びもまた大きかった。アリーナ・ウラーシェヴナは気がどうかしてしまって、家じゅうを駆けまわったので、ワシーリイ・イワーノウィチは《鷓鴣《しゃこ》》そっくりだと、腹をかかえて笑ったほどだった。婆《ばあ》さんの短い胴着のつまった裾《すそ》は、たしかに鳥の尻尾《しっぽ》に似ていた。そういう爺《じい》さんのほうはただうなって、パイプの琥珀《こはく》の吸い口を横ぐわえしてやけにかみながら、首に手をかけて、よく螺子《ねじ》が巻けているかどうかためすみたいに、頭をぐるぐるまわしていたが、とつぜん大口をあけて、声も立てずにからだをふるわせて笑った。

「まるまる六週間の予定で帰ってきたんですよ」とバザーロフは彼にいった。「ぼくは研究したいんだから、どうか、邪魔しないでくださいね」

「ああしないとも、おまえがわしの顔を忘れるほどどな!」とワシーリイ・イワーノウィチは答えた。

彼は約束を守った。彼はこのまえのときのように息子に自分の書斎をわたして、自分が息子の目からかくれるようにしたばかりでなく、妻にもいっさいよけいな親切を息子にしめすことを禁じた。

「婆さんや、わしたちは」と彼は妻にいった。「こないだエニューシカが帰ったとき、やつにすこし飽きられたからな。こんどはもうちょっと利口にしようや」

アリーナ・ウラーシェヴナは良人《おっと》のいうことに同意したが、その薬がすこしききすぎてしまった、というのは、食事のとき息子の顔を見るだけで、こわくて口もろくにきけなくなってしまったからである。

「エニューシェンカ！」と彼女はたまに言葉をかけたが――息子がまだふりむきもしないうちに、もう手提袋の紐《ひも》をいじくりながら、「いいんだよ、いいんだよ、もうすんだから」とつぶやく、――そしてそのあとでワシーリイ・イワーノウィチのところへ行って、思案顔に頬杖《ほおづえ》をついて、いうのだった。「ねえ、どう思います、エニューシャは今日のおひるはどっちがいいっていうかしら、シチー（訳注　キャベツを主とした野菜スープ）かしら、それともボルシチー（訳注　ビートを主としたロシア独特の肉入りスープ）かしら？」

「なんだい、どうして自分できかなかったんだ？」

「でも、うるさがられるといけないもの！」

しかし、バザーロフはまもなく自分のほうから閉じこもるのをやめた。仕事の熱がおちてしまって、そのかわりに憂鬱《ゆううつ》な倦怠《けんたい》と、ぼんやりした不安が生まれた。妙に疲れたようなところが彼のすべての動作に見られるようになり、しっかりした、ためらいのない元気な歩き方まで、変わってしまった。彼は一人で散歩するのをやめて、話し相手を求めはじめた。彼は客間で茶をのんだり、ワシーリイ・イワーノウィチといっしょに畑をうろついたり、いっしょに《おつきあいに》パイプをふかしたり、一度などはアレクセイ神父はどうしてるかときいたりした。ワシーリイ・イワーノウィチはははじめのうちこの変化を喜んだが、その喜びは長くつづかなかった。

「エニューシャには頭を痛めるよ」と彼はそっと妻にこぼした。「あれはなにが不満というのでもないし、べつにおこっているというのでもない。それならなんでもないんだが、悲観してるんだよ、ふさぎこんでるんだよ——これがこわいんだよ。だまりこくって、せめてわしとおまえをどなってでもくれりゃいいんだが。からだもやせるいっぽうだし、顔色もひどくわるい」

「ああ、どうしよう！」と老母はささやいた。「お守りの袋を首にかけてやれるといいんだけど、それもさせないでしょうし」

ワシーリイ・イワーノウィチは何度かよくよく気をつけて、研究のことや、からだのぐあいのことや、アルカージイのことなどを、バザーロフにきいてみようとしてみたが……しかしバザーロフは気のないぞんざいな返事しかしなかった。そして、あるとき、父が話の途中でそれとなくなにかに水をむけようとしているのに気づくと、彼はむっとしていった。

「どうして父さんは、いつもぼくのまわりを忍び足でうろつくようなまねをするんです？　そんなやり方は、まえよりも悪いですよ」

「いや、いや、いや、わしはなにも！」と気の毒にワシーリイ・イワーノウィチはあわてて答えた。

また、彼の政治的な話題への誘いも実らずにおわった。ある日、彼は近くにせまった農奴解放や、進歩というようなものについて話をはじめて、息子の共感を呼びおこそうとした。ところが息子はそっけなくいった。

「昨日垣根《かきね》のそばを歩いていると、ここの農民たちが古い歌のかわりに、こんなことをがなりたててたよ。『正しき時代《とき》ぞ近づきぬ、心は愛を感ずらん……』これが進歩というやつですよ」

ときどきバザーロフは村へ出かけて、例のからかい癖を出して、農民たちと話しこむことがあった。

「どうだい、ひとつおまえのその人生観てやつをきかせてくれんかね。なんでも、おまえたちのなかにロシアのすべての力と未来があって、おまえたちから歴史の新しい時代がはじまり、――そしておまえたちがほんとうの言葉と法律をぼくらにあたえてくれるそうじゃないか」

農夫はあるいはだまりこくってるか、あるいはこんなことをいうかだった。

「そりゃできるとも……やっぱり、そりゃあ……だいたい、そんなふうな定めになってるんだ」

「ひとつ教えてくれんか、おまえたちの農村共同体《ミール》ってなんだね」とバザーロフはさえぎった。「例の三匹の魚の上にのっかってるっていう、あのミール（訳注世界）とちがうのかね？」

「そりゃ、旦那、地面が三匹の魚の上にのっかってるんだよ」と農夫は一家の主人のようなおおらかな声で、まあまあといった調子で説明した。「ところがわしらがどう思おうと、その、ミールも旦那の思うままだ。きまってるさ。なにしろ旦那がたはわしらの親父だ。だから、旦那がやかましく締めれば締めるほど、百姓はおとなしくなるってわけさ」

あるとき、このような話をききおわると、バザーロフはばかにしたように肩をすくめて、くるりとうしろをむいた。農夫はとぼとぼ歩きだした。

「なにをしゃべってたんだ？」と小舎《こや》の入り口につっ立って、遠くからそれを見ていた中年の陰気な顔をした農夫がどなった。「滞納金のことか、あ？」

「なにが滞納金だ、とんでもねえ！」とその農夫はどなりかえした。その声にはもう一家の主人のようなのんびりした調子は跡形もなく、反対に、なんとなくなげやりなとげっぽさがこもっていた。「なに、つまらんむだ話をしただけさ。古のやつがむずむずしやがったんだよ。知れたことよ。旦那じゃねえか。なんにもわかるもんけえ！」

「わかりっこねえやな！」と別な農夫が相槌《あいづち》を打った。そして帽子を振り、革帯をしめなおすと、二人の農夫は自分たちの仕事や生活の苦しさをこぼしはじめた。悲しいかな！　ばかにしたように肩をすくめ、農民たちと話す術《すべ》を知っていたバザーロフ（それを彼がパーヴェル・ペトローウィチとの口論でどれほど得意がったか）、その自信にみちたバザーロフが、自分も農民たちの目から見ればやはり道化者のたぐいにすぎぬとは、ゆめにも思わなかったのである……

しかし、彼はとうとう自分の仕事を見つけた。ある日、彼の見ている前で、ワシーリイ・イワーノウィチが農夫のけがした足に包帯を巻いてやっていたが、手がふるえて、うまく巻けなかった。バザーロフはそれを手伝ってやった。そしてその日から父の治療を助けることになった。そのくせ彼は、自分がすすめた治療法も、それをすぐに実行する老父をも、愚弄《ぐろう》することはやめなかった。しかしバザーロフの嘲笑は、すこしもワシーリイ・イワーノウィチを困惑させなかった。それどころかかえって慰めにさえなった。彼は垢《あか》でよごれた部屋着の腹のところを二本指でおさえ、パイプをくゆらしながら、うれしそうにバザーロフの毒舌を聞いていた。そしてその毒気がひどくなればなるほど、黒い歯を一本のこらず見せて、幸福な親父をまる出しにしながら、ますます人がよさそうに大笑いするのだった。彼は、ときにはあまりぴりっとしない無意味なしゃれをくりかえすこともあった。たとえば、何日かのあいだ、なんのわけもなく、のべつに「なあに、そんなものは第九の問題（訳注　あまり重要じゃない、という意）さ！」をくりかえしていた。これは息子が、彼の朝の教会まいりを知ってこういったという、ただそれだけの理由だった。

「ありがたいことだ！　ふさぎの虫が治ったわい！」と彼は老妻にささやいた。「今日はみごとにやられたわい、いやあざやかなもんだて！」

　そして、このような助手をもっているという考えは、彼を有頂天にし、誇りで満たしたのである。

「そうだよ、そうだとも」と彼は、男の外套《がいとう》をきてとがった帽子をかぶった農婦に、グラルド水（訳注　水薬の一種）の瓶《びん》か、ヒヨス軟膏《なんこう》（訳注　ヒヨスという植物でつくった軟膏）の容器をわたしながら、いった。「おまえ、うちの息子がもどってることを、毎日神さまに感謝せにゃいかんぞ。もっとも科学的な新しい療法で治してもらえるんだからな、ええ、なんのことかわかるかい？　フランスの皇帝のナポレオンでさえ、こんな立派な医者はかかえとらんのだよ」

「針の山さのせられた」ような痛みを訴えてきた農婦は（その言葉の意味は、自分でも説明できなかった）、口もきけずただペコペコ頭をさげて、ふところから手拭《てぬぐい》につつんだ卵を四つつかみだした。

バザーロフはあるとき服地の行商人の歯をぬいてやった。この歯は、ごくあたりまえの歯なのに、ワシーリイ・イワーノウィチはそれを珍品としてたいせつにしまっておいて、それをアレクセイ神父に出して見せては、たえずおなじことをくりかえすのだった。

「ひとつ見てくださいな、どうですこの根は！　エヴゲーニイのやつすごい力をしとりますわ！　行商人め、こんなに空中へもちあがりよった……あれでは、樫《かし》の木でもひっこぬけそうですわい……」

「たいしたものですなあ！」アレクセイ神父はなんと返事したものか、どうしてこの恍惚《こうこつ》状態の老父から逃げだしたものか、迷ったあげく、やっとこういった。

ある日、隣村の農夫がチフスにかかった弟をワシーリイ・イワーノウィチのところへ運んできた。病人は藁束《わらたば》の上につっぷして、もう死にかけていた。全身に黒い斑点《はんてん》が出て、もうとうに意識を失っていた。ワシーリイ・イワーノウィチは、こんなになるまでだれも医者にみせようと思いつかなかったのは、じつに残念だが、もう手のほどこしようがない、と説明した。実際、農夫は弟を家までつれかえることができなかった。途中、荷車の上で死んだのである。

三日ほどすると、バザーロフが父の部屋へはいってきて、硝酸銀はないかときいた。

「あるが、どうするんだい？」

「つかうんです……傷を焼くのに」

「だれの？」

「自分のですよ」

「なに、自分！　なぜこれを？　どんな傷？　どこだ？」

「これですよ、指先ですよ。ぼくは今日、村へ行ったんです。ほら――このあいだのチフス患者の。どういうわけか解剖するというので、でも、もう長いこと実習からはなれていたでしょう」

「それで？」

「それで、郡医に頼んだのです。ところが指をやっちゃって」

ワシーリイ・イワーノウィチはとたんにまっさおになった。そしてものもいわずに、書斎へ走ってゆくと、すぐに硝酸銀のかけらをもってもどってきた。バザーロフはそれをもらうと、出てゆこうとした。

らせてくれ」

「おい、おねがいだ」とワシーリイ・イワーノウィチはうめいた。「それをわしにや

バザーロフは苦笑した。

「父さんも実習が好きだなあ！」

「冗談をいっているときじゃない。どれ、見せてごらん。傷はたいしたことはない。痛むか？」

「もっと強く押して、だいじょうぶだよ」

ワシーリイ・イワーノウィチは手をとめた。

「どう思う、エヴゲーニイ、鉄で焼いたほうがいいんじゃないか？」

「それをもっと早くやるべきだったんです。もういまは、ほんとをいえば、硝酸銀も要らんのですよ。もし感染してたら、もういまじゃ手おくれです」

「なに……手おくれ……」と、ワシーリイ・イワーノウィチは、やっといった。

「きまってますよ！　あれからもう四時間以上すぎてるんです」

ワシーリイ・イワーノウィチは、もうすこし傷を焼いた。

「でも、いったい郡医のところに、硝酸銀はなかったのか？」

「なかったんです」

「なんということだ。あきれたものだ！　医者のくせに――こんな必要かくべからざるものをもっとらんとは！」

「やつの刃針《ランセット》（訳注　手術用のメスの一種）を父さんに見せてやりたいよ」といいすてて、バザーロフは出ていった。

その日の晩までと、あくる日一日じゅう、ワシーリイ・イワーノウィチは、考えられるかぎりの口実をつくっては息子の部屋へはいりこんだ。そして傷のことはいっさい口にしないばかりか、なるべく関係のないことだけを話すようにつとめたが、それでもしつこく息子の目をのぞきこみ、不安そうにじろじろ観察するので、バザーロフはとうとうがまんしきれなくなって、家を出るとおどしつけた。ワシーリイ・イワーノウィチは、もううるさくしないとバザーロフに約束した。まして、アリーナ・ウラーシエヴナには、むろんのこと、ひたかくしにかくしてはいたが、どうして寝ようとしないのか、いったいどうしたのかと、しつこくつきまといはじめたので、なおのこと慎重にしなければならなかった。まるまる二日のあいだ、彼はたえずそっとうかがって見て、息子の容態がひじょうに気に入らなかったが、それでもどうやらこらえていた……ところが三日めの昼食のときに、もうどうにもがまんができなくなった。バザーロフが食卓についてうなだれたまま、ぜんぜん皿に手をふれようとしなかったのである。

「どうして食べないんだね、エヴゲーニイ?」と、さもなんでもないような顔をして、彼はきいた。「料理はなかなかおいしくできてるがな」

「食べたくないから、食べないんですよ」

「食欲がないんだな?　頭は?」と彼はびくびくしながらつけくわえた。「痛むかい?」

「痛みますよ。痛まないわけが、ないじゃありませんか?」

アリーナ・ウラーシェヴナはきっとなって、耳をそばだてた。

「怒らんでくれよ、な、エヴゲーニイ」とワシーリイ・イワーノウィチはつづけた。「わしにひとつ脈をみさしてくれんか?」

バザーロフは立ちあがった。

「脈をはからなくても、熱のあることくらいわかりますよ」

「悪寒《おかん》は?」

「しました。ちょっと横になりますから、菩提樹《ぼだいじゅ》の花の煎《せん》じ茶をもってこさせてくれませんか。風邪ですよ。きっと」

「ああ、きっとそうだよ。昨夜咳《せき》がきこえたから」とアリーナ・ウラーシェヴナがつぶやくようにいった。

「風邪ですよ」とバザーロフはくりかえして、出ていった。

アリーナ・ウラーシェヴナは菩提樹の花で茶を煎じはじめた。ワシーリイ・イワーノウィチは次の間へ行って、だまって頭をかかえこんだ。

バザーロフはその日はもう起きなかった。そして一晩じゅう重くるしい、半ば夢のような状態がつづいた。真夜中の一時ごろ、やっと目をあけると、燈明《とうみょう》の明かりを受けて青白い父の顔がのぞきこんでいるのが見えた。彼は出てゆくようにいった。父はすなおに出ていったが、すぐに忍び足でひきかえしてきた。そして半分戸棚《とだな》のかげにかくれて、じっと息子のようすをうかがった。アリーナ・ウラーシェヴナもやはり寝床にはいらないで、書斎のドアをほんのわずかあけておいて、たえず近よっては〈エニューシャの息づかいはどうか〉と耳をすまし、ワシーリイ・イワーノウィチの様子をうかがうのだった。彼女は良人の前こごみの動かぬ背しか見ることができなかったが、それでもすこしは気休めになった。バザーロフは朝起きようとすると、めまいがして、鼻血が出た。彼はまた横になった。ワシーリイ・イワーノウィチはだまって息子の世話をしてやった。アリーナ・ウラーシェヴナは彼の部屋へはいってきて、気分はどうかとたずねた。彼は「いいよ」と答えて――くるりと壁のほうをむいてしまった。ワシーリイ・イワーノウィチは両手を振って妻を制した。彼女は唇《くちびる》をかんで、涙をこらえ、急いで出ていった。家じゅうがきゅうに暗くなったようで、どの顔もまのびがして、異様な静けさがあたりを閉ざした。鳴き声の大きな雄鶏《おんどり》が一羽、裏庭から村のほうへもってゆかれたが、どうしてそんなことをされたのか、雄鶏はさっぱりわけがわからなかった。バザーロフは壁に顔をむけたまま、じっと横になっていた。ワシーリイ・イワーノウィチはいろいろと彼にきいてみたが、疲れさせるだけなので、肘《ひじ》掛け椅子《いす》にじっと腰をおろして、ときたま指を鳴らした。彼はほんのちょっと庭へ出て、まるで言語に絶する驚愕《きょうがく》にうたれたように（驚愕の表情はもうそのときから彼の顔を去らなかった）、ぼんやりつっ立って、またすぐ息子のところへもどった。妻のうるさい質問から逃げたい気持ちもあった。だが彼女は、とうとうたまりかねて、彼の腕をつかまえ、はげしく、ほとんど脅迫するように、「いったい、どうしたんですの？」とせまった。彼ははっと気がついて、返事のかわりにむりに笑ってみせようとした。ところが、われながらおどろいたことに、微笑のつもりがどうしたことか、高笑いになってしまった。彼は、朝、医者を迎えにやった。しかし、息子をおこらせないように、いちおう断わっておいたほうがいいと思った。

バザーロフはソファの上でふいに寝がえりをうつと、とろんとにごった目をじっと父にあてて、水を求めた。

ワシーリイ・イワーノウィチは水をやって、ついでに額にさわってみた。燃えるように熱かった。

「父さん」と、バザーロフはかすれた声でゆっくりいった。「どうも容態がよくないよ。ぼくは感染してしまった。あと数日で父さんに葬《ほうむ》ってもらうことになりそうだよ」

ワシーリイ・イワーノウィチは、まるでだれかに足をすくわれたように、ぐらっとよろめいた。

「エヴゲーニイ！」と彼は舌をもつれさせた。「なんてことを！　めっそうもない！風邪をひいたんだよ……」

「よしなさいよ」と、バザーロフはゆっくり父をさえぎった。「医者がそんなことをいっちゃいけないな。感染の徴候がはっきり出てるんです。父さんも知ってるくせに」

「どこに徴候が……感染の、エヴゲーニイ？　……ばかなことを！」

「じゃこれはなんです？」とバザーロフはいって、シャツの袖《そで》をまくって、腕にあらわれた無気味な赤い斑点を父に見せた。

ワシーリイ・イワーノウィチはぎくっとして、恐怖でからだじゅうが冷たくなった。

「かりに」と彼はやっといった。「かりに……もし……もしなにか……感染したらしいとしても……」

「敗血症《ピエミー》ですよ」と息子が教えた。

「うん……伝染病《エピデミー》……らしい……」

「ピエミーです」とバザーロフはけわしく、はっきりとくりかえした。「もう自分のノートを忘れたんですか？」

「うん、まあいい、なんでも……とにかくおまえを治してやるよ！」

「なにを、寝言いってんです。でもそんなことはどうでもいい。ぼくは、こんなにはやく死ぬとは思わなかった。これは、正直いって、じつに不愉快な偶然だ。父さんも母さんも、信仰心が強いということに頼らなければなりませんね。それをためすいい機会ですよ」彼は、またすこし水をのんだ。「でぼくは、父さんにひとつ頼みがあるんだが……まだぼくの頭がぼくの意志で動くあいだにね。明日か明後日《あさって》になったら、ぼくの脳髄は辞表を出すでしょうよ。ぼくはいまでもあまり自信がないんです。ぼくの言葉がはっきりしてるかどうか。ぼくは寝てるあいだ、たえず赤い犬どもがまわりを駆けまわっているような気がしていた。父さんが犬どもをぼくにけしかけるんだ、まるで山鳥を追うみたいに。まるで酒に酔ってるみたいだ。ぼくのいうことがよくわかりますか？」

「なにをいうんだ、エヴゲーニイ、おまえの言い方はふだんとちっとも変わらないよ」

「それならなおいい。父さんはぼくにいいましたね。医者を迎えにやったって……それで父さんは気休めになったんだ……ぼくにも気休めをさせてください。急ぎの使いをやってくれませんか……」

「アルカージイ・ニコラーイチさんかい？」と老父はいった。

「だれです、アルカージイ・ニコラーイチって？」とバザーロフは思いだそうとするようにつぶやいた。「あっ、そうか！　あのひよっこか！　いや、あれはそっとしときなさい。もう鴉《からす》になっちゃったんだ。びっくりしなくていいんですよ。これはまだ幻覚じゃない。父さん、オジンツォーワさんのところへ使いを出してください、アンナ・セルゲーエヴナです、女地主ですが……知っているでしょう？（ワシーリイ・イワーノウィチはうなずいた）エヴゲーニイ・バザーロフがよろしく申し、いま死にかけているとお知らせするように申しましたって。父さん、やってくれますね？」

「やるとも……ただ、おまえが死ぬなんて、おまえが、エヴゲーニイ……そんなことがあっていいのか、……自分で考えてごらん！　そんなことが許されたら、いったいどこに正義というものがあるのだ？」

「それはぼくは知りませんよ。ただ使いを忘れないでくださいね」

「すぐやる、わしからも手紙を書こう」

「いいよ、どうして。よろしくといわせれば、あとはなんにも要りません。さあ、じゃ、また犬どものところへもどろう。不思議だ！　死という問題を考えようとするのだが、どうしてもだめだ。妙な斑点のようなものが見えるだけで……あとはなにも見えない」

彼はまた苦しそうに壁のほうへ向きを変えた。ワシーリイ・イワーノウィチは書斎を出ると、ふらふらと妻の寝室までたどりつき、そのままがくっと聖像のまえに膝《ひざ》をついた。

「祈りなさい、アリーナ、祈りなさい！」と彼はうめくようにいった。「わしらの息子が死にかけてるんだよ」

医者が到着した。硝酸銀をもってなかった例の医師だった。彼は病人を診察すると、気長に療養するようにすすめて、すぐに二言三言、回復の見込みがあるようなことをつけくわえた。

「じゃあなたは、ぼくのような容態の人間が極楽へむかわなかった例を、見たことがあるんですか？」と、バザーロフはきいた。そしていきなりソファのそばにある重いテーブルの脚をひっつかむと、それをゆさぶって、動かした。

「力が、力が」と彼はうめいた。「まだこんなにあるのに、死なねばならんのだ！……世の中を忘れてしまった老人ならともかく、おれは……そうだ、ひとつこっちが死を拒否してみようか、そうしたら死がこっちを拒否する、それでチョンだ！　だれです、そこで泣いているのは？」と、しばらくしてから、彼はつけくわえた。「母さんですか？　かわいそうに！　これからはあのすてきなボルシチーをだれにごちそうしようというんだろう？　父さん、ワシーリイ・イワーノウィチ、あんたもぐすぐすやってるようですね？　まあ、キリスト教が助けにならんなら、哲学者か、ストア学派*にでもくらがえするさ！　たしか父さんは、哲学者だって自慢してたじゃないか？」

「どんな哲学者だよ！」とワシーリイ・イワーノウィチが涙声でいった。涙がはげしく彼の顔を伝った。

バザーロフの容態は刻々悪化した。外科の被毒の場合の常として、病勢は急速にすすんだ。彼はまだ意識を失っていなかったので、いわれることはわかっていた。彼はまだ闘っていた。〈うわ言はいいたくない〉と彼は拳《こぶし》をにぎりしめながら、そっとささやいた。〈恥さらしだ！〉そこで彼は声を出していった。「さあ、八から十をひいたら、いくらになります?」

ワシーリイ・イワーノウィチは、気がふれたみたいにせかせかと歩きまわって、あれはどうか、これはどうかと、いろんな療法をならべたてたが、けっきょくは病人の足をつつんでやるだけにおわった。

「冷たいシーツでくるんでやろう……吐剤を……胃の上に芥子《からし》をはろう……瀉血《しゃけつ》をしてやろう……」と彼は真顔でくりかえすのだった。彼に拝むようにしてひきとめられた医者は、彼の言葉にいちいちうなずいて、病人にレモン水をのませ、自分には煙草《たばこ》やら、あたたまる強壮剤、つまりウォトカやらを所望した。アリーナ・ウラーシェヴナはドアのそばの低い椅子に腰かけたきりで、ときどき席をはずして、聖像の前へ祈りに行った。二、三日まえ化粧鏡が手からすべりおちて、こわれたが、これは彼女がつねづね不吉な前兆と考えていたことだった。さすがにアンフィスーシカもなにもいえなかった。チモフェーイチはオジンツォーワの村へ出発した。

その夜はバザーロフにとっては苦しい夜だった……はげしい熱に苦しめられた。朝方になってすこし楽になった。彼はアリーナ・ウラーシェヴナに髪をとかしてくれるようにたのみ、その手に接吻《せっぷん》して、茶を二口のんだ。ワシーリイ・イワーノウィチはいくらか元気づいた。

「ありがたいぞ！」と彼はくりかえした。「峠が来たが……峠を越えたよ」

「また、ばかなことを！」とバザーロフはいった。「言葉ってのはいいものだよ！峠って言葉を見つけて、それをいったことで――もう気が休まるんだ。おどろくべきだな、人間がまだ言葉を信じてるとは。たとえばだ、ばかといわれれば、なぐられなくても、しょんぼりする。利口といわれれば、金はもらえなくとも――満足するんだ」

バザーロフのこの短い言葉は、以前の彼の《皮肉》を思いださせて、リシーリイ・イワーノウィチを感動させた。

「うまい！　みごとだ、じつにみごとだ！」と彼は手をたたく仕草をしながら、叫んだ。

バザーロフはさびしく苦笑した。

「じゃ、どっちです、父さんの考えは」と彼はいった。「峠を越えたんですか、それとも峠が来たんですか？」

「おまえがよくなったようだ、そうわしは見たんで、それで喜んだんだよ」とワシーリイ・イワーノウィチは答えた。

「そりゃ、すてきだ。喜ぶのはいつもわるいことじゃない。ところで、あのひとへは、おぼえてる？　やってくれた？」

「やったとも、きまってるじゃないか」

しかし、快方への変化は長くつづかなかった。病気の発作がまたはじまった。ワシーリイ・イワーノウィチは、バザーロフの枕《まくら》もとにつききりにすわっていた。なにか特別の苦悩が老人をさいなんでいるようだった。彼は何度か口を開きかけたが――いえなかった。

「エヴゲーニイ！」と彼はとうとう言葉に出した、「わしの息子、だいじな、かわいい息子！」

この耳なれぬ呼び方がバザーロフの心を動かした……彼はわずかに頭をまわして、重くおしかぶさっている忘却の底から這《は》いだそうと痛々しくもがきながら、いった。

「なんです、父さん？」

「エヴゲーニイ」ワシーリイ・イワーノウィチはさらにこう呼ぶと、目もあけなかったし、見えるはずもないバザーロフの前にひざまずいた。「エヴゲーニイ、おまえはもういいほうにむかっている。きっとよくなる、だが、これを機会に、わしと婆《ばあ》さんを安心させてくれ！　キリスト教徒の義務を果たしてくれ！　これをいまおまえにいいだすのが、わしにはどんなに恐ろしいか、だがもっともっと恐ろしいのは……もし永久に、エヴゲーニイ……考えてくれ、どんなに恐ろしい……」

老人の声はとぎれた。すると、バザーロフの顔を、やはり目をつぶったままではあったが、なにかしら奇妙な表情が走った。

「もしそれがあなたたちのなぐさめになるんなら、ぼくはことわらないよ」と彼はとうとういった。「でも、まだそう急ぐことはないでしょう。父さんもいってるぐらいだから、いいほうにむかってるって」

「そうだよ、エヴゲーニイ、そのとおりだよ、でも、だれもわかりゃしない、これはみんな神のご意志だ、だが、義務を果たしておけば……」

「いやです。ぼくはもうすこし待ちます」とバザーロフはさえぎった。「峠が来たという父さんの見方には、ぼくは同意します。だが、それがもしまちがっていたとしても、どうってことはありません！　意識のない人間にでも聖餐《せいさん》は授けられるはずです」

「なにをいうんだ、エヴゲーニイ……」

「ぼくは待ちます。いまはすこし眠りたいんです。邪魔しないでください」

そういって、彼は頭をもとの位置へもどした。

老人は立ちあがると、肘掛け椅子にかけて、顎《あご》を手のひらでささえて、爪《つめ》をかみはじめた……

ばねつきの箱馬車の音、草ぶかい田舎では、とくに珍しいあの音がふいに老人の耳を驚かした。軽やかな車輪の音がだんだん近づいてきた。そら、もう馬の鼻息まできこえだした……ワシーリイ・イワーノウィチはそそくさと椅子を立って、窓へ駆けよった。屋敷の庭へ、四頭立ての馬にひかれた二人乗りの軽馬車がはいってきた。彼はなんのことやらわからないままに、ただ無性にうれしくなって、玄関へ駆けだしていった……制服の従僕が馬車のドアをあけた。黒いマントに身をつつみ、黒いヴェールをかぶった一人の貴婦人が、馬車からおりた……

「オジンツォーワでございます」とその貴婦人がいった。「エヴゲーニイ・ワシーリイチさんはまだ息がございますか？　あなたはお父さまでいらっしゃいますか？　わたし医者をつれてまいりました」

「おお、ご親切に！」とワシーリイ・イワーノウィチは叫ぶと、ふるえる手で彼女の手をつかみ、それをはげしく唇におしあてた。そのあいだに、アンナ・セルゲーエヴナにともなわれた医者が、ゆっくり馬車からおりてきた。ドイツ人風の顔つきの小さな眼鏡の男だった。「まだ生きてます。生きてますとも、エヴゲーニイは、もうこれで助かります！　婆さん！　おい婆さん……空から天使さまがおいでくださったぞ……」

「まあ、なにをいってるのかしら？」と老母は小声でつぶやきながら、客間から走りでてきた。そしてなんのことやらわからずに、玄関の間でいきなりアンナ・セルゲーエヴナの足もとにつっぷし、気がふれたように、その衣装の裾《すそ》に接吻しはじめた。

「まあ、なにをなさいますの！　なにをなさいますの！」とアンナ・セルゲーエヴナはくりかえした。が、アリーナ・ウラーシェヴナはそれがきこえなかった。ワシーリイ・イワーノウィチは、ただ「天使！　天使！」とくりかえすばかりだった。

「Wo ist der Kranke?《ヴォー・イスト・デア・クランケ》（訳注　病人はどこにおりますか？）患者はどこですか？」と、とうとう、医者はすこしむっとしたようすで、いった。

　ワシーリイ・イワーノウィチは、はっと気がついた。

「こちらです。こちらです。さあ、どうぞついてきてください。ウェルテステル・ヘル・コレーガ（訳注　尊敬する同僚）」と彼は古い記憶を思いだしてつけたした。

「ええ！」とドイツ人はいって、苦笑した。

　ワシーリイ・イワーノウィチは彼を書斎へ案内した。

「アンナ・セルゲーエヴナ・オジンツォーワさまからのお医者だよ」と彼は息子の耳へ口をつけるようにして、いった。「ご自身もお見えくださったぞ」

　バザーロフはふいに目をあけた。

「え、なんといいました？」

「アンナ・セルゲーエヴナ・オジンツォーワさまが、おまえにこのお医者さんをおつれくだすったんだよ」

　バザーロフはまわりを見まわした。

「あのひとが来てる……ぼくはあのひとに会いたい」

「いま会えるよ、エヴゲーニイ。そのまえに、このお医者さんとすこしお話しせにゃ。シードル・シードルイチ（郡医はこういう名だった）が帰ってしまったので、わたしが経過を説明して、ちょっと立会いをしようと思ってな」

　バザーロフはドイツ人を見た。

「じゃ、早く話をすましてください、ただラテン語ではやらんでください。jam moritur《ヤム・モリトゥル》（訳注　もう死にかけている）の意味くらい、知ってますから」

「Der Herr scheint des Deutschen mächtig zu sein.《デア・ヘル・シャイント・デス・ドイッチェン・メヒティッヒ・ツー・ザイン》（訳注　旦那さまはドイツ語をご存じのようですな）」と、このアスクレーピオス（訳注　ギリシア神話の医神）の新しい弟子はワシーリイ・イワーノウィチにいった。

「イッヒ……ハーベ……いや、それよりロシア語でやっていただきたいですな」と老人はいった。

「ああ！　そうですか、それはかまいません……どうぞ……」

こうして、立会いがはじめられた。

三十分後にアンナ・セルゲーエヴナがワシーリイ・イワーノウィチに案内されて書斎へはいってきた。医者は急いで、病人の回復はもはや考えられぬことを、そっと彼女に耳うちした。

彼女はバザーロフを見た……そしてはっと戸口に立ちどまった。にごった目を彼女にむけている、熱のために燃えているような、もう死相のあらわれている彼の顔に、おもわず足がすくんだのである。彼女はただぞっとするような、重くるしい恐怖におびえただけだった。ほんとうに彼を愛していたら、こんなことは感じなかったろう、という考えが――ちらっと彼女の頭にうかんだ。

「ありがとう」と彼は苦しそうにいった。「思いがけなかった。よく来てくれました。これでまた会えたわけですね。あなたが約束してくれたように」

「アンナ・セルゲーエヴナさんはご親切にも……」とワシーリイ・イワーノウィチはいいかけた。

「父さん、ぼくたちだけにしてください。――アンナ・セルゲーエヴナさん、かまいませんか？　どうやら、もう……」

彼は頭で、自分のだらりと伸びた力のないからだをしめした。

ワシーリイ・イワーノウィチは出ていった。

「ほんとに、ありがとう」と、バザーロフはくりかえした。「ツァーリみたいですね。ツァーリも死の床にある者をたずねるそうだ」

「エヴゲーニイ・ワシーリイチさん、わたし望みを捨ててませんのよ……」

「よしなさい、アンナ・セルゲーエヴナさん、ほんとうのことを話しあいましょうよ。ぼくはもうおわりです。車輪の下へはまりこんでしまったんです。つまり、未来のことなどなにも考える必要がなかったんですよ。死は古い喜劇だが、一人一人には新しい姿で訪れる。ぼくはいまでもこわくない……まもなく意識不明がくる。それでフィニッシュ！（彼は力なく片手を振った）さて、あなたになにをいいたかったのかな……ぼくはあなたを愛してました！　これはまえにもなんの意味もなかったんだから、いまはなおさらです。愛は――フォームです。だが、ぼく自身のフォームはもうくずれかかっています。そんなことより、ああ、あなたはなんてすてきなんだろう！　そうして立ってらっしゃると、じつに美しい……」

アンナ・セルゲーエヴナはおもわずびくっとした。

「だいじょうぶです。心配なさらないで……そこにすわってください……ぼくに近よらないで。ぼくの病気はうつりますよ」

アンナ・セルゲーエヴナは急いで部屋を横切って、バザーロフが寝ているソファのそばの肘掛け椅子に腰をおろした。

「気持ちのやさしいかただ！」と彼はささやいた。「おお、こんなに近くなった、なんというわかわかしい、みずみずしい、清らかな……こんなきたない部屋のなかに……では、さようなら！　いつまでも生きてください、それがいちばんのしあわせです。そしておおいに生を楽しむことです。時間のあるあいだに。なんと醜悪な光景だと、お思いでしょう。半分つぶされた蛆《うじ》が、まだひくひくしてるんだ。そしてまだ、うんとたたきこわしてやるぞ、死ぬものか、だれが！　使命がある、おれは巨人じゃないか！　なんて考えてるんだ！　それがいま、その巨人の使命のすべては――どうやって立派に死ぬかですよ。だれにも関係のないことでしょうがね……かまうものか、ごまかすのはいやだ！」

バザーロフは口をつぐんだ。そして片手でコップをさぐりはじめた。アンナ・セルゲーエヴナは手袋をとらずに、こわごわ息をつめながら、水をのませてやった。

「ぼくを忘れてしまうでしょう」と彼はまたいいはじめた。「死んだものは生きてるものの友だちにはなれません。親父《おやじ》はあなたにいうでしょう。ロシアはこんな人間を失おうとしている……ばかげたことですが、年寄りのいうことですから、だまってきいてやってください。子供をどうしてあやしたらいいかは……ご存じでしょう。母にもやさしくしてやってください。彼らのような人間は、あなたがたの上流社会には、昼間明かりをつけてさがしたって、見つかりませんよ……ぼくはロシアに必要な人間だ……いや、どうやら必要じゃないらしい。じゃ、だれが必要なんだ？　靴《くつ》屋が必要だ、仕立屋が必要だ、肉屋が……肉を売る……肉屋……ぼくはなにをいってるのだ……そこに森がある……」

バザーロフは手を額にあてた。

アンナ・セルゲーエヴナは、彼の顔をのぞきこんだ。

「エヴゲーニイ・ワシーリイチさん、わたしここにおりますよ……」

彼はふいに彼女の手をつかんで、上体をすこしもちあげた。

「さようなら」と、彼は思いがけぬ力のこもった声でいった、そして目が最後の光をはなった。「さようなら……ねえ……ぼくはあのときあなたに接吻しませんでしたね……消えかけている灯《ともしび》をふっと吹いて、消えさせてやってください……」

アンナ・セルゲーエヴナは、彼の額に唇《くちびる》をおしつけた。

「ありがとう！」とつぶやいて、彼は枕に頭をおとした。「もう……まっくらだ……」

アンナ・セルゲーエヴナはそっと部屋を出た。

「いかがでした？」とワシーリイ・イワーノウィチはひそひそ声で彼女にきいた。

「お休みになりました」と彼女は、聞きとれぬほどの声で答えた。

　バザーロフはそれきりもう目をさまさなかった。日暮れ近く彼は完全な意識不明におちいり、その翌日に死んだ。アレクセイ神父が臨終のまえに宗教の儀式をおこなった。塗油式（訳注　ロシア正教の臨終の儀式。からだに聖油をぬって清め、よみがえらせようとする）がおわって、聖油が彼の胸にふれたとき、片目がぼんやり開いた。そして、式服をまとった神父と、煙の立ちのぼる香炉と、聖像の前にともっている蠟燭《ろうそく》を見ると、恐怖のおののきに似たものがちらと死の影におおわれた顔を走った。そしてついに、彼が最後の息を吐ききって、家じゅうにすり泣きの声があがったとき、ワシーリイ・イワーノウィチはとつぜん狂憤におそわれた。

「おれはうらむと、いったぞ！」と彼は火のような顔をゆがめて、何者かをおどしつけるように、天にむかって拳を振りまわしながら、かすれ声で叫んだ。「うらむぞ！うらむぞ！」

　アリーナ・ウラーシェヴナは顔じゅう涙だらけにして、彼の首にぶらさがった。そして二人いっしょにどっと前のめりにたおれた。

「こんなふうに、二人ならんで」とアンフィスーシカがあとで召使部屋で語った。

「まるで日中《ひなか》の羊みたいに、頭をたれて……」

しかし日盛りの暑さがすぎて、夕方になり、夜になると、静かなかくれ家にもどり、そしてそこに、苦しみぬき、疲れはてたものに、甘い眠りが待っているのである……

28

六カ月すぎた。雲もなく晴れわたった厳寒のきびしい静けさ、いちめんにしきつめた、きしきし鳴る雪、木々をおおう薔薇《ばら》色の氷の花、うすい瑠璃《るり》色の空、煙突の上に帽子のようにかぶさっている煙、ちょっとあけられた戸口からさっとあふれでる湯気の渦巻《うずま》き、まるでなにかにかまれたような赤い顔々、せかせかと道を急ぐ凍えた馬、そうした風物をもつ白い冬になっていた。一月のある日がもうおわろうとしていた。宵《よい》の寒さがますます強く動かぬ空気をしめつけ、つるべおとしに夕焼けの血のような赤さが消えた。マリーノ村の屋敷の窓々には明かりがついた。黒いフロックに白手袋のプロコーフィチが、特別におごそかな面持《おもも》ちで食卓に七人分のセットを用意していた。一週間まえに小さな村の教会で、静かに、ほとんど列席者もなく、二組の結婚式がおこなわれた。アルカージイとカーチャ、ニコライ・ペトローウィチとフェーニチカの二組だった。そしてニコライ・ペトローウィチはこの日に、所用でモスクワへ発《た》つ兄のためにお別れの晩餐《ばんさん》を開いた。アンナ・セルゲーエヴナも、結婚式がおわるとすぐに気まえよく若夫婦に財産を分けてやったうえで、やはりモスクワへ去った。

きっかり三時に一同が食堂に集まった。ミーチャも食卓につかせられた。彼にはもう金襴《きんらん》の室内帽子をかぶった乳母《うば》がつきそっていた。パーヴェル・ペトローウィチはカーチャとフェーニチカのあいだにすわった。《良人《おっと》たち》はそれぞれ妻とならんで席についた。わたしたちになじみ深いこの二人は、この数カ月ですっかり変わった。二人ともおちつきが出て、男らしくなったようだ。パーヴェル・ペトローヴィチだけはやせたが、それがかえって彼の表情ゆたかな顔にますます上品さと貴公子らしさをあたえていた。それにフェーニチカも変わった。新しい絹の衣装をきて、頭に幅の広いビロードの髪飾りをつけ、首に金《きん》の鎖のネックレスをかけて、彼女はうやうやしくきちんとすわっていた。彼女は自分にも、まわりの人びとにも敬意を表して、にこやかに笑っていた。それは〈みなさんごめんなさいね、わたしがわるいんじゃないのよ〉とでもいいたげなようすだった。それも彼女一人だけではなく——みんながにこにこ笑って、なんとなくわびているような風だった。みんながいくぶん気づまりで、いくぶんさびしげだったが、本心はうれしくてたまらなかった。まるでみんながある素朴《そぼく》な喜劇を演じることを申しあわせたみたいに、いかにもおもしろそうにくすくす笑いながら食事の世話をやきあっていた。カーチャがいちばんおちついていた。彼女はうちとけたようすでまわりに目をやっていたが、ニコライ・ペトローウィチがもう彼女に目がないらしいことは、ひと目でわかった。食事がおわるまえに彼は立ちあがり、杯をあげて、パーヴェル・ペトローウィチのほうをむいた。

「兄さん、あなたはわたしたち一同を捨てて行こうとしている……捨てて行こうとしている」と彼ははじめた。「もちろん、長いことではない。が、やはりわたしはあなたにこういわざるをえません、わたしは……わたしたちは……わたしとしては……わたしたちとしては……どうもこまったものだ、なにしろわたしはスピーチが苦手で！ アルカージイ、おまえやってくれ！」

「だめですよ、父さん、ぼくは準備してないから」

「わたしはよくよく準備してたんだがなあ！ 簡単にいこう、兄さん、わたしたちにあなたを抱きしめて、心からさようならをいわせてください。そして早くもどってきてください！」

パーヴェル・ペトローウィチは一同と接吻をかわした。もちろん、ミーチャのことも忘れなかった。フェーニチカには、そのうえ、手にも接吻した。彼女はまだうまく手をさしだす作法が身につかないで、まごついた。彼はつづけて、二杯めのグラスをのみほして、深い溜息《ためいき》をつきながらいった。

「では、みなさん、幸福に暮らしてくれたまえ！　Farewell!《フェアウェル》」この英語の結びの言葉には、だれも気をとめなかったが、それでも一同は、強く胸をうたれた。

「バザーロフさんの思い出のために」とカーチャは良人の耳もとにささやいて、グラスを合わせた。アルカージイはそれにこたえてかたく彼女の手をにぎりしめた。しかし大きな声でこの乾杯の辞をのべる勇気はなかった。

どうやらこれで、終りではなかろうか？　だが、読者のなかには、いま、現在、この物語に登場した人たちがどうなっているかを知りたいと思う人びとがいるかもしれない。わたしはその興味を満足させてあげたいと思うのである。

アンナ・セルゲーエヴナは最近結婚した。それは愛情からではなく、信念のためであって、相手は将来ロシアの大政治家になると目される、ひじょうに聡明《そうめい》な人物で、強い実際的良識と、かたい意志と、すばらしい雄弁の才をもつ法律家で、――まだ若いが、善良で、氷のように冷静な人間であった。二人のあいだはひじょうにうまくいっているから、あるいは幸福をつかむまでにいたり……愛を知るまでになるかもしれない。K公爵《こうしゃく》令嬢は死んだ。もうその命日も忘れられている。キルサーノフは、父も子も、マリーノ村におちついている。そして経営は立ちなおりはじめている。アルカージイは熱心な経営者になって、《農場》はもうかなりの収益をあげている。ニコライ・ペトローウィチは調停人になって、おおわらわの活動をしている。彼はのべつ自分の管轄《かんかつ》地域をとびまわって、長たらしい演説をぶちまくっている（彼の信念は、農民たちは「教えさとし」てやらなければならない。つまりおなじことをしつこくくりかえして、農民たちをげんなりさせてしまう、ということである）。だがやはり、ほんとうをいえば、教養ある貴族たちも（これはアンを鼻にかけて発音して、解放《マンシパシオン》を、あるいはシックに、あるいはメランコリックに論じあうひとびとである）、「あげんな解放《マンシパシオン》なんぞ」と口ぎたなくののしる、教養のない貴族たちも、どちらも完全に満足させてはいない。そのどちらの側から見ても、彼はあまりにも柔和すぎるのである。カテリーナ・セルゲーエヴナにはもうコーリャという息子がいたし、ミーチャはもう元気に走りまわり、いっぱしの口をきいている。フェーニチカは、いまはもう立派なフェドーシャ・ニコラーエヴナだが、良人とミーチャのつぎには嫁をもっとも敬愛して、彼女がピアノをひいていると、喜んで一日でもそばをはなれなかった。ついでにピョートルのことも述べておこう。彼はばかと気どりの固まりみたいになってしまって、Eをなんでもびと発音してすっかりいい気になっていた。これもやはり結婚して、かなりの持参金をせしめた。嫁は町の八百屋の娘で、時計をもっていないというだけで、申しぶんのない婿《むこ》を二人もことわったような女である。ピョートルは時計どころか、エナメルの半長靴《はんちょうか》までもっていたのだった。

ドレスデンのブリュールシェ・テラスで、*二時から四時のあいだ、つまり散歩にはもっとも粋《いき》な時間に、あなた方はきっと、五十前後の、もう頭の真っ白い、足がすこしわるいようだが、顔はまだ美しい、優雅な服装をした、長く上流の社交界にいたことを物語る特殊な雰囲気《ふんいき》をもつ老紳士を見かけることであろう。これはパーヴェル・ペトローウィチである。彼は療養のためにモスクワから外国へ去り、そのままドレスデンに住みついたのである。ここで彼はおもに英国人やロシアの旅行者たちとつきあっている。彼は英国人にはあっさりした、ひかえめだが、しかし威厳を失わぬ態度で接していた。英国人たちは彼をすこし退屈な人間とは思っていたが、しかし『a perfect gentleman《ア・パーフェクト・ジェントルマン》』として尊敬していた。ところがロシア人にはもっとざっくばらんで、例の怒り癖を発揮し、自分をも彼らをも遠慮なく嘲笑《ちょうしょう》した。しかしこうしたことも彼の場合は、ひどく愛らしく、ぞんざいで、無礼にはならなかった。彼はスラヴ主義の見解を固持しているが、いうまでもなく、これは上流社会では

très distingué《トレ・ディスタンゲ》（訳注 きわめて重んずべきこと）と考えられていたのである。彼はロシアのものはなにも読まないが、書卓《テーブル》の上には農民の木の皮の靴をかたどった銀の灰皿がのっている。ロシアの旅行者たちはしきりに彼のご機《き》嫌《げん》をうかがいに来る。一時野党にくだったマトヴェイ・イリイチ・コリャージンは、ボヘミアの温泉にむかう途中、ものものしく彼を訪問した。土地の人たちは、ほとんどパーヴェル・ペトローウィチとつきあいはないが、拝まんばかりに彼を尊敬している。宮中の礼拝堂や、劇場などの切符は、der Herr Baron von Kirsanoff《デル・ヘル・バロン・フォン・キルサーノフ》（キルサーノフ男爵閣下）ほど容易に、早くは、だれも手に入れることができない。彼はできるだけの善行を施している。しかしいまでも、やはり少しうわさをまいている。かつて社交界の獅子《しし》といわれたのも、故なきことではない。しかし生きることは苦しい……自分で覚悟していたよりも、もっと苦しかった……ロシア教会の片隅《かたすみ》で、壁によりかかって、長いこと身じろぎもせずに、苦しげに唇をかんで、じっと瞑想《めいそう》に沈んでいる、やがてはっと気がついて、ほとんど無意識に十字を切りはじめる、そんな彼の姿を見れば、もう何もいうことはなかろう……

クークシナも外国へ来ていた。彼女はいまハイデルベルク（訳注 一三八六年創立のドイツ最古の大学がある）に学んでいるが、もはや自然科学ではなく、建築学である。彼女の言葉によれば、そこに新しい法則を発見したということである。彼女は相変わらず学生たち、とくにハイデルベルクにうようよしている若いロシアの物理学者や化学者たちと親しくつきあっている。彼らははじめはその物事にたいする生《き》まじめな見方で、素朴なドイツの教授たちを面くらわせるが、のちにはそのおなじ教授たちを、徹底的に何もしないことと絶対的になまけることであきれさせるのである。酸素と窒素の区別もつかないくせに、否定と自尊の精神にみちみちた、こうした二、三の研究生と、さらに偉大なエリセーウィチと相語らって、これも偉大たらんと準備中のシートニコフは、ペテルブルグをうろついて、彼の確信するところによれば、バザーロフの《事業》を継続している。なんでも、彼はさきごろ誰かになぐられたが、みごとにそのお返しはしたということである。つまり彼はある怪しげな雑誌にある怪しげな論文をのせて、そのなかで彼をなぐった男を腰ぬけだとほのめかしたのである。彼はそれを皮肉と称している。父は彼を相変わらずこきつかっている。妻は彼をばかにしているが……それでも文学者だと思っている。

ロシアのある遠い草ぶかい村に小さな墓地がある。わが国のほとんどすべての墓地と同じように、ここもいかにももの悲しい光景である。まわりの溝《みぞ》はもういつからか雑草におおわれて、灰色の木の十字架が、いつかは美しかった屋根の下に、草にうずもれて朽ちている。石の墓碑はまるでだれかに下から押しあげられたように、みな位置がずれている。枝をむしりとられた二、三本のやせ木がわずかに影をあたえている。羊がまよいこんで墓のあいだをさまよっている……だが、そのなかに一つだけ、人の手にも、家畜の足にも荒らされない墓があった。朝はやく小鳥がとまって、歌うだけである。鉄の柵《さく》がそのまわりをとりまき、その両はしに樅《もみ》の若木が植えられてある。エヴゲーニイ・バザーロフが、この墓の下に眠っているのである。ここへ、ほど遠からぬ村から、二人のもうよぼよぼになってしまった老夫婦が、しげしげと通ってくる。たがいにささえあいながら、老夫婦は重い足をひきずり、柵のそばにたどりつくと、たおれるようにひざまずいて、長いあいだ悲しみの涙を流して、いつまでもじっとものいわぬ石碑を見つめている。その下に息子が眠っているのである。それから短い言葉をかわしあいながら、石碑の埃《ほこり》をはらい、樅の枝を直して、またたまりこみ、去りやらずたたずんでいる。そこが息子に、息子の思い出に、近いような気がするのであろう……はたして彼らの祈りが、彼らの涙がむだであろうか？　愛が、神聖な、すべてをささげつくした愛が、およばぬ力があるのだろうか？　おお、それはちがう！どんなはげしい、罪ふかい、反逆の魂が墓の下にかくれていようと、その上に咲いた花はその清らかな目でおだやかにわたしたちを見つめている。その花は永遠の平安だけを、《冷静な》自然のあの偉大な平安だけを、わたしたちに語りかけているのではない。さらにまた、永遠の和解と、無限の生活についても語っているのである……

訳者後記　本書の訳出にあたってはソ連科学アカデミー出版所一九六三年刊の十五巻ツルゲーネフ作品全集を使用し、国立文学出版所一九五四年刊の十二巻ツルゲーネフ作品全集を参照した。本文内割注は読み進める上に必要なものだけにかぎり、説明はできるだけ簡潔にした。

注

ページ

四 ヴィサリオン・グリゴーリエヴィチ・ベリンスキー (一八一一-四八)。ロシアの批評家で、雑誌〝現代人〟の同人たちの中心的存在。リアリズム理論を確立し、自然派作家たちを育成した。ツルゲーネフも彼の指導により散文作家としての地位を確立した。リアリズム文学の名作であるこの作品を亡《な》き師の思い出に捧《ささ》げたのは故《ゆえ》なきことではない。

六 《農場《フェルマ》》 農奴制下にあっては農民は身分的に地主に隷属《れいぞく》するいわば地主の私有物で、生きた農具視され、地主の資産は土地の面積よりも農奴の数を単位として言いあらわされる慣例があった。一八六一年の農奴解放後、農民は身分的に自由になり、地主との契約労務者となった。キルサーノフは進歩的な地主だから「農場」「ヘクタール」などの新しい言葉を好んだのである。

八 イギリスクラブ 貴族たちの社交クラブで、イギリスを模倣してつくったところからこの名称が生まれた。ロシアでは一七七〇年に創設された。ここで貴族たちは遊戯をしたり、新聞雑誌を読んだり、政治ニュースを交換したりして夜の時間をすごした。

三 父称 ロシア人は名と父称と姓をもつ。たとえばツルゲーネフの場合、イワン・セルゲーヴィチ・ツルゲーネフ、つまりツルゲーネフ家のセルゲイの子イワンという意味である。

知人のあいだではふつう姓は呼ばず、名と父称を呼んだ。

一九 解放農奴　自由主義的な地主は解放令発布（一八六一年）前に農奴を解放していた。解放前の農奴は地主の所有物で、人権はほとんど認められなかった。

三三 エカテリーナ時代の古い地図　エカテリーナ二世はドイツのアンハルト・ツェルプスト公の娘で、ピョートル三世の妃《きさき》となり、一七六二年に良人《おっと》を退けて帝位につき、三十四年間帝位にあり、専制政治の基礎をつくった。当時の地図は鳥瞰図《ちょうかんず》であった。

四七 ゲルマン人　ロシア語の「ドイツ人」はニェメツ、唖者《あしゃ》、つまりロシア語をしゃべらぬ人間という意味で、この場合バザーロフが学問的に意味のない俗称をつかい、ドイツぎらいのパーヴェルがドイツに敬意を表して「ゲルマン」人と正しく言ったわけである。

七〇 『銃兵隊』　一八三二年に刊行された四巻の歴史小説『銃兵隊』をさす。興味本位に書かれた軽い読物である。銃兵隊はイワン四世（雷帝）時代に設けられた親衛隊の一つ。

九三 アレクサンドル帝時代　一八〇一年から二五年にいたるロシア皇帝アレクサンドル一世の時代。ナポレオン戦争に勝ち、ウィーン会議に出席、ロシアの国威を発揚した。

九七 家長制度　ロシアの家長制度は、ロシア農村の特色である農村共同体《ミール》という地方自治体を末端にして、士族、貴族、皇帝《ツァーリ》と、絶対服従の命令系統で構成され、ロシア正教がこれを神聖化していた。

一〇〇 弁護士制度　農奴制時代は地主が公的に裁判権、懲罰権、徴兵権、追放権などをもち、農奴は家畜のような存在であった。全人民に平等な裁判の原則が確立されたのは一八六四年である。イギリスの制度を模範として改革が論議された。

一〇四 ロシアの画家たちはローマへ…… ローマのヴァチカン宮殿には絵画、彫刻など貴重な芸術品をおさめた博物館が多い。一八五〇－六〇年代のロシア画壇には移動展覧会派と呼ばれる新しい写実的な一派が生まれ、主としてイタリア古典の模倣を要求する伝統的アカデミズムを排し、進歩的な民主主義的イデーに貫かれたロシア独自の芸術の創造を主張した。指導的批評家ピーサレフは、実用的であるがゆえに、一人の靴屋のほうがラファエロにまさるとまで極言した。

一〇六 農村共同体《ミール》 十三世紀末、黒土と呼ばれた国有地の農民が組織した地方自治体がその起源である。いくつかの村落が集まって、共同で土地を所有し、貢税《ぐぜい》と賦役《ふえき》の義務を負い、連帯責任制をとった。また長老に、徴税、裁判、自治の権利がある程度みとめられていた。

一一七 スヴェチナ夫人 S・P・スヴェチナ（一七八二－一八五九）。神秘主義の女流作家。おもにパリに住み、その作品はロシア貴族社会に人気があった。

一三〇 バイロン主義 ジョージ・ゴードン・バイロン（一七八八－一八二四）はイギリスの浪漫主義詩人。一八二〇年代のロシアの詩人や作家は、彼の自由奔放な感情、因習的な道徳や風俗に対する嘲笑《ちょうしょう》、いやしがたい魂の憂鬱《ゆううつ》な苦悶《くもん》、反逆精神などに魅せられた。

一三一 有名なフランスの宣教師 ブルダルー・ルイ（一六三二－一七〇四）をさす。彼の伝道書が十九世紀はじめにロシア語に訳された。

スラヴ主義者 この場合はロシア国粋主義者。一八四〇年代に、一方の西欧派とはげしく対立したスラヴ派は、ロシア、スラヴ文明は正教を基礎とするとし、ロシアの救いは民族の独自性の維持、文化の特異性の顕揚、呪《のろ》われた西欧の無益な模倣の根絶にあるとした。

二八　シバリス人　古代イタリアのシバリス人、逸楽柔弱の徒の意。

二九　『モスクワ報知』にのったキスリャコフ　キスリャコフは仮名らしい。「モスクワ報知」は政府の御用紙的な新聞で一七五六年から一九一七年までつづいた。

三〇　ジョルジュ・サンド　（一八〇四－七六）。フランスの女流作家。『アンディアナ』など女性に対する社会の因習的束縛への反抗と恋愛の自由を扱った作品で名声を博し、のちに人道主義的社会主義小説や田園小説を書いた。ミュッセ、ショパンとの恋愛は有名である。

エマーソン　ラルフ・ワルド・エマーソン（一八〇三－八二）。アメリカの思想家、詩人。その中心思想は人間の神性の自覚であり、そこから彼一流の個人主義と楽天主義が生まれた。

三一　クーパーの『道を開く者《パスファインダー》』　パスファインダーは獣の足跡を追う猟師の意。アメリカの作家ジェームス・フェニモア・クーパー（一七八九－一八五一）の小説五部作『皮脚絆《かわきゃはん》物語』『猟師』『モヒカン族最後の一人』などの主人公。

三三　プルードンの意見　ピエール・ジョセフ・プルードン（一八〇九－六五）はフランスの経済学者、社会学者、アナーキズムの創始者。女性解放に反対、女性の使命は母になり家庭を守ることであると主張。

三六　『夢ごこちにグラナダはまどろむ』　作詞はK・A・タルノフスキー、作曲は十九世紀中ごろロシアで人気のあったピアニスト、セイムール・シッフ。彼は作曲家でもあり、即興演奏家として知られていた。

一五五　al fresco《アル・フレスコ》　イタリア語の「新鮮な」という意味で、まだかわいていないセメント壁に水絵具で描く方法。この方法は十四世紀にイタリアに栄えた。
アレクサンドル風　この建築様式はアレクサンドル一世時代に流行したので、このように呼ばれた。

一五六　スペランスキー　ミハイル・ミハイロヴィチ・スペランスキー（一七七二―一八三九）。アレクサンドル一世時代の政治家で、有名な国家改造案を作成した。彼は田舎の司祭の子に生まれた。

二二四　オムフェ　フランス語の homme fait をロシアなまりに発音したのである。ほんとうの男。

二三〇　ホフマンの体液病理説　フリードリッヒ・ホフマン（一六六〇―一七四二）はドイツの医学者。体液病理学説は、病気の原因は人体組織内の体液の正常な関係の破壊に根ざすとする説で、人体組織の研究よりは、むしろ観念的思弁による学説。
ブラウンの活力説　ジョン・ブラウン（一七三五―八八）はイギリスの医学者。活力説は、人体組織内における現象および過程を支配する原理が、特殊な霊の活力であるとする観念的な学説。

二三二　十四日事件の、南方会　一八二五年十二月十四日のデカブリスト（十二月党）の反乱。ペテルブルグの北方会に呼応して、ウクライナのトゥールチン町に秘密結社南方会が結成された。

二三八　木曜日の塩　復活祭前の洗足木曜日に、焼いたパンにのせる塩。農民たちはこれを万病薬と信じた。

洗礼者ヨハネの首　旧約時代最後の最大の預言者。イエス・キリストが救世主であることを宣言し、洗礼を施した。のちにユダヤの王ヘロデ・アンテパスの近親相姦的結婚を非難して投獄され、首を斬《き》られた。その首は皿にのせてヘロデの前にさしだされた。

二四〇　キンキンナートゥス　L・K・キンキンナートゥス（生没年不明）。古代ローマの執政官。質素な生活をおこない、自分で耕作し、模範市民とたたえられた。

二四一　ジャン・ジャック・ルソー（一七一二―一七八年）。フランスの思想家。主著『新エロイーズ』『民約論』『エミール』『懺悔録《ざんげろく》』。人間社会を呪詛《じゅそ》し、自然を賛美した。

二六四　銀貨の計算がわからなかった　一七六九年から一八六〇年代の間は、紙幣と硬貨の価値が異なっていた。

二六六　セント・ヘレナ島　アフリカ西岸から約千九百キロの大西洋上の島。一八一五年ワーテルローの会戦に敗れたナポレオンが流刑され、一八二一年にこの島で没した。

二七九　後見会議院　地方行政の一機関で、未亡人や孤児の保護監督、資金の貸付け、土地財産の管理などを業務とした。

三三七　ツァーリ　ロシア皇帝の公式称号。語源はラテン語のカエサル。厳密にはイワン三世からピョートル大帝までで、一七二一年からはインペラートルとなったが、一九一七年の革命まで慣例的に用いられた。

三四六　ゴーゴリの手紙　一八四六年七月六日ゴーゴリがA・O・スミルノワ夫人にあてた『知事夫人とはなにか』と題する手紙をさす。この手紙でゴーゴリは夫人の権力を賛美し、絶対専制と民衆の盲従こそロシアを幸福にする道であると説いた。

三八七　ストア学派　古代ギリシアの末期から帝政ローマにかけて数世紀存続した哲学の学派。人間理性を宇宙理性の分身として自然に従う厳粛な生活を説いた。

四〇五　ブリュールシェ・テラス　ドレスデンのツヴィンガー宮殿の王冠門の近くのエルベ河畔にあった。元は要塞《ようさい》の一部だったが、その後ブリュール伯爵の庭園となった。ブリュール・ヘンリッヒ（一七〇〇－六三）はポーランド王でサクソン選帝侯オーギュスト三世の大臣。

解説

工藤精一郎

この作品の構想がツルゲーネフの脳裏に生まれたのは、一八六〇年の夏のことである。当時は、農奴解放を間近にひかえ、アレクサンドル二世の中道自由主義への傾きのために、ロシア社会は精神的に大きな盛上がりを見せていた。社会の動きの注意深い観察者であるツルゲーネフは、五〇年代末からぞくぞくと登場しはじめた雑階級出身の知識人たちの歴史的使命を深く感じとっていた。観念を崇拝した父の世代にかわって、行動を理想とする子の世代が、新しいロシアの旗手になることを、彼の芸術的感覚が正確にとらえたのである。そのころ偶然に出会った若い田舎医師に、彼は深い感銘をおぼえた。彼はこの青年医師の性格、思想、内部にひそむ異常な力に驚嘆し、この人物を中心として明日のロシアを予言する芸術的構想を得たのである。

彼は創作に着手するときのいつもの手法として、想を練り、作品のプランと全登場人物の肖像を丹念にノートにとった。二カ月後の十月中旬には、プランが細密部まで完全にできあがったことを、友人のアンネンコフに報じている。十一月から本格的に書き出し、他の諸作品に比して、めざましい速度で書き進められた。そして一八六一年七月二十九日に、故郷スパッスコエの屋敷で書き上げられ、「ロシア報知」誌の一八六二年二月号に発表された。

時代と社会

この作品を理解するためには、まずその背景となっている時代と社会について知る必要がある。

父たちの世代、すなわち一八三〇—四〇年代は、一八二五年のデカブリスト（十二月党）の反乱の失敗につづく、ニコライ一世の反動政治の暗黒時代であった。自由主義の撲滅を目ざす専制政府の弾圧は、デカブリストの後継者たちである青年貴族や大学生たちを理論的な思索の世界へ追いこんだ。カント、シェリング、ヘーゲルの哲学が、シラーの美学が、当時のロシア大学生たちの福音となった。そのころモスクワ大学に存在した若い理想主義者たちの代表的なグループは、スタンケーヴィチの会とゲルツェンの会の二つであった。前者は啓蒙《けいもう》主義と観念論の立場に立ち、主に歴史、哲学、芸術の問題に関心をもった。彼らは理想主義哲学を信奉し、物質的価値に対する精神的価値の優位を唱えた。しかしこれらの理想主義的夢想家たちも、農奴制下のロシアの悲惨な現実に目をつぶっていることはできず、主としてヘーゲル哲学からロシアの進路と民族の運命について結論をひき出そうとしたが、抽象論にとどまり、現実との結びつきをもつことができなかった。ゲルツェンたちは、フランスの空想社会主義者たちの人道的な夢想に魅せられ、主として政治問題に興味をもち、人類への奉仕を誓った。

四〇年代に入ると、大多数の夢想家や哲学者たちが、形而上学《けいじじょうがく》や美学よりも歴史や政治の問題に興味をもつようになり、ロシアの国民的性格、歴史的使命の問題をめぐって、スラヴ派と西欧派に真二つにわれて、激しく論争した。スラヴ派は、ロシア、スラヴ文明は正教を基礎にするとし、ロシアの救いは民族の独自性の維持、文化の特異性の顕揚、呪《のろ》われた西欧の無益な模倣の根絶にあるとした。西欧派は、ロシアはヨーロッパの一部であり、当然西欧文明に属さねばならぬ、その後進性は長年にわたるタタールの軛《くびき》のためである。今こそ西欧文化の優れた要素を吸収し、西欧諸国の列に伍《ご》さねばならぬとした。しかし農奴制の廃止を主張する点においては両派とも一致していた。スラヴ派のアクサーコフの皇帝への親書、西欧派のツルゲーネフの『猟人日記』等、彼らの筆により、言論により、国民を目ざめさせ、ついに上からの農奴解放を実現させるにいたった。

一八四〇年代の理想主義的な夢想家たちは、行動においては無力だったが、言葉によって当時の社会を目ざめさせた。これが彼らの歴史的な役割だった。

子の世代、つまり一八五〇年代後半から六〇年代は、ニコライ一世の弾圧政治が終り、自由主義的な傾向をもつアレクサンドル二世が即位して、あらゆる面にわたって国民精神が大いに高揚した時代である。夢想家と哲学者の息子たちは、父の世代の無気力を恥じて、敢然と行動へ走った。六〇年代には二つの世代、つまり観念の世代と行動の世代の分裂が顕著になった。この分裂は知識階級の間に、貴族階級と雑階級の不和を生んだ。彼らは田舎の司祭や、没落地主や、小商人や、小役人の息子たちで、六〇年代の初めに教師、弁護士、ジャーナリスト、医者、苦学生などとなって社会の前面に登場し、旧時代の指導者たちに従うことを拒否して、革命的な意見を発表した。この子の世代にもまたチェルヌイシェフスキー、ドブロリューボフを代表とする派と、ピーサレフを崇拝する派があった。

新時代の最も輝かしい代表者は、経済学者、歴史家、哲学者、評論家であるチェルヌイシェフスキーであった。彼はフォイエルバッハ、ドイツ唯物論《ゆいぶつろん》、フランス社会主義を究め、独自の哲学的、歴史的唯物論を確立した。彼は貧困、不正、圧迫、災厄《さいやく》、階級闘争、社会の不平等などは、すべて経済的な原因によるものであり、社会の構造が改められさえすれば、すぐにも根絶できるとし、これは社会主義社会においてのみ達成されると結論した。文芸批評の面では、観念的美学を排斥して、芸術に対する人生の優越を主張し、芸術は社会的に有意義でなければならぬ、無益なものは芸術から追放すべきだとした。彼の流刑《るけい》後、この思想は弟子ドブロリューボフによって主として文学批評の面で広められた。彼は当時自由主義的な貴族の間ではやっていた芸術至上主義を排撃し、文学は生活改善の道具であるとし、文学と革命を結びつけ、作家に社会奉仕を要求した。

一方、ピーサレフは「ニヒリズム」の代表者として熱烈な信奉者をもった。前二者が広く社会問題に興味をもったのに反し、彼は主として個人の問題に注意を向けた。彼は思想の完全な独立と自由のために、道徳、社会、文学における一切の権威を否定し、理性と論理と有用性の範囲内にあるものだけを認める「考えるレアリスト」をその理想像とした。彼は芸術における感傷主義、ロマン主義、理想主義、神秘主義などを排し、一足の長靴《ながぐつ》のほうがシェイクスピアの悲劇よりも重要であり、その仕事が実用的な目的をもつ故《ゆえ》に、一人の靴屋のほうがラファエロにまさるとし、プーシキンの詩までもなまけ者のひまつぶしと攻撃した。

彼は『父と子』のバザーロフこそ「考えるレアリスト」であり、若い世代はツルゲーネフの言葉を用いて自分たちをニヒリストと呼ぶべきだと主張した。ニヒリストは科学を神におきかえた無神論者であり、唯物論者だった。六〇年代のニヒリズムは、革命理論の虚無主義とは異なり、主として道徳的、政治的、個人的な一切の制約、あるいは国家、教会、家庭の一切の権威に対する個人の反抗であった。ツルゲーネフはこうした時代の流れを見てとって、バザーロフという時代の子を創造したのである。

この作品の意義

ツルゲーネフは詩人、哲学者、画家の目で、ロシアの自然と社会と人間を冷静に観察し、洗練された優雅なロシア語と完成された文章で、調和のとれた美しい美術品のような芸術作品をつくりあげた写実主義文学の巨匠といわれている。彼の文学活動のひとつの明確な目的は、ロシア知識人の精神史、つまり社会的に変貌《へんぼう》してゆくロシアの貴族階級と知識階級の歴史的役割を考察すること、いわばロシアの文化的、心理的発展を芸術的に記録することであった。

『父と子』はロシアの農奴解放という歴史的に重要な年に書かれ、『ルージン』に始まり『処女地』に終るロシア知識人の精神史的作品群の中心部に位置する。

このロマンの主題は、古い貴族的文化と新しい民主的文化の対立であり、ツルゲーネフは、一八四〇年代にはロシア社会の発展に進歩的な役割を演じた貴族自由主義者たちが、一八六〇年代にはもはや歴史の主流から置去りにされて、ロシア社会の改革のためには、バザーロフのような雑階級出身の、つまり失うものは何もない無産階級の知識人のエネルギーが必要であることを、はっきりと認めたのである。

バザーロフは、ロシア文学史上はじめて主人公として登場した雑階級出身の知識人で、一八六〇年代に泡《あわ》のように現われて消えた変種ではなく、純粋なロシア的タイプである。評論家ピーサレフは、「ペチョーリン（レールモントフ『現代の英雄』の主人公）には意志があるが知識がなく、ルージン（ツルゲーネフ『ルージン』の主人公）には知識があるが意志がなく、バザーロフには――意志も知識もある。思想と行動がひとつに融《と》け合っている」と指摘している。バザーロフはロシア文学にはじめて現われた強い積極的な男であった。彼は後にロシアを動かすことになる革命的知識人たちの先駆者で、この人物像を創《つく》り上げたことはツルゲーネフの大きな功績のひとつである。

ツルゲーネフの文学は現実の正確な再現、公平な態度が特質である。自分でも時代の子であり、リアリストであると言明している。彼は作中人物に対して、公平な態度で、同じような注意をはらって書いている。バザーロフの強烈な個性の光の前に他の諸人物がともすれば薄れがちであるが、しかしツルゲーネフは彼らを決してなおざりにはしていない。パーヴェルも、ニコライも、アルカージイも、カーチャも、フェーニチカも、バザーロフ老夫婦も、オジンツォーワも、すべての作中人物が驚くほど生き生きとしていて、自然である。すべてが日常生活に酷似している。

『父と子』は知的要素と、感情的要素と、記述的要素がみごとに融合された作品で、名実ともにツルゲーネフの代表作である。

（一九九六年十二月）

この作品は「世界文学全集37」（昭和五十三年十月集英社刊）に
収録され、文庫化にあたり、加筆訂正を行った。

チェーホフ
神西清訳

桜の園・三人姉妹

急変していく現実を理解できず、華やかな昔の夢に溺れたまま没落していく貴族の哀愁を描いた「桜の園」。名作「三人姉妹」を併録。

チェーホフ
神西清訳

かもめ・ワーニャ伯父さん

恋と情事で錯綜した人間関係の織りなす日常のなかに、絶望から人を救うものは忍耐であるというテーマを展開させた「かもめ」等2編。

チェーホフ
小笠原豊樹訳

かわいい女・犬を連れた奥さん

男運に恵まれず何度も夫を変えるが、その度に夫の意見に合わせて生活してゆく女を描いた「かわいい女」など晩年の作品7編を収録。

ドストエフスキー
木村浩訳

白痴（上・下）

白痴と呼ばれる純真なムイシュキン公爵を襲う悲しい破局……作者の〝無条件に美しい人間〟を創造しようとした意図が結実した傑作。

ドストエフスキー
木村浩訳

貧しき人びと

世間から侮蔑の目で見られている小心で善良な小役人マカール・ジェーヴシキンと薄幸の乙女ワーレンカの不幸な恋を描いた処女作。

ドストエフスキー
千種堅訳

永遠の夫

妻は次々と愛人を替えていくのに、その妻にしがみついているしか能のない〝永遠の夫〟トルソーツキイの深層心理を鮮やかに照射する。

Title : ОТЦЫ И ДЕТИ
Author : Иван С. Тургенев

父《ちち》と子《こ》

新潮文庫　ツ－1－6

平成　十　年　四　月三十日　発　行
平成二十六年　五　月二十日　六刷改版
令和　四　年　六　月　十　日　八　刷

訳　者　工《く》藤《どう》精《せい》一《いち》郎《ろう》

発行者　佐　藤　隆　信

発行所　株式会社　新　潮　社

郵便番号　一六二―八七一一
東京都新宿区矢来町七一
電話　編集部(〇三)三二六六―五四四〇
　　　読者係(〇三)三二六六―五一一一
https://www.shinchosha.co.jp

価格はカバーに表示してあります。

乱丁・落丁本は、ご面倒ですが小社読者係宛ご送付ください。送料小社負担にてお取替えいたします。

印刷・錦明印刷株式会社　製本・株式会社植木製本所

ISBN978-4-10-201806-4 C0197